Fantasy

Herausgegeben von Friedel Wahren

Ein vollständiges Verzeichnis aller
im HEYNE VERLAG erschienenen Romane aus
der aventurischen Spielewelt
finden Sie am Schluss des Bandes.

Das Schwarze Auge

JESCO VON VOSS

DER LETZTE WIRD INQUISITOR

*Achtundfünfzigster Roman
aus der
aventurischen Spielewelt*

Begründet von
ULRICH KIESOW

Originalausgabe

WILHELM HEYNE VERLAG
MÜNCHEN

HEYNE SCIENCE FICTION & FANTASY
Band 06/6058

Umwelthinweis:
Dieses Buch wurde auf chlor- und
säurefreiem Papier gedruckt.

Originalausgabe 8/2001
Redaktion: Joern Rauser
Copyright © 2001
by Wilhelm Heyne Verlag GmbH & Co. KG, München,
und Fantasy Productions, Erkrath
http://www.heyne.de
Printed in Germany 2001
Umschlagbild: Zoltán Boros & Gábor Szikszai/Agentur Kohlstedt
Kartenentwürfe: Ralf Hlawatsch
Umschlaggestaltung: Nele Schütz Design, München
Technische Betreuung: M. Spinola
Satz: Schaber Datentechnik, Wels
Druck und Bindung: Ebner Ulm

ISBN 3-453-18820-9

Inhalt

    Inzwischen, woanders 9

1. Heimatlose 10

2. Reisende 31

3. Würdenträger 58

4. Verhörte 90

5. Verbündete 169

6. Verräter 228

7. Überlebende 273

    Inzwischen, woanders 285

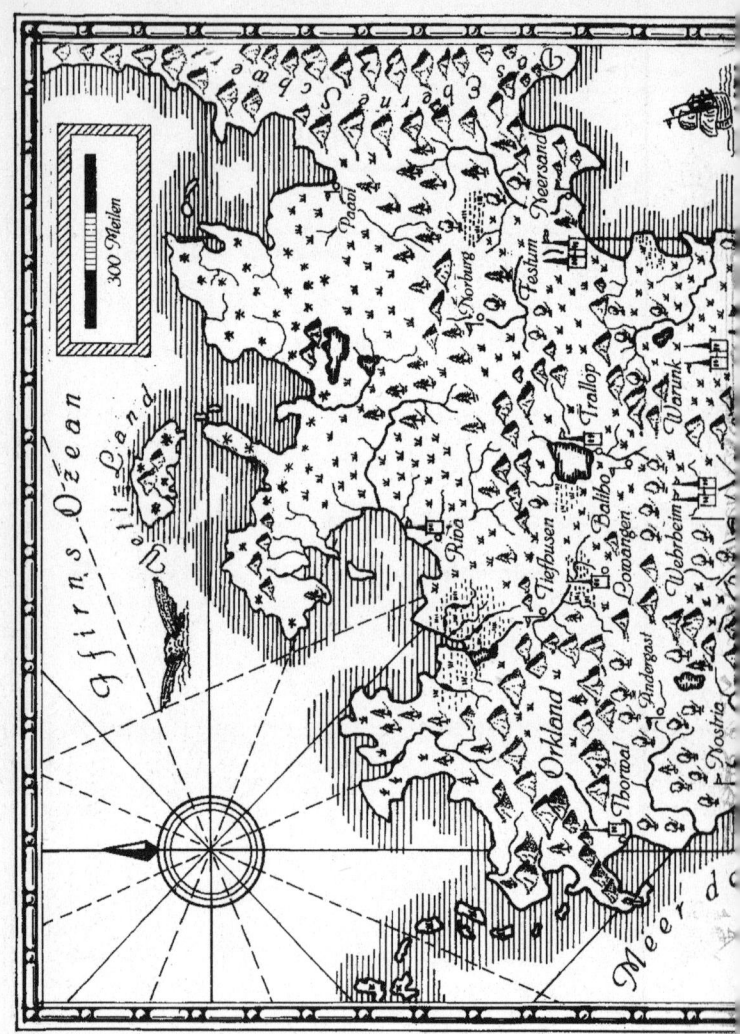

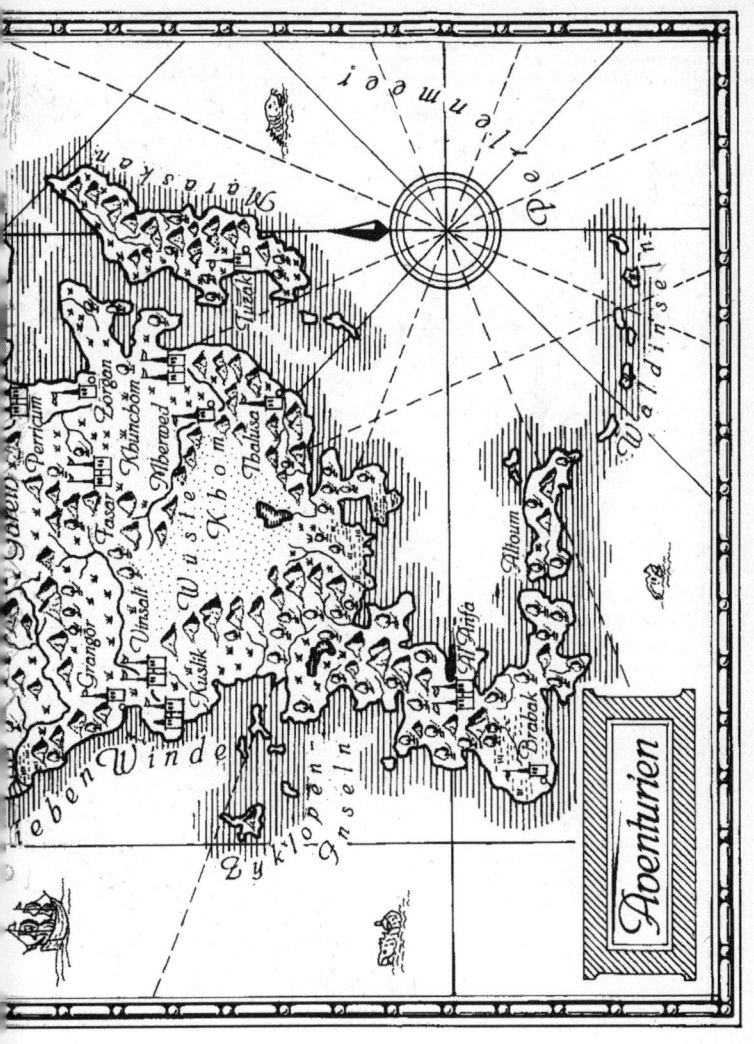

Inzwischen, woanders

Die Perlenmeerflotte soll ich ins Verderben lenken, sagt der Meister, dann werde ich zu seiner Favoritin. Mich in Stellung bringen, in Perricum selbst, das ist leicht. Aber ich brauche eine Weile Ruhe, keine Störenfriede aus den Nachbarstädten, aus Beilunk oder Rommilys.

Rommilys ist keine Gefahr, da muss ich nur eine Nachricht senden, das wird dann unser Verbündeter regeln. Beilunk zu blockieren ist schwieriger, da haben wir niemanden in der richtigen Position. Nun, dann muss ich Hilfe holen, damit die Küstenstraße überwacht wird. Und ich weiß auch schon, wer gar keine andere Wahl hat, als mir zu helfen…

1.

Heimatlose

Beilunk, sechs Wochen nach dem Überfall des Dämonenmeisters

Zoltan hätte sich die Nacht wärmer gewünscht. Der Vollmond versteckte das bleiche Gesicht hinter einigen schnell vorüberziehenden Wolkenfetzen und die Sterne schimmerten kalt aus der sechsten Sphäre hinunter. Der Frost aus der Leere zwischen Dere und dem Reich der Toten fiel vom Himmel auf Beilunk und ließ Zoltan erschaudern, denn für eine Nacht im Rondramond war es entschieden zu kühl. Er zog seine Decke zurecht und tastete zum hundertsten Mal nach dem Griff seines Schwertes, der ihm über die rechte Schulter ragte. Dann wiederholte er in Gedanken erneut die Litanei der ›Zwölf guten Räte, eine Predigt zu halten‹.

Der fünfte und sechste Rat waren wieder weg, es war zum Verrücktwerden! Der alte Praioslob Hilberion hatte sie jetzt seit sechs Tagen – seit sie in Beilunk angekommen waren – mit den ›Zwölf guten Räten‹ traktiert. Natürlich auch mit dem Kommentar dazu und mit mehreren berühmten Predigten längst verstorbener Praiosgeweihter, um auch an diesen die ›Zwölf Räte‹ zu studieren. Sechs lange Tage waren Zoltan und die anderen Schüler des Praioslob schon in Beilunk, der herrlichen Stadt des Götterfürsten, und hatten noch kaum einen Schritt aus der Feste getan.

Stattdessen hatte sich der alte Geweihte in den Kopf gesetzt, den Unterricht wie in Gareth fortzusetzen, sei es auf der hastigen Reise von Gareth nach Osten, sei es hier in Beilunk. Und so hatten die neun Schüler des Praioslob kaum eine freie Minute genießen können, als habe es der nervöse alte Mann besonders eilig gehabt, den Spätberufenen noch vor dem nächsten Neumond die letzten Feinheiten der Praiosverehrung beizubringen.

Zoltan ließ den Blick über den nächtlichen Burghof schweifen und versuchte, den Posten auf dem Wachtturm gegenüber zu erkennen. Eine unruhig im Wind tanzende Fahne auf der Turmplattform machte es ihm fast unmöglich. Er wandte die Augen ab und starrte wieder auf die Mauer. Auf die eine Stelle, die im toten Winkel zwischen der Schmiede und einem anderen Wachtturm lag. Die eine Stelle, die ein heimlicher Bote des Feindes nutzen würde, um nachts mit einem Seil hastig über die Mauer zu klettern oder einen Stein mit einer Nachricht hinaus zu werfen.

Die letzten beiden Nächte über war nichts passiert, zumindest nicht in der Zeit zwischen Mitternacht und Morgengrauen, in der Wachen gewöhnlich unaufmerksamer waren, weshalb gerade diese Stunden von Spionen und Schleichern gern genutzt wurden. So hatte man es Zoltan auf der Kriegerakademie beigebracht, und so hatte er es oft erlebt: Die Stunden vor Sonnenaufgang waren die kältesten und die Wachen mehr an wärmenden Feuern interessiert und daran, ihre Kleidung an einem geschützten Platz um sich zu wickeln und nicht so viel hin und her zu laufen. Die richtige Zeit für ein Kommandounternehmen. Aus diesem Grund stand Zoltan jetzt in der dritten Nacht hier in der Ecke neben der Wagenremise und spähte in die Dunkelheit, gerüstet mit Ringelpanzer und Anderthalbhänder. Sowohl um sich zu beschäftigen und die Langeweile zu bekämpfen als auch um zu zeigen, dass seine militärische Erfahrung auch jetzt noch von Nutzen sein konnte, da er die Ausbildung zum Geweihten des Herrn Praios begonnen hatte.

Alle waren überrascht gewesen, so plötzlich aus dem Tempel zu Gareth abberufen zu werden, schon nach der Hälfte des zweijährigen Noviziats. Aber es hatte sich etwas zusammengebraut im Osten. Zoltan ahnte, welchem Unheil die Kirche begegnen wollte, indem sie sämtliche Geweihten an die Front schickte. Der Dämonenmeister, dessen Schatten schon vor Jahren auf das Land gefallen war, hatte mit der Eroberung des Reiches begonnen. Aber nichtsdestoweniger hatte Praioslob Hilberion, hektischer als je zuvor, darauf bestanden, nach Beilunk mitzureisen, um die angehenden Priester in jeder freien Minute auf der Reise mit Wissen vollzustopfen.

Die neun Schüler hatten die Aufgabe, Rechtskunde, Staatskunst und Etikette zu lernen, und natürlich die Kunst des Predigens. Wie Zoltan, der einen Abschluss der Kriegerakademie zu Punin besaß, waren sie alle schon anderen Professionen nachgegangen und hatten aus unterschiedlichen Gründen den Entschluss gefasst, ihren Beruf aufzugeben und Priester zu werden. Doch Predigten zu halten ging weder Zoltan noch den anderen leicht von der Zunge, denn die Gläubigen zu rühren und ihr Gottvertrauen zu stärken war eine hohe Kunst. Das lernte man nicht in der Armee. Auch war der Novize erstaunt, wie vielfältig die Götterwelt sich darbot, und hatte sich mit Eifer in das Studium der Halbgötter und Heiligen vertieft.

Zoltan erschauderte und verschränkte die Arme vor dem Ringelpanzer, der sich ein wenig zu eng um den Bauch legte. Er war im vergangenen Jahr etwas runder geworden. Zu viel Sitzen, zu wenig Bewegung. Und noch fast ein weiteres Jahr, bis er endlich die Priesterweihe erhalten sollte. Damals, an der Kriegerakademie, war es fast umgekehrt gewesen: Körperertüchtigung war die Hauptsache gewesen, wichtiger als Kriegskunst und Militärgeschichte. Aber das war jetzt auch schon über zehn Jahre her, ach was, noch mehr. Vor knapp fünf Jahren hatte er als Hauptmann seinen Abschied genommen, davor hatte er zehn Jahre lang gedient. Also fünfzehn Jahre. Jünger wurde er auch nicht, und Zoltan hatte das Gefühl, dass ihn die Ausbildung zum Priester noch schneller altern ließ.

Also erst recht: Morgen wieder einen Frühlauf vor dem Sonnenaufgangsgebet, quer durch die Vorburg! Zoltan hatte sich in den Kopf gesetzt, der ausdauerndste und stärkste Priester der Kirche zu werden, wenn er schon nicht so mitreißend predigen konnte wie die gelehrten Geweihten.

Zoltan rückte das rote Stirnband zurecht, das seine blonde Mähne zurückhielt, und atmete tief durch. Dann hielt er die Luft an. Schritte näherten sich. Eigentlich war die Burg nachts völlig ausgestorben. Die Priester ließen sich nur blicken, wenn die Praiosscheibe am Himmel stand, und die weltlichen Einwohner der Festung standen ebenfalls unter der strengen Herrschaft der Priester-Fürstin Gwiduhenna, die es nicht gerne sah, wenn die Soldaten nachts zum Trinken in die Stadt zogen. Wer lief also nachts noch herum? Zwei oder drei Personen, vielleicht vier, mit festen Schuhen.

Zoltan war hellwach. Er richtete sich zu seiner vollen Größe von gerade einmal achteinhalb Spann auf und hob die rechte Hand zu Shilasir. Das Schwert fühlte sich ungeduldig an, glaubte der Novize; es hatte seit Monaten kein Blut mehr getrunken. Wenn Zoltan es zog, würde es sicher aufwachen und nach dem Lebenssaft rufen, und wenn Zoltan es dann wieder einsteckte, ohne einen Feind erschlagen zu haben, würde Shilasir zornig werden und sich eines Tages gegen den Träger selbst wenden, um sich für die falsche Hoffnung und die lange durstige Zeit zu rächen. Zoltan wollte nicht riskieren, dass ihm eines Tages mitten im Kampf Shilasir aus der Hand glitt und sich in seinen Fuß verbiss, und deshalb vermied er es, den Anderthalbhänder ohne Grund zu ziehen. Aber er war bereit.

Als die Leute an der Wagenremise vorbeigingen, traten sie in Zoltans Blickfeld. Drei Personen in wehenden, hellen Mänteln, mindestens eine mit Schwert, fünf Schritt entfernt. Kaum hatte Zoltan sie gesehen, wandte sich die Letzte der drei um, ein Schwert erschien in ihrer linken Hand, und eine Frauenstimme rief in Zoltans Richtung: »Wer da?«

Zoltan ließ langsam seine Hand sinken. Drei Bewaffnete, die so offen auftraten, konnten keine gegnerischen Eindringlinge sein. Oder? Vielleicht Zauberei?

Er antwortete halblaut: »Zoltan Imfelde ist mein Name. Und wer seid Ihr?«

Die anderen beiden waren stehen geblieben und hatten ebenfalls die Hände an den Waffen. Die lange dürre Gestalt trug einen Streitkolben im Gürtel, die andere ein Schwert. Die mittelgroße Frau, die Zoltan angerufen hatte, war einen Schritt näher getreten und richtete die Schwertspitze auf Zoltan.

Der Mann mit dem Schwert gab sich knapp zu erkennen: »Bannstrahl Praios'! Praiodin von Gareth. Erklärt Euch! Hierher, ins Licht, aber langsam!«

Zoltan hob die Brauen. Der Bannstrahl. Ein Bund aus Geweihten und Laien, die mit der Waffe in der Hand für den Glauben des Herrn Praios eintraten. Wahrscheinlich keine Verräter, sondern eine sehr zielstrebige Einheit auf der richtigen Seite, wenn es gegen den Dämonenmeister und seine schwarze Magie ging.

Zoltan trat vor, bis er von einer Fackel schwach erleuchtet wurde, die einige Schritt weiter in einem Durchgang angebracht war. Jetzt, nachdem sie sich umgedreht hatten, waren die drei anderen auch zu erkennen. Der Sprecher, der sich Praiodin von Gareth genannt hatte, war vielleicht Anfang Dreißig, etwa in Zoltans Alter, mit scharfen, entschlossen wirkenden Gesichtszügen. Unter seinem weißen Kapuzenmantel trug er ein Kettenhemd. Die Frau mit dem Schwert in der linken Hand und dem braunen Zopf sah in der seitlichen Beleuchtung atemberaubend gut aus, mit einem festen Blick aus großen Augen und mit bebenden Nasenflügeln – doch leider stand Zoltan im Moment am falschen Ende ihres Schwertes. Der Dritte der Bannstrahler, der gerade ungelenk seinen Streitkolben aus dem Gürtel genestelt hatte, war ein magerer Enddreißiger mit hoher Stirn und einem runden Kopf auf einem dünnen Hals. Er sah Zoltan übertrieben finster und bedrohlich an, doch dieser hatte den Eindruck, dass der Lange sich weitaus weniger sicher fühlte, als er aussah.

Eine Erklärung war wohl angebracht. Die drei wirkten ärgerlich, und wenn sie die Wache riefen, hatte Zoltan sicherlich viel Ärger von Praioslob Hilberion zu erwarten.

»Ich stehe hier einfach. Dagegen gibt es kein Verbot, glaube ich. Und wegen der Waffe: Ich habe einen Kriegerbrief aus Punin. Wenn Ihr Wert darauf legt, dann begleitet mich zu meiner Kammer und seht ihn Euch an. Ansonsten bin ich harmlos.«

Praiodin von Gareth trat einen Schritt näher. Jetzt hatte er wohl an Zoltans weißer Kutte und dem roten Mantel den Praios-Novizen erkannt. Deutlich freundlicher fragte er: »Ihr seid einer der Novizen aus Gareth, oder? Ich habe Euch neulich im Tempel gesehen.« Zoltan nickte und Praiodin hob die Hand in Richtung der Frau. »Steck es weg, Mara! Keine Aufregung!«

Während die Frau mit dem Zopf ihr Schwert einsteckte, zog Praiodin von Gareth seinen rechten Handschuh aus und streckte die Hand aus.

»Ich bin Praiodin, das hier sind zwei meiner Leute, Zepperich und Mara-Lumea.«

Zoltan rang sich ein Lächeln ab und schüttelte Praiodins Hand. »Sehr erfreut. Auf Sonder-Patrouille?«

»In der Art«, wimmelte Praiodin ab. »Wart Ihr Offizier? Dann seid Ihr hier richtig. Man redet von einer Heerschau der Kirche und einem Ausfall gegen die Invasoren.«

»Ich habe keine Ahnung. Ich sitze den ganzen Tag hinter Büchern. War noch in keiner Taverne«, scherzte Zoltan.

»Das ist kein Verlust«, gab der Bannstrahler kühl zurück. »Dort wird man auch kaum über unsere Strategien reden.«

Kein Sinn für Humor, dachte Zoltan. Dann eben nicht.

»Wie auch immer. Gute Nacht, Praios mit Euch.«

»Und mit Euch«, antwortete der Ordenskrieger. Dann drehte er sich auf dem Absatz um und marschierte mit wehendem Mantel davon, gefolgt von dem Dürren. Die Frau lächelte schwach und warf Zoltan einen Blick zu, der entweder interessiert oder neugierig oder abschätzend oder abfällig war, dann folgte sie den beiden Ordensbrüdern. Zoltan blickte ihnen nach, bis sie in einer der Wohnbaracken verschwanden.

Am folgenden Nachmittag hatten die Novizen eine Stunde Freizeit, die sie – so war ihnen nahegelegt worden – in stiller Andacht oder mit dem Studium religiöser Schriften zu verbringen hatten, aber Zoltan konnte sich nicht mehr sammeln. Die restliche Nachtwache war außerordentlich langweilig gewesen, und im Unterricht am Morgen waren ihm mehrmals fast die Augen zugefallen. Er ging durch die Gänge der Burg und rief nach Orik. Der riesige schwarze Olporter stürmte schließlich auf Zoltan zu und präsentierte stolz seine Beute. Er hatte sich wohl wieder aus der Küche einen Knochen erbettelt. Orik kannte sich inzwischen sicher genau so gut in der

Burg aus wie die Markgräfin persönlich: Kaum ließ Zoltan ihn einen Moment aus den Augen und brütete über seinen Büchern, war Orik wieder auf Erkundungsreise durch Hallen und Korridore, immer dem Essensgeruch nach. Wenn Orik in eine neue Umgebung kam, war er nicht zu halten und stöberte überall herum, bis er an jeder Ecke eine Duftmarke gesetzt und wenigstens drei Palastdiener mit seinen achtzig Stein Gewicht über den Haufen gerannt hatte.

Zoltan legte Orik die Hand auf den Kopf, wobei er sich nicht einmal hinunterbeugen musste, und kraulte ihm das Fell.

»Na komm, Orik, wir sehen uns jetzt endlich mal die Stadt an. Wir haben hier oben genug herumgesessen, was, alter Junge?«

Zoltan wanderte durch die Straßen der Unterstadt von Beilunk, umgeben von Lärm aus tausend Kehlen, die ihr Leid klagten, nach ihrer Familie riefen, die Schwarzen Horden oder die Markgräfin verfluchten. Er bereute seinen Entschluss schon fast wieder. Er wand sich durch die Menge der obdachlosen Flüchtlinge, die auf jedem freien Fleck lagerten. Als er um eine Ecke bog, wurde der Novize dreier Bannstrahler ansichtig, die eine Gefangene durch die Menschen schoben. Vorneweg ging Praiodin von Gareth, der mit lauten Rufen die Leute zur Seite scheuchte; der lange Zepperich und ein kleiner, älterer Ordenskrieger drängten eine beleibte alte Frau vorwärts, die mit verzweifeltem Blick auf ihre geketteten Hände starrte und durch den Matsch der Straße schlurfte.

Als Praiodin Zoltan erkannte, hob er grüßend die Hand. »Ah, Ihr seid es. Praios zum Gruße.«

Zoltan erwiderte pflichtgemäß: »Praios zum Gruße. Eine Ketzerin?«

»Eine Ketzerin«, bestätigte Praiodin. Er fuhr leiser

fort: »Habt Ihr schon gehört? Es wird ernst. Verlassen der Stadt für Kirchenangehörige nur noch mit Erlaubnis eines Hochgeweihten. Meint Ihr nicht auch, dass das ein Anzeichen für anstehende Kämpfe ist, ›Herr Hauptmann‹?«

Zoltan hob die Brauen und sah den Bannstrahler fragend an. »Ihr wisst?«

»Natürlich, es fiel mir nur nicht gleich wieder ein. Euer Name war doch...« Dann unterbrach sich Praiodin. Er sah an Zoltan vorbei und nahm Haltung an. »Ich muss weiter, die Ketzerin in Gewahrsam bringen. Vielleicht später.«

Zoltan sah sich um und entdeckte im Gewühl der Menge die Tiara eines Praiosgeweihten, der die Straße entlang näher kam.

»Natürlich. Bis später. Praios mit Euch.«

Praiodin salutierte und marschierte weiter. »Und mit Euch.«

Zoltan wanderte noch einige Zeit durch die Straßen, als er ein paar Sätze einer hitzigen Diskussion in der Nähe aufschnappte. Inmitten einiger Flüchtlinge, die auf ihren Bündeln und Körben über den verbliebenen Hausstand wachten, stand ein zerlumpter Mann mit kahlem Kopf und krummen Beinen einem jungen Mann mit wirren roten Haaren gegenüber. Augenscheinlich behielt der Alte die Oberhand in der Auseinandersetzung, die von den Umstehenden neugierig verfolgt wurde.

Der rothaarige Jüngling mit dem spärlichen Bartflaum versteifte sich gerade darauf: »...also werden auch nur die, die auf die Götter vertrauen und sie verehren, von ihnen unterstützt. Da solltest du nicht mit diesen leichtfertigen Reden alle glauben machen, dass es gleich sei, ob man die Zwölfe ehrt oder nicht!«

Der Alte erhob nun die Stimme, wohl um auch den Umstehenden seine Meinung kundzutun.

»Ach, wo waren denn die Götter, denen ich zwanzig Jahre lang einen Zehnten der Ernte geopfert habe, als untote Horden auf meinen Hof wankten? Ganz langsam gingen sie, als ob sie gleich umfielen, und ihre leeren Augenhöhlen starrten uns an, und ihr Grinsen machte uns klar, wer als Sieger aus dem Kampf hervorgehen würde. Fast alle haben sie dahingemetzelt. Jetzt herrschen sie über den Hof, über die ganze Baronie, und man sagt, sie seien schon bis zu den Beilunker Bergen vorgerückt und wir seien eingeschlossen. Nicht mehr lange, dann werden sie hierher kommen. Ganz langsam werden sie gehen, und die Soldaten werden die Ersten niedermachen, aber die Nächsten werden folgen, und dann wieder welche. Schließlich werden sie über die Mauern klettern und hier im Hof stehen und uns abschlachten. Uns alle. Dann werden wir als Tote mit ihnen gehen und mit ihnen morden. Und die ach so guten Götter werden uns genauso wenig helfen, wie sie uns in Tobrien bei Eslamsbrück geholfen haben. Sie interessieren sich einen Kuhmist für uns! Warum sollten sie uns in irgendwelche jenseitigen Paradiese holen? Häh? Sag mir das!«

Der Jüngling war während der Rede des alten Mannes immer kleiner geworden; Zoltan drängte sich durch die Menge, um die beiden zu erreichen. Da er nur achteinhalb Spann maß und damit kleiner war als die meisten, verlor er die Redner immer wieder aus den Augen. Mehrere Umstehende hatten schon ihre Gespräche eingestellt, um den Streitenden zu lauschen. Doch nun fasste der Rothaarige Mut, in der Redepause des Alten eine Entgegnung zu äußern.

»Aber wie kannst du den Göttern die Ehrerbietung versagen? Das ist doch genau das, was die Verräter tun, die uns überfallen haben! Nur die Götter können uns noch helfen, die Feinde zu besiegen. Wenn wir nur darauf...«

Der Alte unterbrach ihn, zornerfüllt.

»Pah! Wenn Dämonenanbeter so viel Erfolg und Siege erringen wie die, die alle Jahre den Zwölfen geopfert haben, dann kann ich doch genauso gut…«

Zoltan, der endlich vorne angekommen war, wurde es zu viel. Die Umstehenden, die den Streit angehört hatten, schienen dem Alten innerlich zuzustimmen. Seine Worte waren Gift für die Moral der Bevölkerung, und der eine oder andere mochte sich zum Überlaufen oder, schlimmer noch, zum Verrat an den Verteidigern entschließen. Es war eine strategische Notwendigkeit, solche Reden zu beenden. Also erhob Zoltan die Stimme und unterbrach den Alten.

»Unergründlich ist das Wollen der Götter, doch eins ist gewiss: Nur sie stehen vor dem Chaos, der Vernichtung und dem Tod, den uns der Dämonenmeister sendet.«

Die Umstehenden wandten sich zu dem Novizen, der sich unter dem Blick so vieler Augenpaare leicht unwohl fühlte. Er konzentrierte sich auf die nächsten Worte, den alten Mann fest im Blick.

»Sind es nicht die Könige und Fürsten, die ihre schützende Hand über euch alle halten, hinter deren Mauern ihr euch verbergen könnt, und die ihre Kämpfer aussenden, um dem Feind Einhalt zu gebieten? Und steht neben ihnen nicht die Kirche des Herrn Praios, von der Macht und dem Willen des Götterfürsten beseelt, hier auf Dere Recht und Ordnung hochzuhalten?«

Zoltan holte Luft. Jetzt musste er Dunkel und Licht gegenüberstellen, so hatte man es ihm beigebracht.

»Wer sich von den Göttern lossagt und gegen die Ordnung der Welt aufbegehrt, wie sie uns der Herr Praios in seiner Weisheit gegeben hat, der steht allein, und kein Fürst wird ihn beschützen, keine Mauer zwischen ihm und den untoten Heeren des Dämonenmeisters stehen. Und wenn er dann unter den grausamen Hieben des Feindes gefallen ist, dann versagt ihm auch der Herr Praios sein Himmelreich, und die Seele des Ketzers muss auf Ewigkeiten in den Seelenmühlen der Niederhöllen schmachten und unendliche Qualen erleiden!«

In den Gesichtern der Umstehenden zeichnete sich Unbehagen ab. Jetzt war der Novize guten Mutes, die kleine Ansprache zu einem verheißungsvollen Ende zu bringen.

»Wer aber dem Herrn Praios dient und denen, die in seinem Namen regieren, der wird seinen Teil dazu beitragen, dass die Rechtgläubigen den Dämonenmeister vernichten, und der Herr wird freundlich auf ihn sehen und ihn dereinst, wenn er sich würdig gezeigt hat, zu sich ins Leuchtende Paradies nehmen.«

Stille umgab Zoltan Imfelde. Die Leute um ihn herum hatten alle gefesselt zugehört. Der Alte lächelte ihn an und zwinkerte mehrmals.

Leise fragte er: »Glaubt Ihr wirklich?«

»Ja. Sicher.«

Zoltan drückte die Schulter des Alten und sah ihm fest in die Augen. Nach zwei Herzschlägen wandte er sich ab und bahnte sich mit einem – wie er hoffte – seligen Lächeln den Weg zurück zur Zitadelle, um den Eindruck nicht zu zerstören. Welch ein Glück, dass er die Worte der Predigt vom Vortag noch fast wörtlich im Kopf gehabt hatte!

Kurz nachdem Zoltans roter Mantel hinter der nächsten Straßenbiegung verschwunden war, hob das Streiten wieder an, während der Novize nach Orik suchte.

Die Wachen der Markgräfin ließen Zoltan und Orik das innere Tor passieren und Zoltan wandte sich zum markgräflichen Palast, um seine Kammer aufzusuchen, die er mit zwei weiteren Novizen teilte – genau wie er waren sie Spätberufene, die mit ihm aus Gareth gekommen waren. Orik hatte einige andere Hunde im Hof entdeckt, mit denen er durch die Wirtschaftsgebäude tollte, und Zoltan ließ ihm sein Vergnügen.

Am Ende der ersten Wendeltreppe kam ihm Baronin Hela von Natterngras entgegen. Die Baronin wartete auf der oberen Etage, um Zoltan passieren zu lassen. Zoltan war guter Dinge und wollte seine Überzeugungskraft gleich noch einmal ausprobieren und die Baronin Hela kam ihm gerade recht. Schon zuvor hatten die beiden zusammen mit Zoltans Lehrer Praioslob gestritten, wem die Natterngras zu gehorchen habe und wer ihre Streiter befehligen solle.

Die Baronin war eigentlich Lehnsfrau des Grafen von Warunk. Daher war sie mit Soldaten und Landwehr auf dem Weg zur Verteidigung von Warunk gewesen, doch durch das Haupttheer der Schwarzen Horden von der Stadt abgeschnitten worden. Sie musste südlich ausweichen, um nicht aufgerieben zu werden, und hatte so Beilunk erreicht. Nun wollte die Baronin mit ihren Mannen wieder in die Warunkei ziehen, um der bedrängten Trollpforte beizustehen und die vorrückenden Horden aufzuhalten, doch die Markgräfin von Beilunk hatte widersprochen. Sie hatte unter Berufung auf ihren kirchlichen Rang der Natterngraserin befohlen zu bleiben, und so lief diese seit Tagen wie ein eingesperrter Winhaller Wolfshund unruhig durch die Festung.

»Ah, Frau Baronin, haben Hochgeboren schon die Ihr zugedachten Defensionsposten an der Westmauer inspiziert?«, fragte Zoltan übertrieben zuvorkommend. Und in der Tat, der Widerspruch der seit Tagen zürnenden Baronin blieb nicht aus.

»Oh, vielen Dank der Nachfrage, Novize«, antwortete sie in spöttischem Ton. »Ich habe inspiziert, exerziert und kontempliert, derweil die Ogermauer berannt wird und das Tor zu Gareth weit offen steht.«

»Nun, die Verteidigung dieser Stadt ist nicht eben

ohne Belang, Hochgeboren. Die Markgräfin braucht viele Leute, um die Mauern zu bemannen«, versuchte Zoltan eine Erklärung.

Die Baronin seufzte theatralisch.

»Eure Herrin beruft sich auf Lücken in der Reichsordnung, um mir zu befehlen, in einer Burg in den Winterschlaf zu gehen, während alle Rechtschaffenen sich den Schwarzen Horden entgegenstellen. Und es geht noch vielen anderen hier ähnlich! Eure Markgräfin benimmt sich unmöglich. Der Baronin von Sensenau wurde schon mit dem Kirchenbann gedroht, wenn sie nicht pariere. Dabei müssten wir uns dem Herzog von Tobrien unterstellen und nicht der Praioskirche!«

Die Baronin hatte sich schnell in Rage geredet, froh, ihren Ärger loswerden zu können. Aber Zoltan war nicht bereit, ohne Widerrede ihre Klagen anzuhören.

»Das ist unmöglich, Baronin. Ihr werdet hier gebraucht und dieser Kampf ist eine kirchliche Angelegenheit. Der...«

»Kirchlich?«, lachte die Baronin. »Es ist ja wohl eine sehr weltliche Angelegenheit, wenn fremde Soldaten unsere Ländereien überfallen! Novize!«

»Jetzt hört mir doch zu!« Zoltan wurde langsam ungeduldig. »Der Dämonenmeister verhöhnt die Götter, und nicht nur weltliche Belange wie die banale Frage, wer über wen herrscht, stehen zur Debatte. Die Kirche braucht alle, um die Götterlästerer zur Strecke zu bringen, und genau hier wird der Kampf ausgetragen. Beilunk ist von strategischer Bedeutung als ein leuchtendes Fanal des...«

Zoltan suchte noch nach wuchtigen Redewendungen, als die Baronin ihn wenig beeindruckt unterbrach.

»Wenn es überhaupt so weit kommen muss, Herr Hauptmann im Ruhestand. Das Heer wird die Invasion stoppen, wenn alle Kräfte versammelt sind. Ich will zum kaiserlichen Heer und dort kämpfen. Wir werden noch auf Wochen…«

»Das wird nichts, Hochgeboren. Das kaiserliche Heer ist zerschlagen und Brin machtlos gegenüber den Provinzherren. Ihr habt ja keine Ahnung! Seht Euch das stehende Heer des Reiches – und seht Euch den Gegner an. Jeden Tag trifft eine Handvoll Kämpfer ein und sie werden einer nach dem anderen niedergemacht. Das kaiserliche Heer ist eine kaiserliche Kompanie, die könnt Ihr in den Ostwind schreiben. Nur die Kirche kann noch, selbstverständlich mit dem Beistand der Götter, gegen den Dämonenmeister bestehen!«

Da hatte Zoltan in seinem Eifer wohl etwas zu gewagte Worte gewählt, wie er selbst im gleichen Augenblick bemerkte. Die Baronin war fassungslos.

»Ihr seid auch ein Untertan des Reiches, wagt es nicht, über Euren Herrscher zu lästern! Ihr führt Euch auf wie…«

Ein lautes »Was hat das zu bedeuten?« unterbrach die Baronin. Die beiden drehten sich um und sahen in das zornig drohende Gesicht der Markgräfin, die in goldenem Ornat vor den Streithähnen stand und sie mit festem Blick auf dem Fleck festnagelte.

Zoltan hatte das Gefühl, dass die Wände und Möbel im Dunkel verschwanden, während er als Einziger im hellen Licht stand, ohne Deckung, dem durchbohrenden Blick der Priester-Herrscherin ausgesetzt. Zwei Augen hielten ihn fest, ließen die Zeit verharren, lähmten und durchschauten ihn. Er wurde sich jeder einzelnen Faser seines Körpers bewusst, der den gnadenlos richtenden Augen ausgesetzt war, er fühlte seine sinnlos herabhängenden Arme, eine blonde Haarsträhne, die ihn an der Schläfe kitzelte, seine kalten Fingerspitzen und den Hauch des Windes im Gesicht. Die Augen der Markgräfin schienen zu befehlen: ›Gestehe!‹ Und über den Schultern der Markgräfin schwebten wie Möwen um eine Klippe die teils ernst-strafenden, teils schadenfrohen Blicke ihres Gefolges.

Nach einer Ewigkeit, in der Zoltan über alle Sünden und Fehltritte seines Lebens nachgrübelte, wurde er sich der Lage bewusst. Baronin Hela und er beugten ihre Knie vor der Herrscherin Beilunks. Die Natterntalerin fand zuerst ihre Sprache wieder. »Euer Erhabenheit, wir diskutierten strategische Angelegenheiten.«

»Im Ton von Viehhändlern. Wir dulden solches Verhalten nicht, das mehr Zwietracht sät als wir in diesen Zeiten gebrauchen können. Wir sollten vereint stehen und nicht die Arbeit des Gegners für ihn erledigen.«

»Wir bitten um Vergebung, Euer Erhabenheit. Es wird nicht noch einmal vorkommen.« Zoltan starrte mit rotem Gesicht auf die Stiefelspitzen der Gräfin und beobachtete einen schwarzen Käfer, der zwischen ihren Schuhen ziellos über die Dielen lief.

»Meldet Euch bei Hauptfrau Ailill für drei Nachtwachen, Novize. Und Ihr, Natterntal, wartet, bis der Gegner vor uns steht, und dann zieht euer Schwert. Das ist früh genug.«

Sie schritt an den beiden vorbei zur Treppe, das Gefolge rauschte eilig hinterdrein.

Zoltan atmete auf. Nachtwachen waren für einen alten Soldaten wie ihn kein großes Ärgernis, für andere Praios-Novizen schon eher. Die Markgräfin musste einen guten Tag gehabt haben. Mit vielsagenden Blicken richteten sich Zoltan und die Baronin auf, Leidensgenossen, verbunden durch eine gemeinsam überstandene Prüfung. Der Novize warf einen fahrigen Blick auf den Boden, hob die Brauen und seufzte.

»Vielleicht hat die Gräfin Recht und wir sollten uns besser nicht zerstreiten. Um uns schlagen können wir noch früh genug.«

»Ja, mag sein... verzeiht, ich bin recht aufbrausend in

diesen Tagen. Ich bin gewillt, euer Benehmen zu entschuldigen.«

Zoltan verneigte sich andeutungsweise.

»Habt Dank, Hochgeboren. Wir sind alle unruhig zurzeit.«

»Eins müsst Ihr mir noch erklären: Ihr sprecht von der Schwäche des Heeres. Aber in Praske sammelt man sich, um einen großen Heerbann zu führen. Warum soll das keinen Erfolg haben?«

»Sehr einfach.« Strategie war eins von Zoltans Lieblingsthemen, noch vor Taktik und Hunden. »Ihr müsst wissen, dass der Reichsmarschall...«

Sprechend schritten sie den Gang hinunter, auf der Suche nach einem strategischen Sandkasten. Zurück blieb ein zertretener schwarzer Käfer.

»Dreizehn, vierzehn...«

»Heda, Zoltan! Halt ein, Berglund will dich sprechen!«

Auf Yendans Ruf hin unterbrach Zoltan seine Klimmzüge und ließ sich zu Boden fallen. Na endlich! Sein Mentor, der Leitende Inquisitionsrat Arbas Jondrean von Berglund, wollte bestimmt zu einer neuen Mission aufbrechen, nachdem er schon seit Tagen hier festsaß. Zoltan warf seinen roten Mantel über die weiße Tunika und schritt davon, Orik einschärfend, er solle gefälligst warten und nicht wieder die Küche durcheinander bringen.

Auf dem Weg zu den Gemächern des Inquisitors überlegte Zoltan, was ihn erwartete. Er hatte Berglund kennengelernt, als dieser gewisse Vorgänge untersuchte, in die auch Zoltan verwickelt gewesen war. Zoltan hatte mit einigen Freunden Berglund helfen können und dessen Respekt errungen. Damals war Zoltan ein zielos durch das Reich streifender Abenteurer gewesen, aber nach Gesprächen mit dem Inquisitor über die damaligen Ereignisse hatte er den Entschluss gefasst, sich selbst der Inquisition anzuschließen und ähnliche Vorgänge aufzuklären oder besser noch, sie zu verhindern, wenn der Herr Alverans dies wollte.

Nach dem »Herein!« von drinnen öffnete Zoltan die Tür zu Arbas Jondrean von Berglunds Zimmer. Der Inquisitionsrat pflegte in einem reichlich möblierten Salon zu arbeiten, umgeben von verzierten Kommoden, Polsterstühlen und sogar einem Bild. Er hatte vor sich auf einem Tisch einige Dokumente und ein Buch ausgebreitet. An einem zweiten Tisch daneben saß ein Secretarius und beschrieb allerlei Papiere. Zoltan trat vor den Tisch Berglunds und kniete nieder.
Der Inquisitor sah auf. Müde Augen aus einem eingefallenen Gesicht sahen Zoltan an.
»Ah. Praios zum Gruße, Novize.« Er machte eine Handbewegung nach oben.
»Praios zum Gruße, Eminenz«, antwortete Zoltan beflissen und stand auf.
»Gehen die Studien voran?«
»Danke, Eminenz. Ich denke schon.«
»Hattest du schon einmal ein Gesicht, mein Sohn?«
»Eine Vision? Nein, Eminenz. Vielleicht, als ich beim Orakel von Balträa war. Sonst nie.«
»Ich habe viele. Manche sind vom Feind geschickt, manche sind Bilder meiner Phantasie. Aber eine kommt immer wieder. Es ist ein Gefühl der Unruhe, Ungeduld, jedes Mal, wenn ich längere Zeit nach Südosten sehe. Manchmal, wenn es dunkel wird, erblicke ich dort eine rote Flamme, die ein goldenes Licht überstrahlt. Es ist eine Warnung. Etwas wird dort passieren. Aber ich kann nicht von hier fort. Beilunk soll eine Feste werden, in der die Praioskirche dem Sturm widersteht. Alle müssen hier bleiben und auf den ersten Windstoß warten. Ich schicke dich nach Perricum.«

Zoltan hatte ruhig zugehört, als Berglund von seinen Visionen erzählte, aber beim letzten Satz schreckte er auf.

»Eminenz?«

»Sieh dich in Perricum um. Etwas passiert mit dem Tempel dort. Das ist das goldene Licht. Aber die Farben des Gegners sind stärker. Er will uns korrumpieren, unterwandern, zu Häresie und Ketzerei verführen. Im Tempel dort geht etwas vor sich. Wenn er uns schwächen will, ist die Stadt mit dem Reichskriegshafen die nächste Wahl.«

Berglund machte eine Pause und starrte versonnen auf den Tisch. Dann hob er müde den Kopf und ergänzte: »Von dem Auftrag darf das Volk nichts erfahren. Die Schwachen im Geiste könnten das Vertrauen in uns verlieren.«

»Eminenz? Warum ich? Ich bin nur ein Novize.«

»Weil wir sonst niemanden aus der Stadt lassen können«, kam die barsche Antwort. Berglund streckte die offene Hand nach seinem Sekretarius aus, der ihm einige Papiere gab.

»Hier sind Informationen und Reisepapiere. Das ist alles. Gute Reise, geh mit Praios.«

»Danke, Eminenz.«

Zoltan nahm die Schriftstücke entgegen und kniete kurz nieder, dann eilte er hinaus. Völlig durcheinander schloss er die Tür hinter sich und lehnte sich an die Wand des Ganges. Was für ein Vertrauensbeweis, dachte er bitter. Weil ich der Einzige bin, der gerade entbehrlich ist.

Ganz gleich, jetzt war wenigstens etwas los nach der langen Warterei auf den Feind. Und eine Reise die Küste entlang nach Perricum war auch nicht das Schlechteste, wenn er nicht gerade Spähtrupps des Gegners in die Arme lief.

Das konnte ein Problem werden. Eine Seereise schloss

Zoltan schon von vornherein aus, denn das Meer war wie von Dämonen besessen und brachte den Seereisenden nur Leid und Untergang. Er würde seinem Pferd wieder Auslauf gewähren können, und Orik mochte Reisen ebenfalls, denn es gab so viel am Wegesrand zu entdecken. Zoltan überschlug, was er mitnehmen müsste: Proviant, Wasser, einen Wachstuchmantel, eine Decke, die Waffen, die Halsgerichtsordnung, eine Landkarte, die Reisepapiere… ach ja, die Papiere. Er blätterte durch die Schreiben.

Ein Geleitbrief für die Reise, ein versiegeltes Empfehlungsschreiben an den Hochgeweihten des Tempels in Perricum, eine Vollmacht der Inquisition für Zoltan Imfelde, eine Beschreibung der Perricumer Geweihtenschaft mit Auszügen aus den Dossiers der Inquisition und ein kleiner Zettel, mit einer Notiz in der Handschrift von Berglunds: »Traue niemandem. Denk an Nicola.«

Zoltan runzelte die Stirn. Er erinnerte sich an die Affäre im Kloster Arras de Mott, dessen Hochgeweihter Nicola de Mott sich als gestaltwandelnder Dämon in den Diensten des Dämonenmeisters entpuppt hatte. Wochenlang hatten nichtsahnende Geweihte und Laien dem Dämon zugearbeitet, in dem Glauben, einem der wichtigsten Orden der Praioskirche zu dienen. Letztlich hatte man das Wesen aus den Niederhöllen zwar unschädlich gemacht, doch fast zu spät.

Und jetzt warnte der Inquisitor erneut vor Gestaltwandlern. Zoltan wusste, dass in den letzten Wochen und Monaten einige Gestaltwandler und Agenten des Feindes aufgespürt worden waren, in allen zwölf Kirchen, im Generalstab und sogar im Reichsgeheimdienst. Doch wie viele waren verborgen geblieben oder hatten sich eines Körpers bemächtigt, als die Inquisition gerade am Ende der vorigen Ermittlung die Tür hinter sich schloss?

Zoltan hatte gehört, dass vor einem Jahr in Ilsur ein dämonisch besessener Seekapitän enttarnt worden war. Der daraufhin zum Kapitän beförderte Erste Maat war jedoch ebenfalls ein Borbarad-Knecht gewesen und hatte den Verdacht wirksam von sich ablenken können, indem er den Besessenen auslieferte. Das Schiff des Verräters war angeblich in einem Sturm gesunken, aber später hatte man es beim Angriff auf Ilsur gesichtet. Soviel zur Enttarnung von Verrätern.

Nun sollte er nach Perricum, um Ähnliches zu verhindern. Die Papiere räumten ihm viele Befugnisse ein, trotz der Anordnungen der Markgräfin. Er würde einige Bannstrahler mitnehmen, um vor Überfällen auf der Reise sicher zu sein und in Perricum einen besseren Stand zu haben. In ihren weißen Kutten, mit dem Schwert oder Streitkolben an der Seite und mit der Gewissheit der Gerechten im Blick machten sie stets Eindruck auf Gauner und Gardisten, Bürger und Bürokraten. Wenn die Bannstrahler als die Faust des Inquisitors zum Schlag gegen die Horden des Chaos ausholten, dann konnten nur noch unheilige Mächte aus jenseitigen Sphären den Frevler retten.

Und dennoch – wer konnte schon sagen, wie die Dinge in Perricum standen? Dort lag der wichtigste Kriegshafen des Reiches im Kampf gegen die Invasion der Schwarzen Horden. Es stand zu befürchten, dass der Gegner seine Figuren schon platziert hatte und die dunklen Kräfte nur noch darauf warteten loszuschlagen. Aber inzwischen hatte Zoltan viel über die Listen der Dämonen gelernt. Wäre doch gelacht, wenn er die Figuren des Gegners nicht vom Brett fegen konnte – mit dem Beistand des Herrn!

2.

Reisende

26. Rondra, im 27. Jahr nach Kaiser Hals Krönung

Im Rondra war mit Unwettern zu rechnen, besonders in diesen Zeiten. Seit Beilunk hatten die sieben Reiter kaum eine Sonnenstunde erlebt. Von Osten zogen seit Wochen düstere Wolken auf, die häufig Gewitterschauer oder seltsam schmutzigen, öligen Nieselregen mit sich brachten und über die Verteidiger der zwölfgöttlichen Lande ergossen. Seit dem Morgen regnete es ununterbrochen. Die Straße war ein einziger Morast und die Wachsmäntel hatten entschieden zu viele Nähte und Öffnungen, sodass die Reisenden in klammem Wams missmutig in ihren Sätteln hockten. Zoltans neuer goldener Umhang war zwar beeindruckend anzusehen, doch gegen Regen half er nicht. Im Gegenteil, er schien Efferds Gaben freudig entgegenzunehmen, indem er sich vollsog und schwer auf die Schultern drückte.

Zoltan ritt voran, neben ihm stapfte Orik durch den Schlamm. Selbst dem Olporter war inzwischen der Spaß am Kaninchenjagen und Felsenanbellen vergangen. Hinter Zoltan ritten paarweise seine Bannstrahler, vorweg der grimmig den Regen ignorierende Lanzenführer Praiodin von Gareth, der Anführer der sechs Kämpfer, zur Linken Mara-Lumea, die ihn offenbar sehr bewunderte. Es folgten die kleine Aktina Ilsurer und ihre Freundin Provolea aus Nevelung. Die Nachhut bildete der alte Alrik Wutkieser mit seiner wohlverpackten Repetier-Armbrust und der dürre Zepperich.

Alle sechs Bannstrahler trugen Kettenhemden unter ihren langen weißen Umhängen, außerdem führten sie alle ein Schwert oder einen Streitkolben mit, manche beides. Die Pferde trugen weiße Schabracken mit goldenen Greifen, ganz wie die Wappenröcke der Krieger selbst. Zoltans Pferd hingegen war in eine goldfarbene Schabracke mit rotem Greifen gekleidet; er selbst trug die rote und goldene Kleidung eines Inquisitors, eine rote Tunika und einen goldenen Umhang sowie einen Inquisitoren-Gürtel mit Greifenschließe. Leider verriet die einzelne Goldkugel an seinem Gürtel, dass er nur Novize war und kein echter Inquisitor, der wenigstens zwei Kugeln tragen würde. Vorsichtshalber hatte der vormalige Hauptmann seinen Panzer angelegt. Das rote Stirnband trug er weiterhin, es passte sowohl zum Gold-Rot seiner Kleidung als auch zu seinen blonden Haaren.

Zoltan hatte schon ausgetüftelt, dass er notfalls auch Shilasir zu seinem goldenen Umhang auf dem Rücken tragen konnte. Er musste nur den Verschluss des Umhangs etwas weiter stellen, um ihn um Hals und Schwertscheide zu hängen. Zur Zeit hatte er das Schwert an die Packtasche geschnürt, doch wer konnte schon sagen, was für Dämonenpaktierer in Perricum auf ihn warten würden.

Über dem Meer lauerten düstere Wolkenbänke, die über den Hügeln zur Rechten schon wieder zerfaserten. Wie zum Hohn bewegte sich die Reisegruppe im Zwielicht eines aufziehenden Unwetters die Küstenstraße entlang, während nur wenige Hundert Schritt weiter rechts die Wiesen und Felsen in den wärmenden Strahlen der Praiosscheibe aufleuchteten.

Hier unten, nah am Meer, fühlte sich Zoltan schutzlos feindlichen Blicken ausgeliefert. Er hatte die böse

Ahnung, dass in den dunklen Wolken Späher verborgen waren, die ihrem verderbten Herrn und seinen Geschöpfen in Perricum schon alles über die Reisenden berichtet hatten und nur noch auf den Augenblick lauerten, in dem die Inquisitoren auf Zeit in eine andere Richtung blickten, um zuzuschlagen. Jedes Mal, wenn Zoltan nach Süden spähte, wo sich Perricum hinter den Bergen verbarg, hatte er den Eindruck, als würden glühende Augenpaare aus den tiefhängenden schwarzen Wolken zu seiner Linken spähen. Doch wenn er den Kopf zur See wandte, dann sah er nur Lücken in der Wolkendecke – oder Möwen, die im verfluchten Meer nach kalten, bleichen Schuppenleibern suchten.

Keine gute Zeit zum Grübeln. Zoltan musste sich auf alles vorbereiten – und dazu musste er seine Soldaten kennen. Nur wer um die Eigenheiten seiner Leute wusste, konnte sie taktisch dirigieren.

Also wandte er sich um und winkte mit der Rechten: »Praiodin, reitet doch eine Weile mit mir!«

Praiodin von Gareth blickte auf und hob die Zügel, um sein Pferd neben Zoltans zu bringen. Mara-Lumea sah ihm etwas bedauernd nach, wie Zoltan auffiel, doch dann ließ sie sich zu den beiden anderen Frauen zurückfallen, um mit ihnen zu reden. Die Art, wie Praiodin sein Pferd neben Zoltans lenkte, verriet, dass er einige Erfahrung im Reiten besaß.

Zoltan lächelte. »Ihr reitet gerne, nicht wahr?«

Praiodin salutierte militärisch. »Weidener Lanzenreiter, Herr Hauptmann, Korporal bis 24 nach.« Dann lächelte er gewinnend. »So schnell vergisst man seine Lektionen aus der Armee nicht, wie Ihr selbst wisst.«

Zoltan lachte kurz auf. »Das mit dem Hauptmann ist schon eine Weile her, mein Lieber. Aber es scheint sich herumgesprochen zu haben. Woher wisst Ihr? Weil ich morgens meine Runden durch den Burghof laufe? Oder habe ich immer noch den Stechschritt der Almadaner Infanterie an mir?«

»O nein, beim Morgenlauf bin ich Euch noch nicht begegnet. Ich kannte Euren Namen, mir fiel nur neulich Nacht nicht ein, wo ich ihm schon begegnet war. Nun weiß ich es wieder: Ich habe damals Eure Berichte im Kyndoch-Kurier studiert, über den Kampf gegen die Orkenpest. Wir stießen damals, das war Ende 22, gleichzeitig mit dem großen Heerbann über die Ostprovinzen vor. Da hätten wir fast an der Tannbirg-Kette in der Klemme gesessen, wenn wir nicht Euren Bericht über den ›Irrlauf der Dritten‹ gelesen hätten. Da waren wir allesamt Hesinde sehr dankbar, dass sie uns die Kusliker Zeichen gegeben hat.«

»Ach ja, der Irrlauf der Dritten. Das war eine peinliche Sache für Oberst von Walderteich«, grinste Zoltan. »Aber bevor wir unsere Kriegserinnerungen austauschen: Wir müssen uns auf Perricum vorbereiten. Erzählt mir doch kurz etwas über Eure Leute. Wie kämpfen sie, was für Schwächen haben sie und so weiter.«

Praiodin wurde ernst und runzelte die Stirn. Vielleicht gefiel es ihm nicht, einem einfachen Novizen Rapport zu geben, aber andererseits hatte er gerade dem ehemaligen Hauptmann Zoltan Respekt gezollt. Vielleicht dachte Praiodin nur nach, überlegte Zoltan. Dann lauschte er Praiodin, der in gedämpftem Ton über seine Kämpfer berichtete.

»Gut, also. Mara-Lumea, mit der ich eben geritten bin. Als Kind zur Kirche gegeben, früh in den Bannstrahl eingetreten, solide Kämpferin. Zeigt gerne ihr Können mit schwierigen Hieben, hat eindrucksvolle Angriffe parat, aber mit der Deckung hapert es manchmal. Denkt mit, will vorwärts kommen, wird sicher bald befördert.«

Während Praiodin erzählte, sah Zoltan sich kurz um und musterte Mara-Lumea. Wohlgeformt, mittelgroß, das braune Haar zu einem langen Zopf geflochten, elegante Erscheinung, glühende Augen; das Ziel der Minne für den halben Bannstrahlorden, wie Zoltan seit dem Aufbruch in Beilunk vermutete. Sie hatte sich am Morgen sehr herzlich von verschiedenen Ordensrittern verabschiedet, die sich untereinander giftige Blicke zugeworfen hatten. Die finstersten Wünsche der Zurückbleibenden hatten aber wohl Praiodin von Gareth gegolten, der Mara-Lumea galant aufs Pferd geholfen hatte. Zoltan fand Mara-Lumea zu durchtrieben, um attraktiv zu sein – wahrscheinlich würde sie ihn austricksen und überlisten, an der Nase herumführen und lächerlich machen. So etwas hatte er schon einmal erlebt. Außerdem war es in der Gemeinschaft des Lichtes nicht unüblich, den Freuden der lieblichen Rahja zu entsagen, um sich ganz dem Götterdienst im Kampf um Recht und Gesetz zu widmen. Praiodin fuhr fort: »Zepperich, der Lange ganz hinten. Ihr erinnert Euch, er war dabei, als wir uns das erste Mal trafen.«

Zoltan lehnte sich im Sattel zur Seite und sah an Mara-Lumea vorbei nach hinten. Der hagere Zepperich, etwas älter als Zoltan und Praiodin, versuchte anscheinend, sich einen struppigen Schnurrbart wachsen zu lassen. Er redete ununterbrochen mit seinem Nebenmann Alrik, der jedoch nur grimmig unter seiner Kapuze hervor starrte und ab und zu ein knappes Wort äußerte. Der alte Mann schien kaum in der Lage, seine Repetier-Armbrust zu halten, geschweige denn sie zu spannen. Doch sein finster-entschlossener Blick sollte diesen Eindruck wohl Lügen strafen. Um Äußerlichkeiten kümmerte sich Alrik offensichtlich nicht, wie der stoppelige graue Bart und die ungeordneten schulterlangen Haare unter der Kapuze zeigten.

Derweil erklärte Praiodin weiter.

»Zepperich war Stadtbüttel in Warunk, ist seit fünf Jahren beim Bannstrahl. Ruhig, mittelmäßig begabt, kann mit dem Streitkolben besser umgehen als mit dem Schwert. Unordnung mag er nicht, er kommt schnell aus der Ruhe, wenn etwas Unerwartetes passiert. Ein einfacher Mann, aber zuverlässig.

Der alte Alrik Wutkieser ist erst kurz dabei, aus dem Osten geflohen und in Beilunk dem Orden beigetreten. Man hat ihn aufgenommen, weil er gut mit der Armbrust umgehen und praktisch das ganze Zwölfgötterbrevier auswendig aufsagen kann. Im Zweikampf ist er eher wackelig, bei dem Alter kein Wunder. Aber er hat noch scharfe Augen, und deshalb treffen seine Bolzen. Sehr verbissen dabei, will sich wohl für etwas rächen. Seine ganzen Ersparnisse hat er in die Armbrust gesteckt. Reiten kann er ziemlich gut, aber da hört es dann auch auf.

Über die beiden anderen Frauen weiß ich nicht viel, sie sind aus Ysilia neu nach Beilunk gekommen.«

Zoltan nickte zufrieden. »Mit denen unterhalte ich mich gerne selbst. Ach, wir müssen übrigens noch einige Zeichen absprechen, das kürzt die Verständigung ab. Machen wir aber später, mit allen. Nun zu unserem Auftrag: In Perricum werden wir Ermittlungen wegen Spionage und dämonischer Unterwanderung durchführen, möglicherweise gegen den Widerstand der Einheimischen. Ihr sollt mir den Rücken freihalten, wenn es brenzlig wird, und bei Verhören helfen. Vielleicht wird der Feind gezielte Gegenangriffe vortragen, mit Meuchlern oder noch übleren Wesen. Dazu brauche ich Euch. Ich überlasse Euch die Einzelheiten wie Wacheinteilung, aber ich erwarte, dass mich jederzeit zwei Bannstrahler begleiten können. Ihr wisst wahrscheinlich selbst, dass ich mit meinem Schwert – «, er klopfte hinter sich auf ein Bündel über der Satteltasche, »– so einiges kleinkriegen kann, doch gegen Dämonenwerk in der Nähe der Front seid Ihr genau die Richtigen.«

Praiodin salutierte erneut, diesmal lässiger.

»Danke, Herr Hauptmann, wird gemacht. Wie soll ich Euch anreden?«

»In Perricum bin ich Inquisitor. Ich besitze Vollmachten, die mich einem Inquisitionsrat gleichstellen, und entsprechend habt Ihr mich mit ›Euer Gnaden‹ anzureden. Für die Reise einfach Zoltan.«

»In Ordnung, Herr Hauptmann.« Praiodin grinste.

Zoltan hob theatralisch den Blick zum Himmel. »Wenn es Euch denn Spaß macht. Die Reise ist noch lang, und von diesem Wetter muss man sich ablenken. Erzählt mir doch, warum Ihr die Armee verlassen habt und zum Bannstrahl des Herrn gewechselt seid.«

»Das war um 24 herum«, begann Praiodin. »Irgendetwas ging in Weiden vor sich, überall sah man Inquisitoren und Magier aus Perricum. Im Winter sind dann allerorten Menschen verschwunden, ohne dass die Soldaten etwas dagegen unternehmen konnten.

Ich trat also in den Praiostempel von Trallop, um meine Gedanken zu sortieren und vom Herrn der Ordnung zu erbitten, dass er unser Weiden wieder zur Ruhe kommen lassen möge, und dass er die Ordnung der Dinge wiederherstelle, so wie es einst war. Als ich dann vor der goldenen Statue des Götterfürsten kniete, wurde mir klar, dass... wie soll ich sagen... dass es das Höchste und die größte Ehre wäre, für ihn zu kämpfen und seine Ordnung wieder herzustellen. Denn dass er selbst die Dinge ordnen soll, das war wohl ein ziemlich dreister Wunsch. Nur eine Eingebung von ihm, ein Zeichen sollte mir genügen, um für ihn so kleinliche Dinge zu erledigen wie Ketzer aufzuspüren und gegen Lästerer zu kämpfen. Deshalb ging ich nach Gareth...«

Nach zwei Tagen hatten sich die Reisenden etwas näher kennen gelernt, Zoltan hatte sich mit allen unterhalten, und Orik hatte die Rittersleute vom Bannstrahl ausgiebig beschnuppert und sie um Futter angebettelt.

Bei dem regnerischen Wetter hatte wohl kein Wegelagerer die rechte Lust verspürt, sich stundenlang hinter einem Gebüsch in den Schlamm zu legen. So waren die Reisenden am Golf von Perricum angekommen, ohne dass man ihre Kampfkraft auf die Probe gestellt hätte.

Nur ein Ereignis war bemerkenswert gewesen: Als sie die Ausläufer der Trollzacken überquerten, hatte auf einer Anhöhe über der Straße ein Troll gestanden und die Gruppe beobachtet. In ein zottiges Fell gekleidet, mit genau so zottigem Bart- und Haupthaar, einer großen Axt in der Hand und Amuletten um den Hals, hatte er im Nieselregen gestanden und auf die Straße geblickt. Bis die Inquisitoren ihn nach einer Viertelstunde aus den Augen verloren hatten, waren sie von dem Troll nicht aus den Augen gelassen worden.

Am Abend des zweiten Tages versammelten sich die sieben Reisenden um einen Tisch in der Stube des Bauern, bei dem sie sich einquartiert hatten. Orik machte es sich zu den Füßen der Krieger bequem. Der Hofbesitzer war auf Durchreisende eingerichtet und hatte eine Gaststube für bestimmt dreißig Leute zur Verfügung. Doch die Zeiten waren schlecht, und so hatten die sieben den Raum für sich allein. Man schrieb den 27. Rondra 27 Hal, einen Windstag.

Zoltan weihte die sechs in die Geheimnisse der Mission ein: Bekämpfung von Spionage und Umtrieben in Perricum, besonders innerhalb der Kirche. Praiodin von Gareth hatte bereits erläutert, dass sie alle über die Gefahren der borbaradianischen Zauberei unterwiesen worden seien. Die anderen bekräftigten, der Aufgabe gewachsen zu sein und mit vollem Einsatz gegen Borbarad und seine Dämonen vorgehen zu wollen.

Dann erklärte Zoltan das spezielle und heikle Problem der Gestaltwandler oder Quitslinga, wie man sie in Fachkreisen nannte. Ein Gestaltwandler konnte das Aussehen seines getöteten Opfers annehmen und unbemerkt übelste Sakrilege begehen. Doch kein Quitslinga übernahm die Erinnerungen des Opfers. Freunde und Bekannte wunderten sich also bisweilen über seltsames Benehmen. Doch wenn der Dämon geschickt war, konnte er nach einigen Wochen schon so geschickt durch den Alltag gehen, dass niemand mehr Verdacht schöpfte.

Der Novize hatte durchblicken lassen, dass möglicherweise ein Gestaltwandler die Praioskirche in Perricum unterwandert hatte, und daraufhin ungläubige und abweisende Blicke geerntet. Es hatte früher ähnliche Fälle gegeben, doch mit Rücksicht auf die Beteiligten erzählte Zoltan nichts davon.

Er hatte den Eindruck, dass die Ordenskrieger von seinen Theorien nicht überzeugt waren. Vielleicht lag es daran, dass er eigentlich erst Novize war, vielleicht war es den Sechsen unvorstellbar, der eigenen Geweihtenschaft misstrauen zu müssen; vielleicht waren sie gar nicht die Richtigen für diesen Auftrag. Die Krieger vom Bannstrahl Praios' empfingen Befehle und führten sie ohne nachzufragen aus. Die eigenen Geweihten zu beobachten und zu untersuchen lag anscheinend außerhalb ihrer Vorstellungskraft.

Nach dem ernsten Teil des Abends versuchte Zoltan, etwas heiterere Stimmung aufkommen zu lassen, wie er es von so kleinen Gruppen im Militär gewohnt war. Nach einer Weile wurden dann auch Zepperich und die drei Frauen etwas gesprächiger, während Praiodin und Wutkieser sich sehr zurückhielten.

Praiodin von Gareth fühlte sich als Anführer der Bannstrahler offensichtlich zu gutem Vorbild verpflichtet. Er verteilte schon den ganzen Abend lang strafende Blicke im Raum, sobald einer der Knechte des Bauern hereinkam. Zoltan fand das etwas übertrieben. Eindruck machen, gerne, aber in Maßen und zur rechten Zeit, dachte er. Also rief er den Bauern und seine Familie und gab bekannt, dass die Besprechung beendet sei und sich alle dazusetzen mögen. Allerdings saß dann die Bauernfamilie stumm und übelgelaunt an einem anderen Tisch und wartete wohl nur darauf, dass die Sieben sie der Ketzerei und diverser Sünden beschuldigten, flammende Predigten hielten oder sogar Spenden für die Praioskirche forderten.

Praiodin gab dann kund, was es Neues aus Weiden gab. Er erzählte von dem Winter, in dem so viele Menschen verschwunden waren, und von der kleinen Enkelin des Herzogs, die manche für verflucht und manche für von den Göttern gesegnet hielten. Zoltan konnte sich seinen Teil denken, hatte er doch vor einer Weile die sogenannten ›Gezeichneten‹ getroffen, die auch von schwarzer Magie und dämonischen Umtrieben in Weiden gesprochen hatten. Praiodin erwähnte kurz den seltsamen Neunaugensee und die Gerüchte über die Bestie, die auf dessen Grund schlummerte; er schien aber nicht geneigt, das Thema zu vertiefen. Die Angelegenheiten in Weiden waren zu unerfreulich, wie so vieles in dieser Zeit.

An dieser Stelle sprang die blonde Aktina Ilsurer ein und erzählte eine amüsante Anekdote aus dem Wirtshaus ihrer Tante in Ilsur. Kaum hatte sie begonnen, unterbrach sie überraschend der alte Alrik Wutkieser, der auf der ganzen Reise noch kaum ein Wort gesagt hatte. Er meinte nur: »Ihr seid auch aus Ilsur?«

Als Aktina bejahte und das Gasthaus beschrieb, lachte Alrik grimmig.

»Das wird wohl jetzt nicht mehr von Menschen bewohnt. Vergesst es schnell.«

Dann stand er auf und verließ den Raum, beklommenes Schweigen hinterlassend. Die fünf Ordenskrieger tauschten bedrückte Blicke. Wieder versuchte die junge Aktina, das Eis zu brechen, und setzte mit betont fröhlicher Stimme ihre Geschichte fort.

»Jedenfalls, ich wollte noch von der Sache mit den Valluser Spaßmachern erzählen. Meine Tante war also gerade in der Küche, und die Bedienung wischte im Schankraum...«

Nach einiger Zeit war es endlich so weit, dass sich der lang ersehnte Frohsinn in der Runde ausbreitete, und auch Zepperich erzählte einige lustige Geschichten von der Warunker Stadtwache und aus seiner Beilunker Bannstrahlerzeit.

Zoltan lehnte sich zurück und ließ den Blick über seine Truppe wandern. Praiodin von Gareth, der Lanzenführer, übte Disziplin und lächelte dezent zu den Geschichten Aktinas, die mit weit ausholenden Gesten gerade eine weitere alberne Situation beschrieb. Aktina war Anfang zwanzig, recht klein, trug einen kurzen blonden Zopf und hatte meist ein Lächeln auf dem Gesicht, außer am vergangenen Tag, an dem das Wetter sie so unangenehm behandelt hatte. Ihre Frisur entblößte eine bleiche Narbe an der linken Schläfe, wo sie ein Schwerthieb getroffen haben mochte. Aktina schien eine gute Kameradin zu sein, die selbstständig denken und entscheiden konnte. Praiodin und Zoltan gegenüber legte sie durchaus die korrekte Etikette an den Tag, doch sie zögerte nicht lange, auch ihre eigene Meinung kundzutun. Das war für den Bannstrahl-Orden eher ungewöhnlich.

Neben Aktina saß wie zum Kontrast die schwarzhaarige Provolea aus Nevelung mit abwesendem Blick. Sie schien eine gute Freundin von Aktina zu sein und Zoltan fand ihre unnahbare Art recht anziehend. Die junge Frau trug ihr schwarzes Haar zum Pferdeschwanz gebunden, das schmale Gesicht mit den dünnen Augenbrauen war finster und zeugte von düsteren Erinnerungen. Ihr Schwert hatte Provolea immer griffbereit, es lehnte hinter ihr am Stuhl. Die Kriegerin war für Zoltan schwer einzuschätzen, denn sie hatte noch nicht viel gesagt, doch ihre Handhabung des Schwertes und ihre Bewegungen sagten ihm, dass sie die Waffe durchaus einzusetzen verstand.

Der dürre Zepperich schließlich versuchte, gleichzeitig mit allen drei Frauen zu tändeln und erfreute sie mit komplizierter altmodischer Galanterie, die bei ihm allerdings eher linkisch als elegant ausfiel. Gerade füllte er Mara-Lumea erneut den Becher, die sich übertrieben höflich bedankte, woraufhin Zepperich sich königlich freute und unbeholfen abwinkte.

Provolea stellte jetzt ihren Becher ab, nahm das Schwert in die Linke und trat aus dem Raum. Zoltan trank in Ruhe seinen Becher aus, lächelte noch einige Male bei Aktinas Geschichte, tätschelte den unter dem Tisch dösenden Orik und folgte Provolea dann nach draußen.

Die Bannstrahlerin stand, nicht zu übersehen im weißen Wappenrock, am Ende der Veranda des Bauernhauses und blickte auf die nächtlichen Schafweiden, über denen kalt der Nordstern schwebte. Der Himmel war südlich der Berge wieder klar geworden. Unterhalb des Bauernhofes, in einiger Entfernung, rauschte das Meer, in dem sich Wolken, Sterne und ein dünner Streifen des Madamals spiegelten.

Zoltan trat leise neben Provolea und stützte sich mit den Unterarmen auf das Geländer.

»Seht Ihr bis nach Nevelung?«, fragte er leise.

»Zum Glück nicht«, antwortete Provolea mit weicher, dunkler Stimme. »Ich will gar nicht wissen, wie es dort jetzt aussieht. Wahrscheinlich so wie in Alriks und Aktinas Ilsur.«

Provolea schwieg. Zoltan wollte gerade etwas erwidern, da sprach sie weiter: »Ich hoffe nur, meine Familie ist rechtzeitig geflohen. Ich habe sie lange gedrängt. Ich war in Ilsur, mit einer der ersten Einheiten, die als Verstärkung geschickt wurden. Trotzdem konnten wir die Stadt nicht lange halten. Wir mussten zurückweichen, um den Rückzug der Flüchtlinge zu decken. Wir sind in Richtung Ysilia marschiert, meine Einheit als Vorhut, um das Gelände zu klären und für die Flüchtenden Nahrung und Wagen zu requirieren. Ich kam nach Nevelung und musste meine Familie überzeugen, dass bald überall Feinde stünden, die schlimmer wären als alle Albträume.«

»Und, wohin sind sie gegangen?«, fragte Zoltan nach.

»Ich weiß es nicht. Ich musste weiter nach Ysilia, und dann kam der Befehl, alle Geweihten und alle Bannstrahler in Beilunk zusammenzuziehen. Dabei kam ich durch Nevelung – und meine Familie war fort; aber auf dem Weg habe ich überall geplünderte Höfe und Tote gesehen. Noch bevor der Feind da war, hatte er schon Angst, Tod und Gier unter uns ausgestreut. Inzwischen ist natürlich auch Nevelung längst überrannt.«

Sie lachte grimmig auf.

»Wisst Ihr, Herr Imfelde, wovor ich mich früher gefürchtet habe? Im Wald hinter den Feldern unseres Dorfes gab es ein kleines Tal, die Geistersenke wurde es genannt. Ein kleiner Weiher in der Mitte, darum einige Steine, wie Grabsteine, im Kreis angeordnet. Meistens lag Nebel über dieser Senke, und es war ganz still. Länger dort zu bleiben als einige Minuten ist uns nie gelungen, denn dann tauchten weiße Gestalten aus dem Nebel auf, Gnome mit hässlichen Gesichtern, die uns grinsend lockten und zuwinkten. Sobald wir als Kinder die ersten Gestalten sahen, nahmen wir Reißaus, und auch als wir älter wurden, blieben wir nie so lange, dass diese Kreaturen uns hätten erreichen und berühren können. Als ich jetzt wieder dort war, erzählten sich die Leute, dass die kleinen Gestalten unruhig seien und auch außerhalb des Geistertals im Wald umher irrten. Man behauptete, es wäre eine Stätte für Druiden gewesen und für Beschwörungen. Einmal hörten wir aus der

Ferne Gesang vom Tal her, dünne, helle Stimmen, die seltsame Melodien anstimmten. Das war ein unheimlicher Ort, das Grauenhafteste, was wir uns als Kinder vorstellen konnten.

Aber jetzt? Ich wollte, ich wüsste von keinen anderen Schrecken als von diesem Geistertal im Wald! Aber ich habe bei Ilsur gegen die Untoten gekämpft, gegen die wahnsinnigen Blutäxte-Söldner unter ihrem schrecklichen Banner, und ich habe Dämonen gesehen, die über das Wasser wandelten und Schiffe in Brand setzten.

Alles geschieht nur aus einem Grund. Die böse Zauberei des Bethaniers bringt Unheil und verdirbt die Seelen, führt alle in unheilige Versuchung. Es gibt einfach zu viele in diesen Tagen, die durch Zauberei die Ordnung der Welt stören. Die Zauberei ist doch unser größter Widersacher. Es gibt keine Hoffnung, wenn sich jeder, nicht nur der von Geburt Verfluchte, einem Dämonen verschreiben und Zauberei treiben kann. Sie folgen dem, der jedem gewöhnlichen Menschen das Zaubern ermöglicht. Das sollte nie so sein, so ist die Welt nicht eingerichtet!«

Zoltan versuchte angestrengt zu verstehen, wovon Provolea sprach.

»Ihr meint Madas Frevel, das Durchstoßen der Sphären, wodurch die Zauberei in die Welt kam? Das hatte nicht so sein sollen?«

»Genau, Zauberei war nicht für die Welt bestimmt. Durch Mada« – sie deutete auf das fast verhüllte Madamal, das düster über dem Meer hing – »hat alles angefangen. Und der Dämonenmeister folgt Madas Frevel, er ist ein grauenhaft würdiger Nachfolger. Nach Madas Frevel waren nur einige Unglückliche dazu fähig zu zaubern. Doch er verspricht jedem die Kraft der Hexerei. Das wollen die heiligen Zwölf nicht, das ist nicht die Welt, wie sie ihnen vom Schöpfer übergeben wurde! Er will sogar Dämonentore errichten, so sagt man, die eine Verbindung zu den Dämonenwelten herstellen – das ist genau das, was Mada tat, als sie die Sphären durchstieß! Es ist grauenhaft. Wenn nur die Zauberei endlich aufhörte, dann gäbe es Hoffnung. Aber so... ich weiß nicht. Jener hat zu viele Verbündete, und er hat keinen Respekt, gegenüber nichts, nicht einmal vor der Schöpfung. Und alle können sie zaubern. Alle nutzen den Riss in den Sphären für ihre unnatürliche Hexerei, als wollten sie sich lustig machen. Ich hasse diese Zauberer!«

Provolea ballte die rechte Hand zur Faust und ließ sie auf das Geländer der Veranda sinken, den zornigen Blick auf das Madamal gerichtet, das vom Himmel und aus den unruhigen Wellen auf die beiden starrte.

Der Novize trat neben sie und legte seine Hand auf ihre Faust. Er musste etwas Ermutigendes sagen.

»Habt Ihr die goldene Kuppel in Beilunk gesehen?« Natürlich hatte sie, die vergoldete Kuppel des Praiostempels war noch Meilen von der Stadt entfernt zu sehen. Deshalb wartete er ihre Antwort nicht ab, sondern fuhr fort:

»Solange das schönste Haus des Götterfürsten noch steht, wissen wir, dass die heiligen Götter uns nicht vergessen haben, trotz der Unvollkommenheit der Welt. Wenn wir uns würdig zeigen, dann werden uns die Herrlichen Zwölf annehmen und uns zum Sieg verhelfen. Aber wir müssen uns beweisen, durch unsere Taten beten, wie der Bote des Lichts einmal gesagt hat.«

Zoltan hatte noch nie etwas von denen gehalten, die den ganzen Tag betend verbrachten. Sie begingen zwar keine Sünden, die den Göttern missfielen, doch auch keine guten Taten, die diese loben könnten. Was waren schon Worte, mit denen man erklärte, wie götterfürchtig man sei, wenn man es nie durch seine Handlungen bewiese?

Die Kriegerin wandte ihr schmales, bleiches Gesicht

Zoltan zu, der plötzlich den Drang verspürte, sie in den Arm zu nehmen. Sie lächelte schwach.

»Wenn es nicht zu spät ist. Er wird uns bald alle vernichtet haben, wenn es so weiter geht. Viel wird uns nicht bleiben. Bald ist es vorbei. Bald werden wir alle auf einem Schlachtfeld liegen und in den Himmel starren.«

Zoltan fror plötzlich. Die Nähe des schwarzen, kalten Meeres machte ihn beklommen. Was mochte sich unter der Oberfläche verbergen, auf das Ausschlüpfen wartend? Und wer starrte aus der Leere zwischen den Sternen auf die Menschen hinab?

»Lass uns hineingehen, es wird frisch hier draußen.«

Mit diesen Worten nahm er die nur leicht widerstrebende Provolea in den Arm, schob sie ins Haus zurück und weiter in das Zimmer der Küchenmagd, das er für die Nacht bekommen hatte. Dort, hoffte Zoltan, könnte man sich anderen, weniger beunruhigenden Themen widmen, und vielleicht könnte er Provolea ein wenig trösten.

Zoltan hatte Provolea gerade etwas über die Größe der Gemeinschaft des Lichts erzählt und die Macht der Kirchenorganisationen, über Zusammenhalt und Kameradschaft, die auch die düsteren Zeiten und schwerste Prüfungen überstehen. Jetzt wollte er gerade dazu kommen, dass die Voraussetzung für Kameradschaft das gegenseitige Kennenlernen wäre, und dass sie beide doch am Besten gleich damit beginnen sollten. Das war damals, als er bei den Pikenieren war, auch mehrfach gelungen. Aber daraus wurde nichts, für immer.

»Alarm! Überfall!«, schrie jemand draußen, wohl Mara-Lumea oder Aktina, und Orik bellte in der Stube. Heiß durchfuhr es Zoltan. Kampf, die Zeit verlangsamt sich, das Auge sieht die Haare in der Nase des Gegners, das Ohr hört das Rauschen des eigenen Blutes, die Hand fühlt jede ausgefranste Faser des Lederbandes um den Schwertgriff. Die jahrelang geübte Abfolge: Aufspringen, Kerze löschen, Schwert packen. Neben das Fenster, ein Blick hinaus – nichts. Zur Tür, lauschen. Nichts. Provoleas Atmen hinter ihm, auch sie auf den Beinen.

»Provolea, öffne die Tür«, flüsterte er.

Die Kriegerin war mit zwei leisen Schritten an Zoltan vorbei und zog mit einem Ruck die Tür auf. Zoltan war zum Hieb gegen Feinde bereit, doch der Gang vor der Tür war leer. Am Gangende ging die Tür zur Küche auf und die Bauersfrau trat heraus.

»Tür zu! Einschließen!«, befahl Zoltan ihr, und erschrocken befolgte die Frau die Anweisung. Dann gab der vormalige Hauptmann Provolea einen Wink, ihm zu folgen, in die Stube, aus der Gepolter und Oriks Gebell drangen. Als er um die Ecke bog, sah er seine Bannstrahler im Kampf gegen mehrere graue, menschengroße, fischartige Wesen, die durch die Fenster hereindrängten. Zwei oder drei der degenerierten Kreaturen lagen bereits tot am Boden, von Schwerthieben gefällt. Vor Zoltans Füßen lag ein abgetrennter Kopf mit erloschenen, hervorquellenden Augen unter einer fliehenden, haarlosen Stirn, der runde Mund mit den wulstigen Lippen stand offen. Der graue, eineinhalb Schritt lange Körper lag daneben, die dünnen Arme und Beine ausgestreckt, die Flossenhände um einen Holzspeer gekrallt.

Die meisten der Angreifer waren in Tuchfetzen gekleidet. Einige der Fischungeheuer schlugen mit Peitschen aus langen, bunten Fäden auf die Verteidiger ein, andere führten Perlmutt schillernde lange Messer oder Holzspeere. Die fischhaften Wesen waren keine guten Kämpfer, doch sie waren viele, zu viele. Sie hatten die Bannstrahler umringt, die in der Mitte des Raumes um ihren Tisch herum standen und sich der herandrängenden Kreaturen erwehrten.

Zoltan lief in die Stube, schwang Shilasir durch die Luft und schlug auf das Ungeheuer ein, das ihm am nächsten stand. Dadurch verschaffte er Aktina, deren Waffenrock schon von roten Blutflecken übersät war, Gelegenheit, einen anderen der Fischmenschen mit ihrem Streitkolben zu erschlagen. Doch schon wurde die kleine Bannstrahlerin von einer anderen der Kreaturen mit einem Holzspeer bedrängt.

Der Überraschungsangriff des ehemaligen Hauptmanns endete, kaum dass er begonnen hatte, denn die fischköpfigen Eindringlinge wurden rasch auf den Neuankömmling aufmerksam und drängten ihn von Provolea ab, die kurz nach Zoltan in den Kampf eingegriffen hatte. Der Novize musste all seine in langen Jahren erlernte Schwertkunst aufbieten, um den drei Fischmenschen, die ihm gegenüberstanden, den Sieg streitig zu machen. Einer von ihnen schlug mit einer bunten Nessel nach Zoltan, und die Ranke schlang sich um dessen linken Unterarm, der daraufhin schmerzte, als stünde er in Flammen. Der Getroffene zog ruckartig den Arm zur Seite, woraufhin die Nessel aus den Flossen seines Gegners rutschte, und schüttelte sie ab, während er mit weiten, ungezielten Schlägen die anderen Angreifer von sich fernhielt. Als die Ranke zu Boden fiel, konnte Zoltan endlich wieder Shilasir mit beiden Händen packen und in schneller Folge die Klinge erst auf den Holzspeer und dann zwischen die starrenden, runden Augen eines der fischartigen Ungeheuer niedersausen lassen.

Das Wesen fiel um, während ein gurgelnder Laut zwischen seinen wulstigen Lippen hervordrang. Der Inquisitor glitt auf der Nesselranke aus und fiel beinahe in den Speer eines zweiten Gegners. Doch der treue Orik sprang in diesem Augenblick dazwischen und verbiss sich in den Arm des Fisches, der sein Herrchen angreifen wollte. Doch kaum holte Zoltan aus, um dem Unwesen den Garaus zu machen, da traf ihn ein Schlag in die Seite; und ein stechender Schmerz bohrte sich in seinen Körper. Ein Holzspeer hatte ihn getroffen, und obwohl der Panzer dem Schlag die Härte nahm, rang der Novize nach Atem. Er zog mit der Linken den Speer aus Kleidung und Panzer, während er einen Schritt rückwärts zur Wand machte und abwehrend das Schwert hob. Beim Herausziehen fühlte er schmerzvoll, dass die Spitze des Speeres durch die Ringe der Rüstung gedrungen war und sich ein Stück weit in den Leib gebohrt hatte. Er keuchte und führte mit zusammengebissenen Zähnen eine rasche Folge einhändiger Schläge gegen das verbleibende Fischmonstrum, das zurückwich, dann stolperte und unter Zoltans Hieben zusammenbrach.

Das Blatt schien sich zu wenden. Praiodin hielt sich wacker gegen zwei Eindringlinge, Mara-Lumea täuschte einen Angriff vor und überraschte dann einen ihrer beiden Gegner mit einem Rückhandschlag, Zepperich schlich sich soeben an den anderen heran, Orik sprang einem weiteren der Meeresungeheuer auf den Rücken und begrub es unter sich. Zoltan sprang über einen der Fischkadaver, um Praiodin einen Gegner abzunehmen, doch als an der Tür ein schnappendes Geräusch ertönte, hielt er inne. Ein Armbrustbolzen bohrte sich plötzlich in den Rücken der Kreatur und sie strauchelte. Praiodin ergriff die Gelegenheit beim Schopfe und schwang seine Klinge, um dem Leben des Fischmenschen ein Ende zu machen. Schon stand nur noch eins dieser Unwesen, das zu fliehen versuchte, aber unter den wütenden Hieben von Mara-Lumea nur noch wenige platschende Schritte mit den Flossen machen konnte, bis es zusammenbrach.

Zoltan seufzte und ließ das Schwert sinken. *Jetzt hat Shilasir endlich wieder Blut gekostet,* fuhr es ihm durch den Kopf, während er sich umsah. In der Tür kniete Alrik Wutkieser mit gehobener Armbrust, Aktina saß regungslos und blutüberströmt auf dem Boden neben der Tür und Provolea lag vor den beiden auf dem Boden. Mit einem flauen Gefühl im Bauch legte der Novize sein Schwert auf einen Tisch, trat zu Provolea und drehte sie auf den Rücken.

Schon als er ihren blutverklebten Pferdeschwanz bemerkt hatte, ahnte er Schlimmes, doch als er ihr zerstörtes Gesicht sah, hatte er die traurige Gewissheit: Provolea hatte ihre letzte Reise angetreten. Zoltan spürte seine Verletzungen nicht mehr, hörte Alriks Worte kaum noch, der erklärte, dass plötzlich lauter Fischmenschen im Flur aufgetaucht seien und sie angegriffen hätten, er sah nur noch Provoleas zerschnittenes Gesicht und ihren kalten, regungslosen Körper. Eben noch hatten sie sich auf der Veranda unterhalten. »Bald ist es vorbei«, hatte sie prophezeit. »Bald werden wir alle auf einem Schlachtfeld liegen und in den Himmel starren.« Vor wenigen Augenblicken hatte er sie festgehalten, so eine kurze Zeit, und so anders war die Welt geworden.

Es gab unzählige Augenblicke, die völlig unwichtig waren im gesamten Lauf der Welt, doch manche anderen Augenblicke, manche Entscheidungen hatten für Ewigkeiten Bestand. Dazu zählte die entscheidende Antwort: »Ja, ich will Inquisitor werden«, oder: »Nein, ich werde nie mit dir den Kreis abschreiten«, und jeder Augenblick, in dem sich ein Seil löst, eine Achse bricht, der Fuß strauchelt oder das Schwert fällt...

Müde stand Zoltan auf.

»Wie geht es euch anderen? Mara, ich habe Verbandszeug in meiner Satteltasche. Praiodin, lebt noch ein Gegner? Alrik und Zepperich, legt Aktina hier auf den Tisch!«

Mara-Lumea und Praiodin schienen nur leicht verletzt zu sein. Alrik blutete aus einer Platzwunde am

Kopf, Zepperich hielt sich die Seite, ebenso wie Zoltan selbst, doch Aktina hatte es am ärgsten getroffen.

Die leicht Verletzten zogen einen Tisch heran und betteten Aktina darauf, die leise stöhnte. Dann zogen sie ihr das Kettenhemd aus, und mehrere Stichwunden und einige Verbrennungen von den Nesselpeitschen kamen zum Vorschein. Alles in allem schien es nicht lebensgefährlich zu sein. Nur einige Narben würden zurückbleiben, zusätzlich zu den vielen, die Aktina schon trug, wie Zoltan überrascht feststellte.

»Alle leblos, Hauptmann«, berichtete Praiodin, während er einen Stoffstreifen um seine Hand wickelte. »Wie die Hühner haben wir hier drin gesessen und auf einen Angriff des Fuchses gewartet! So etwas darf nicht passieren. Ab jetzt werden wir rund um die Uhr wachen, gleichgültig wo wir sind«, schimpfte er.

Zoltan betrachtete nachdenklich Aktinas Wunden und antwortete mit abwesendem Tonfall: »In der Tat, Praiodin, wir hätten vorbereitet sein sollen. Alrik, hol Wein aus der Küche. Praiodin und Mara, wir sehen draußen nach, ob sich hier noch mehr Fische herumtreiben.«

Mara-Lumea schien Zoltan nicht zu hören; seufzend fiel sie auf die Knie und stützte die Hände auf ihr Schwert. »Dank sei Dir, Herr Praios, der Du mich aus der Tiefe geholt und mich errettet hast.«

Bei den ersten Worten ließen die anderen ihre Waffen sinken und knieten gleichfalls nieder. Zoltan zögerte, denn an der Akademie hatte man ihm eingebläut, dass man sich nach dem Rückzug des Gegners nie zu schnell in Sicherheit wiegen solle. Versprengte Einheiten und verwundete Nachzügler konnten bald zum Verhängnis werden. So etwas sollte ihnen nicht passieren.

»Herrscher des Dererunds, du gabst uns den Sieg und zeigtest uns deine Macht.«

Andererseits war er in den Dienst des Götterfürsten getreten, und Hauptmann war er schon lange nicht mehr. Die Gebote des Herrn Praios waren einzig maßgebend für sein Leben! Die Bannstrahler hatten Recht. Der Novize schalt sich selbst für seine Gedanken, das Echo eines früheren Lebenswandels, mit dem er aufgewachsen war. Peinlich berührt sank er als Letzter auf die Knie, um demütig seinem Herrn, dem König der Götter, zu danken.

Er konzentrierte sich auf Mara-Lumeas Worte, und Dankbarkeit über den siegreichen Kampf erfüllte ihn. Die Worte des Gebetes gaben ihm die Sicherheit, dass die Götter auf seiner Seite waren und ihre beschirmende Hand über hin hielten, damit er seine Aufgabe erfülle.

»Du schicktest meine Feinde in die Tiefe und zeigtest mir Deine Macht.

Ich preise dich, O Herr des Himmels, und rufe deine Macht hinaus unter die Menschen, dir zum Wohlgefallen und den Gerechten zur Freude. Praios, so sei es!«

Gestärkt durch das Gebet, nahm er mit der Rechten sein Schwert auf und ging zur Tür, Orik hechelnd hinterher. Praiodin warf einen nachdenklichen Blick auf Provoleas Leiche, murmelte eine unverständliche Verwünschung auf die Fischwesen und trat dann nach Mara-Lumea aus dem Haus.

Im hellen Sternenlicht war deutlich eine nasse Spur zu erkennen, die sich vom Wasser zum Haus hinzog. Aber keine Fischmenschen mehr, nach dem Gebet waren sie längst davon. Orik lief unruhig auf und ab und verfolgte halbherzig eine Fährte. Praiodin deutete hinunter zum Wasser, wo Zoltan überhaupt nichts erkennen konnte. Die Wellen schlugen an die Klippen und über die Felsen am Strand und warfen schillernde Perlen aus Gischt in die Luft, wie um die Fischwesen zu verbergen, rauschten eintönig und beharrlich, wie um deren Geräusche zu verdecken. Weiter draußen breiteten sich die Wogen endlos aus, um die Geheimnisse des Meeresgrundes vor den Augen der Landmenschen zu verbergen.

Der Bannstrahler spähte hinab zum Wasser. »Ich glaube, da am Ufer sind welche. Etwa zehn; etwas mehr, fünfzehn. Sie schwimmen raus aufs Meer. – Nanu? Die Ersten, am weitesten draußen, sind verschwunden. Jetzt verschwinden auch die anderen. Sie tauchen ab, meine ich.«

Zoltan nickte grimmig. »Großartig. Es gibt also noch richtig viele von diesen Kreaturen da draußen. Ich hatte gleich ein ungutes Gefühl, als ich das Meer heute Nacht sah. – Sichern wir die Umgebung. Fünf Schritt Abstand.«

Zoltan ging los, Praiodin folgte etwa fünf Schritt hinter – und rechts von – ihm, Mara-Lumea zur Linken. Orik verstand wie immer nichts von Taktik und trabte, unverbesserlich neugierig, voran. Doch die Vorsicht war nicht nötig. Es fanden sich bei der Umrundung des Gebäudes noch zwei tote Fischwesen, aber keine lebenden Feinde.

Zoltan entschied, dass das Gelände sicher war. Durch die offen stehende Küchentür traten die beiden wieder ins Haus und stolperten fast über die tote Bauersfrau.

»Ich hatte mich schon gefragt, wo die sind«, murmelte Zoltan. »Diese verfluchten Kreaturen sind also durch die Küche gekommen, als wir die Fenster verteidigten.«

Es stellte sich heraus, dass die Kinder und der Knecht von Nesselranken bis zur Bewusstlosigkeit gedrosselt, aber nicht tot waren. Zoltan weckte den Knecht hastig mit kaltem Wasser und befahl Praiodin und Mara-Lumea, die Kinder in ihre Stube zu bringen und zu versorgen, bevor sie aufwachten und ihre tote Mutter sehen konnten. Er beruhigte den aufgeregten

Knecht und half ihm, die Küchentür mit einem Tisch zu verbarrikadieren. Dann eilte er in die Stube, wo Mara-Lumea mit dem Auswaschen und Verbinden von Aktinas Wunden begonnen hatte. Orik saß neben Zepperich und hechelte, während dieser die Kopfverletzung von Alrik versorgte. Zoltan machte sich ebenfalls ans Werk, und einige Zeit später war Aktina mit einem heilsamen Trunk aus Alriks Ranzen in erholsamen Schlaf gesunken. Die anderen untersuchten – des Gestankes wegen bei geöffneten Fenstern – die Überreste der Fischmenschen. Zoltan setzte sich auf den Tisch und starrte nachdenklich auf den Boden.

Für den ehemaligen Hauptmann war klar, dass die Angreifer entweder dumm oder schlecht in Kenntnis gesetzt gewesen waren, dass sie derart miserabel ausgerüstet und ausgebildet gegen sieben erfahrene Kämpfer angetreten waren. Über zwanzig der grauen Fischkreaturen hatten ihr Leben gelassen in dem Versuch, die Reisegruppe zu überrennen. Einen sonderlich robusten Körperbau konnte man ihnen auch nicht zusprechen, häufig hatte der erste Treffer sie außer Gefecht gesetzt. Ihre Waffen waren aus Muscheln oder Holz gefertigt, bei den Peitschen schien es sich um pflanzliche Giftranken zu handeln, die inzwischen zu vertrocknen begannen.

Zweifellos eine Unterschätzung des Gegners, wenn sich die Fischwesen von dieser Art Angriff einen Erfolg versprochen hatten. Die schwierigere Frage war, warum diese Kreaturen gerade jetzt attackiert hatten. Es war eigenartig, dass Wesen, die das Meer als Wohnstätte gewählt hatten, plötzlich Menschen auf dem Land angriffen. Gab es hier etwas, was für sie erstrebenswert war? Oder fühlten sie sich bedroht? Weder das eine noch das andere schien hier wahrscheinlich.

Damit blieb nur eine Möglichkeit, die Zoltan gar

nicht gerne in Erwägung zog: Die Angreifer hatten gezielt ihn und die Bannstrahler angegriffen. Dies wiederum ließ nur einen Schluss zu: Dass die Angreifer aus dem Meer mit dem Dämonenmeister verbündet waren.

Wer wusste von Zoltans Mission? Außer seinen Begleitern nur noch der Geheime Inquisitionsrat von Berglund und alle Leute, mit denen dieser über Zoltans Mission gesprochen hatte. Andererseits hatte gerade von Berglund vor Doppelagenten gewarnt, also würde er nicht allzu viele Leute ins Vertrauen gezogen haben. War etwa… Berglund selbst schon übergelaufen? – Ach was, tat Zoltan ärgerlich diesen Gedanken ab. Dann hätte er mich doch nicht noch gewarnt, sondern einfach nur hier überfallen lassen. Aber wer war es dann? Wer wusste von unserer Reise?

Die Untersuchung der toten Fischwesen ergab keinen Aufschluss über ihre Auftraggeber oder Motive. Die Leichen wurden vor dem Bauernhaus auf einen Haufen geworfen, verbrannt, und dann verrammelten die Bannstrahler alle Fenster und Türen des Bauernhauses. Am Weg zum Strand entzündeten sie ein Feuer, damit sich niemand ungesehen anschleichen konnte, und eine Wache saß den kurzen Rest der Nacht an einem Fenster im Obergeschoss, auf das Meer spähend und für Provolea Totenwache haltend. Doch alles blieb ruhig.

Aktina wachte am Morgen rundum verbunden und kaum bewegungsfähig auf. Mara-Lumea nahm sie vorsichtig in den Arm und führte sie zum Tisch. Die Runde löffelte schweigend den Frühstücksbrei. Zoltan fand es an der Zeit, ermutigende Worte zu sprechen, sonst würden alle schon jetzt die Mission als gescheitert ansehen.

»Leute, wir sind schwer angeschlagen. Provolea ist gefallen, im Kampf gegen diese widernatürlichen Fischwesen. Aber ich sehe um mich fünf Krieger vom Bannstrahl Praios', die schon schwerere Hindernisse überwunden haben. Ich habe mich gefragt, wer hinter diesem Angriff steckt. Jemand muss vor uns Angst haben. Dieser Jemand will nicht, dass wir in Perricum ankommen und Fragen stellen. Das bestärkt mich umso mehr in meinem Entschluss, den Schuldigen zu finden. Wenn wir in Perricum sind, werden wir ihn aufspüren und für den Mord an Provolea und der armen Bauersfrau zur Rechenschaft ziehen. Wir werden uns nicht aufhalten lassen!«

Allgemeines Nicken und zustimmendes Gemurmel rundum waren das Echo auf Zoltans Worte. Rachedurst treibt jeden Soldaten an, das wusste Zoltan sehr gut. Und die Aussicht, Provoleas Tod zu rächen, würde auch die Bannstrahler beflügeln.

Zoltan fragte in die Runde, ob schon einmal jemand diese Fischmenschen gesehen oder etwas über sie gehört habe. Doch als Antwort bekam er nur Märchen zu hören, über ein Unterwasser-Reich von Echsenwesen und über alte Rassen, die vor Jahrtausenden ins Meer ausgewandert seien. Praiodin erwähnte, dass im Neunaugensee ähnliche Fischwesen gesehen worden waren, das besagten jedenfalls die Geschichten aus Donnerbach und den Dörfern um den unheimlichen See herum.

Nach dem Frühstück begruben die Bannstrahler die tote Bauersfrau und bepackten dann ihre Pferde. Provolea wurde, in Tücher gewickelt, über ihr Pferd gelegt, um in Perricum ein göttergefälliges Begräbnis zu erhalten. Für Aktina baute man eine Trage, die zwischen zwei Pferde gehängt wurde. Zoltan befragte derweil die Bewohner des Hofes. Sowohl die verstörten Kinder als auch der Knecht konnten übereinstimmend berichten, dass in den vergangenen Tagen häufig Seehunde in der Nähe der Küste aufgetaucht waren, selbst nachts.

Zoltan fragte nach und fand heraus, dass zwar alle die Köpfe auf den Wogen für Seehundsköpfe gehalten hatten, sich inzwischen jedoch nicht mehr sicher waren. Der Inquisitor glaubte allerdings nicht daran, dass sich noch Seehunde an diesen Küstenabschnitt wagten. Grübelnd starrte er auf das Meer hinaus.

3.

Würdenträger

*Perricum, 28. Rondra, im 27. Jahr nach
Kaiser Hals Krönung, einen Tag nach Mada-Verhüllung*

Auf der Darpatfähre herrschte nicht viel Betrieb. Nur ein Schreiber aus der Stadt und drei Schausteller mit ihren hundert Taschen und Ranzen wollten von Dergelmund nach Perricum übersetzen. Die Fährleute schafften eilig Platz für den Inquisitor und seine Begleitung und legten alsbald ab. Nun konnte Zoltan in Ruhe einen Blick auf die Stadt seines ersten Auftrages werfen.

Auf dem Darpat eilten mehrere Schiffe hin und her, kleine Segel- und Ruderboote, flache Flusssegler. An den Kais gegenüber lagen bornische Dickschiffe neben schmalen maraskanischen Thalukken, Galeeren neben Hochseeseglern. Hinter den Segeln und Masten erhob sich Perricum, überragt von der Löwenburg weiter im Süden, die hell im Abendlicht strahlte. Seit Jahrhunderten stand das Bollwerk auf den Klippen, einstmals über das tulamidische Nebachot wachend, jetzt über den Kriegshafen der Kaiserflotte.

Vor der Löwenburg lag die Stadt selbst; sie zog sich von der Ebene am Flussufer den Hang empor. Entlang des Flusses erstreckten sich die Anlegestege, einmal unterbrochen von einer weißen Freitreppe, die zu einem blau-weißen Kuppelgebäude, vermutlich dem Efferdtempel, empor führte.

Links des Efferdtempels stieg das Gelände weiter an,

um in einer schroffen Klippe, deren Steilseite Zoltan allerdings nicht sehen konnte, meerwärts zu enden. Auf dem Berg standen kleine Hütten und Katen, während am Fluss und südlich in Richtung Löwenburg hin größere frei stehende Häuser und Villen sichtbar waren.

Ganz links, wo sich der Darpat ins Meer ergoss und noch vor der Klippe mit dem Armenviertel, ragten die Mauern auf, die den Kriegshafen umschlossen. Nirgends ein freundlicher Strand, sich wiegender Strandhafer, Treibholz, plätschernde Wellen. Senkrecht wuchsen die Befestigungen aus dem Meer, kein sanfter Übergang, sondern ein dreister Sprung turmhoch in den Himmel. In einem der Türme, wusste Zoltan, hatte die KGIA, der Kaiserliche Geheimdienst, ihr hiesiges Büro. Über den Klippen, dort, wo die Brandung auf das Land prallte und miteinander ringende Elemente Gischt über die Stadt sprühten, schrien die Möwen vor Entzücken über den wilden Kampf der Wellen gegen das Erz.

Das Rauschen des Wassers und das Knarren des Schiffes verbanden sich zu einer Geräuschkulisse, die den Novizen einlullte, während er darüber nachdachte, wie vor vielen Jahren das heidnische Nebachot berannt worden war, wie die Belagerer Heldenmut und Tapferkeit beim Bestürmen der Mauern zeigten, bis die Götter selbst die Heroen belohnten und mit dem Wunder der ›Posaunen von Perricum‹ die Mauern der Stadt zum Einsturz brachten. Vor Zoltans Auge galoppierten Männer und Frauen zu Pferd die Klippen hinunter, die Schwerter hoch erhoben, mit einem Jubelgesang für die Kriegsgöttin, der das Donnern der Hufe übertönte. Von heiligem Schauer ergriffen und von höherer Macht durchdrungen, sprengten sie mit Leomar von Baburin durch die Breschen in der Mauer, erschlugen die Heiden zu Dutzenden und trafen sich schließlich auf den Türmen der eroberten Feste, um im ersten Licht der Morgensonne ein Freudenfeuer zu Ehren der Götter zu entzünden und der Kriegsgöttin die erbeuteten Waffen zu opfern.

Jemand trat zackig mit Stiefelknallen neben Zoltan, und die Bilder verschwanden und machten Mara-Lumeas schmalem Gesicht Platz, das Perricums Hafen zugewandt war. Sie stützte die unverletzte Linke auf die Reling und spähte ans Ufer. Einige braune Strähnen aus dem Zopf wehte ihr der Wind ins Gesicht, was ihr ein verwegenes Aussehen gab.

»Perricum, die Stadt der Rondra«, kommentierte Zoltan langsam. »Und wir, die Priester des Praios, aus Seiner heiligen Stadt.«

Mara-Lumea nickte. »Die Rondrakirche hat anscheinend Schwierigkeiten, in ihrem eigenen Haus für Ordnung zu sorgen, wenn wir schon aus Beilunk gerufen werden.«

Zoltan runzelte die Stirn. Die üblichen Feindseligkeiten der Praios- gegen die Rondrakirche waren also auch unter ›seinen‹ Bannstrahlern verbreitet. Er fand diese Einstellung sehr ärgerlich, denn auch er selbst hatte zuvor Rondra vor allen anderen Göttern verehrt, und erst lange nach seinem Abschied aus der Armee hatte sich dies geändert. Es hatte einiger erstaunlicher Erlebnisse und eines großen Wunders des Herrn der Ordnung bedurft, um ihn zur Praioskirche zu ziehen.

»Langsam. Wir sind hier, weil man eine Unterwanderung unserer eigenen Gotteshäuser befürchtet. Damit hat die Rondrakirche nichts zu tun, und ich hoffe auch nicht, dass dieser Verdacht schon zum Stadtgespräch geworden ist. Und zum anderen seid Ihr, genauso wie ich, eine, die zwischen den beiden steht. Ihr dient mit den Mitteln der Sturmherrin dem Fürsten der Sonne. Im Kampf verhelft Ihr dem Herrn zum Sieg, und das ist Ihr sicherlich auch gefällig.«

»Das mag stimmen, Euer Gnaden. Ihr habt unmittelbarere Erfahrungen, da Ihr vor Eurer –«, Mara suchte kurz nach Worten, was ihr anscheinend etwas unangenehm war, »- vor Eurem Eintritt nur der Rondra gehuldigt habt. Aber ich zumindest hänge nicht dem Waffenkult an, wie es die Krieger der Rondra tun, und ich sehe den Kampf auch nicht als Selbstzweck. Das Recht verteidigen, die Kirche schützen, den Ungläubigen Respekt vor dem Herrn Praios einbläuen. Dafür kämpfe ich. Um die heilige Ordnung der Welt zu verteidigen, ziehe ich die Waffe.«

»Hoffen wir, dass kein Kampf nötig wird. Wenn der örtliche Tempelvorsteher mit uns zusammen arbeitet, dann sollte es recht gut voran gehen.« Was diesen betraf, hatte der Inquisitor auf Zeit allerdings erhebliche Zweifel. Er befürchtete, dass der Hohepriester Perricums trotz aller Geleitbriefe in ihm nur den Novizen sehen würde, noch dazu einen Spätberufenen, der vornehmlich Rondra verehrt hatte.

Über seine Taktik war sich Zoltan noch nicht im Klaren. Sollte er mit seinem Verdacht hinter dem Berg halten? Das entsprach nun wirklich nicht dem Auftreten eines Inquisitors aus Beilunk. Aber jemanden gezielt beschuldigen konnte er auch nicht. Also musste er wohl oder übel seinen Verdacht bekannt geben und dann den Gestaltwandler entlarven, auch wenn dieser dadurch vom ersten Augenblick an gewarnt sein würde und alle Zeit Deres hatte, Zoltan zu beseitigen, während dieser nacheinander alle Priester des Tempels befragte.

»Meint Ihr, dass die Aufgabe schwierig wird?«, fragte Mara-Lumea. »Ihr seid schließlich noch neu und nicht mal ein richtiger Inquisitor. Das bedeutet doch, dass Inquisitionsrat von Berglund keine Schwierigkeiten erwartet.«

»Es wird schon alles gut gehen«, antwortete Zoltan kurz angebunden und wandte sich ab. Er wollte seinen Ärger vor den anderen verbergen. Es war bedenklich, wie wenig seine Leute von ihm hielten. Wenn sie bloß nicht noch aufsässig wurden! Es war natürlich verständlich, dass sich die erfahrenen Ordenskrieger vom Bannstrahl Praios' von einem Novizen ungerne befehlen ließen, aber er hatte gehofft, sie stattdessen mit Kameradschaftlichkeit überzeugen zu können. Das war ihm offensichtlich bislang noch nicht gelungen.

Die Fährleute gingen zum Bug, nahmen Seile auf und warfen sie über die Poller. Das Schiff legte knirschend in Perricum an. Am Steg warteten schon einige Träger und Zöllner, die die ankommenden Passagiere beäugten. Die vier Zollwachen trugen zwar nur Lederhosen und einfache Tuchhemden, doch voller Stolz präsentierten sie ihre blauen Röcke mit dem Wappen Perricums, dem silbernen Delfin über goldenem Säbel. Zoltan bemerkte im Hintergrund zwischen den Händlern und Fischern eine leichte Unruhe und dann entließ das Gewühl einen keuchenden, hageren Mann, auch in eine blaue Uniform mit dem Stadtwappen gekleidet, der mit dem Dreispitz in der Hand zum Schiff hastete. Die Zöllner wechselten verdutzte Blicke und schlossen sich dann dem Hageren an, der zum Stillstand kam, als die Planke der Fähre auf den Steg krachte.

Zoltan stiefelte an den anderen Passagieren vorbei, die ihm schleunigst auswichen. Dann schritt er an Land, sich bemühend, eine eindrucksvolle Erscheinung abzugeben. Das rot-goldene Gewand und das Schwert auf dem Rücken hätten vielleicht schon ausgereicht, aber man wusste ja nie. Er konzentrierte sich auf einen geraden Gang über die leicht schwankende Planke. Ungefähr hundert Augen starrten ihn an und Zoltan hoffte inständig, dass niemandem die einzelne Goldkugel an seinem Gürtel auffiel.

Der Hagere verneigte sich vor ihm. »Euer Gnaden, willkommen in Perricum! Ich bin Alginor Tannsicht, der Hafenmeister, ich stehe Euch mit allen meinen Kräften zu Diensten.«

Zoltan neigte leicht den Kopf. »Praios zum Gruße, Meister Tannsicht. Wir haben einen Leichnam an Bord. Bitte veranlasst, dass er von Bord gebracht wird und man uns in der Stadt keine Schwierigkeiten bereitet. Wir sind in Eile.«

Tannsicht verneigte sich erneut und gab den Zöllnern Anweisungen. Zoltan nahm sein Pferd entgegen, das seine Leute inzwischen an Land gebracht hatten. Er saß auf, dabei den goldenen Umhang in weitem Bogen über das Pferd werfend, und gab den Bannstrahlern ein Zeichen, ihm zu folgen. Dann ritt er stadteinwärts, bergan in Richtung Praiostempel. Seine Krieger folgten, danach hasteten zwei Zöllner zu dem Pferd mit Provoleas sterblicher Hülle und führten es dem Zug hinterdrein. Eigenartigerweise war Provoleas Leiche noch so gut erhalten wie vor zwei Tagen. Zoltan konnte sich diese Tatsache nicht erklären; es war doch Hochsommer, da hätte schon längst der Verfall einsetzen müssen.

In den Straßen der Stadt war neben dem Handwerksvolk und den Krämern viel Militär unterwegs. Zoltan erkannte Wappen aus allen drei Verbänden und mindestens sieben verschiedenen Geschwadern, was bedeuten musste, dass der Kriegshafen aus allen Nähten platzte.

›Der Inquisitor und seine Schlagetots‹, das konnte man in den Augen der Passanten lesen, wenn sie vor Zoltan in Seitengassen abbogen oder sich in Hauseingänge und Geschäfte drückten. Ängstliche Blicke folgten den weiß gewandeten Kriegern, und manch einer mochte sich auch fragen, wer oder was es gewagt hatte, den Inquisitor der Heiligen Praioskirche anzugreifen, da sie alle Verbände trugen und einen Toten mit sich führten. Gewiss würde der Inquisitor jetzt seinen Zorn an den Perricumer Bürgern auslassen und so lange hochnotpeinliche Geständnisse aus ihnen pressen, bis die Stadt halb entvölkert wäre.

Zoltan hatte für die Ängste der Bevölkerung nur ein müdes Lächeln übrig. Er wusste schon, wo der Kern des Übels zu suchen war. Am Ende der Gasse war das goldene Dach des Praiostempels nicht zu übersehen, wie es in der Sonne funkelte und die Verderbtheit seiner Bewohner vor den gnadenlosen Augen des Herrn verbarg. Vor ihm, der Hand der Gerechtigkeit, sollten die falschen Priester keine Gnade zu erwarten haben. Dem verräterischen Ordensvorsteher hatte man damals zu lange vertraut, einem falschen Priester hier in Perricum würde er schnell auf die Schliche kommen. Und dann stand seiner offiziellen Ernennung zum Inquisitor nicht mehr viel im Wege. Dann hätte Zoltan den Beweis geführt, dass auch spät berufene Priester sich zum hervorragenden Inquisitor im Dienst der Gemeinschaft des Lichts eigneten.

Perricums Praiostempel stand an einem weiten Platz, in der Nachbarschaft des Magistrats, mit Blick auf den Hesindetempel. Den Priestern mochte es wohl jedesmal Kopfschmerzen bereiten, auf den Platz zu treten und den Tempel der Schlangenmächtigen zu betrachten, die alle Zauberkundigen schützte. Vielleicht aus diesem Grunde hatte der Tempel auch einen Eingang in Richtung der Straße, auf der sich Zoltan und seine Bannstrahler näherten, eine Doppeltür, die mit dem allsehenden Auge als Kapitelstein gekrönt war. Goldfarbene Sonnenstrahlen auf weißem Putz umkränzten das Tor, sodass ein Heraustretender unmittelbar aus einem hellen Licht zu kommen schien.

Das Tor öffnete sich, als Zoltan noch etwa dreißig Schritt entfernt war. Zwei Bannstrahler erschienen und vertrieben die herumlungernden Händler und Müßiggänger mit Fußtritten von den Stufen, und schon traten mehrere Geweihte aus dem Tor hinaus. Ihre golddurchwirkten roten Gewänder zogen alle Augen auf sich, sodass in der Straße nahe dem Tempel auf einen Schlag Ruhe einkehrte.

Vor den drei Priestern schritt der Hochgeweihte, Luminon von Perricum. Er war neunundfünfzig, das wusste Zoltan aus dem Dossier, und zwar einer, der Ketzern kein Pardon gab. Diese Einstellung sah man ihm an: Unter buschigen Brauen blickten die Augen missbilligend in die Welt und das grimmige Gesicht kannte gewiss nur Stirnrunzeln und ein verächtliches Herunterziehen der Mundwinkel. Mit entschlossenem Schritt trat der Hochgeweihte bis vor die oberste Stufe der Treppe und blickte den Ankömmlingen entgegen.

Einige Schritt vor der Treppe zügelte der Novize sein Pferd, warf den Umhang zur linken Seite und stieg ab. Gemessenen Schrittes erklomm er die Treppe, bis er feststellte, dass er zwei Stufen vor dem Hochgeweihten innehalten musste, um diesem nicht auf die Schuhe zu treten. Da Zoltan nicht sonderlich groß war, hatte er jetzt das Vergnügen, genau auf die drei goldenen Kugeln zu starren, die von Luminons Gürtel hingen und seine Macht in aller Deutlichkeit anzeigten.

Zoltan rang den Wunsch nieder, sich zu verbeugen, richtete sich dagegen so groß wie nur möglich auf und begrüßte den Tempelvorsteher.

»Praios zum Gruße, Hochwürden, und Ehre dem Herrn. Ich bin Zoltan Imfelde, für die Heilige Inquisition hier in Perricum, um der Gerechtigkeit zum Sieg zu verhelfen und die Ketzer zu vernichten. Dazu muss ich Euch privatim sprechen.«

»Praios zum Gruße«, erwiderte Luminon mit knarrender Stimme. Dann fügte er an: »...Bruder Zoltan. Es ist mir eine Ehre, die Inquisition zu – äh – beherbergen, so lange sie – äh – in Perricum für unseren Herrn – äh – streitet.«

Danach trat er einen Schritt zur Seite und wies mit der Hand zum Portal.

»Bitte sehr, folgt mir in den Tempel, damit Ihr mir Eure – äh – Sorgen schildern könnt.«

Mit düsterem Blick nickte Zoltan knapp und wandte sich kurz ab, um in Richtung seiner Begleiter ein Handzeichen zu geben. Mara-Lumea und Zepperich lösten sich aus der Gruppe und marschierten eilig die Stufen hinauf, während Alrik Wutkieser das Halsband von Orik packte und sich alle Mühe gab, nicht umgerissen zu werden. Etwas besser gelaunt nahm Zoltan die letzten zwei Stufen mit einem großen Schritt und trat neben dem Tempelvorsteher in das Gebäude, gefolgt von den Priestern und Bannstrahlern.

Die beiden Geweihten schritten durch einen hellen, schmucklosen Gang, der in einer großen, golden und weiß erstrahlenden Halle endete. Hier leuchtete ein großes, goldenes Auge von einem weißen Marmorpodest in den Sonnenstrahlen, die durch viele kleine Fenster in der Kuppel auf das Zentrum des runden Raumes trafen. Goldene Stangen oder Lichtstrahlen oder flüssiges Magma oder die Blicke des allsehenden Auges hielten die massive Kugel, die bestimmt einen Schritt im Durchmesser maß, schwebend einen halben Schritt über dem Podest. Das Licht der Sonne spiegelte sich in der Kugel und traf golden jeden Priester und Gläubigen, der sich im Saal befand, mit unbarmherziger Kraft und reinigender Klarheit. Zoltan fühlte sich vom Auge, vom Blick des Himmelskönigs durchdrungen, anerkennend gemustert und streng geprüft. Es fiel ihm schwer, den Blick vom hellen Zentrum des Saales abzuwenden und das Heiligtum des Götterfürsten zu missachten.

Mehrere Säulen bildeten in weiten Bögen ein Gewölbe, das die Kuppel trug. Im Zentrum hing ein riesiger Kronleuchter, der über dem Auge schwebte, bereit, abends das Werk der Sonne zu verrichten und das allsehende Auge und die Gläubigen zu illuminieren. Rund um das allsehende Auge knieten Gläubige, vom Edelmann bis zum Bettelpilger, und badeten in Seinem Lichte. Das Dutzend Andächtige verteilte sich rund um das Auge in zwei bis zehn Schritt Entfernung, schon nahe der Säulen. An den Wänden zwischen den Säulenbögen standen Holzbänke, um Alten und Kranken die Andacht zu ermöglichen; über den Köpfen der wenigen Sitzenden prangten stilisierte Bilder, auf denen Alveraniare Sünder für ihre Vergehen straften. Ein Viertel des Rundes blieb frei von Bänken, dort befanden sich Türen, die zu den privaten Trakten führten. Diese Ausgänge waren von gemalten Ucurianern und dem goldenen Himmelslicht umkränzt, das leuchtende Paradies des Herrn versprechend. »Denn der Herr Praios allein gewährt das strahlende Himmelreich und das ewige Licht und das Frohlocken in seiner Macht und Herrlichkeit.«

Durch eine dieser Türen waren Luminon und Zoltan hereingekommen. Vor vielen Ewigkeiten. Bevor der Blick seines Herrn auf ihn gefallen war. Von Ferne, in dieser Welt, in Perricum, drang die knarrige Stimme des Hohepriesters an Zoltans Ohr.

»Unsere bescheidene Halle zu Ehren des Herrn, Bruder Zoltan. Doch nicht hier wollte ich mit Euch sprechen, sondern in meinem privaten Arbeitszimmer. Folgt mir doch bitte hier entlang.«

Zoltan bildete sich ein, Genugtuung in der Stimme Luminons gehört zu haben. Er riss sich von diesem Gedanken los und wandte sich nach rechts, wo der Tempelvorsteher auf eine andere Tür zusteuerte. Die anderen Geweihten im Gefolge hatten sich schon von den beiden gelöst und in der Halle verteilt, um die Andächtigen zu unterweisen oder zu erleuchten, und so folgte Zoltan nur mit seinen Soldaten dem griesgrämigen

Priester. Dabei dachte er mit Schaudern daran, dass er es vielleicht mit einem Gestaltwandler zu tun hatte, der ihn aushorchen und beseitigen wollte. Andererseits – wie konnte das sein, im Haus des Herrn, dessen Macht und Glorie er eben erst erkannt hatte?

Ein weiterer heller Gang mit Wandmalereien schloss sich an, durch den die drei dem Hochgeweihten nacheilten. Dieser öffnete bereits eine geschnitzte Tür mit goldener Klinke und wartete im Türrahmen. Zoltan trat ein und gab, als er keine weitere Tür sah, den beiden Wachen ein Zeichen, im Gang zu warten. Dann schlenderte er zu einem der roten Sessel, die um einen niedrigen Tisch mit golden bemalten Beinen standen, und machte es sich bequem. Er war sich völlig sicher, dass er seinem Gegenüber kein Unbehagen zeigte. Zoltans Rundblick offenbarte, dass es auch diesem Tempel nicht an Golddukaten mangelte. Bequeme Sofas und Sessel, mehrere goldene – goldene? oder vergoldete? – Kerzenhalter an der Wand, das alte Gemälde eines Heiligen, der – von Barbaren erschlagen – zum Himmel auffährt, auf einer Kommode ein teures aranisches Teeservice.

Der Hausherr ließ sich derweil in einem anderen Sessel nieder.

»Nun, ich kann meine Verwunderung nicht verhehlen«, begann der Hochgeweihte sogleich und ohne Höflichkeiten. »Aus Beilunk, einer Stadt, die wahrlich genug – äh – Sorgen hat, wird mir ein Inquisitor gesandt, der anscheinend als – äh – Aushilfe für die höheren Herren dient. Was soll das?«

Die Wendung, die das Gespräch schon am Anfang nahm, gefiel Zoltan ganz und gar nicht.

»Hochinquisitor Berglund sendet mich, um den Feind in unseren Reihen zu entdecken und zu vernichten. Euch ist ja sicher nicht verborgen geblieben, dass der Feind überall seine Zuträger hat. Besonders hier, wo die

Flotte stationiert ist. Ich soll alle hiesigen Angehörigen des Tempels überprüfen – auf Beherrschung und Verzauberung.«

Die Miene des Tempelvorstehers hatte sich bei Zoltans Worten mehr und mehr verdüstert, auch die Erwähnung des Inquisitionsrates hatte nicht viel geholfen.

»Bruder Zoltan, dieser Wunsch ist kaum zu erfüllen. Das stört die Ruhe und die Ordnung im Tempel, die die Menschen in diesen bedrängten Zeiten dringend – äh – nötig haben. Die Heilige Gemeinschaft des Lichtes muss ein Vorbild der Rechtschaffenheit und – äh – der Ordnung der Dinge bleiben, damit die Gläubigen nicht von der – äh – finsteren Seite verlockt werden. Außerdem sehe ich nicht, mit welcher Gewalt Ihr – äh – über diejenigen richten wollt, die – äh – höher stehen als Ihr.«

Dabei blickte er missbilligend auf Zoltans einsame goldene Kugel, die sich in den Falten des Inquisitoren-Umhanges zu verstecken versuchte.

»Vielleicht solltet Ihr Euch mit den Hexen beschäftigen, die oben auf dem Berg in den Fischerhütten wohnen und den Matrosen Lügenmärchen erzählen und sie – äh – verhexen. Dort wird Euch sicher ein Erfolg zuteil, über den wir und alle in Beilunk sehr dankbar wären. Eure – äh – ersten Sporen. Dann könntet Ihr zurückkehren mit einer Leistung, die Euch die Anerkennung Eurer Vorgesetzten – äh – einbringen wird.«

Der Mann machte Ausflüchte, wollte den Inquisitor auf Zeit verscheuchen und einschüchtern. Also musste er eine härtere Gangart anschlagen. Der Novize nestelte die Papiere Berglunds aus seinem Wams hervor.

»Vielleicht seht Ihr Euch diese Schriftstücke an, die mir der Großinquisitor von Berglund übergab. Ich bin in seinem Auftrag hier, um die Untersuchung durchzuführen. Diese Angelegenheit ist für ihn recht wichtig. Und wenn ich hier nur auf Schwierigkeiten stoße, dann wird das nicht allein mich verärgern, sondern auch jemanden, der an höherer Stelle sitzt.«

»Bruder Zoltan, Ihr solltet Euch etwas – äh – mäßigen. Ein solches Auftreten erleichtert es mir nicht gerade, mit Euch zusammenzuarbeiten und – äh – die Vorwürfe aufzuklären, damit Ihr schnell wieder abreisen könnt.«

Dann endlich beugte sich der Vorsteher vor und schnappte die Papiere aus Zoltans Hand. Er überflog das Schreiben Berglunds, während er langsam und geistesabwesend seine Rede fortsetzte.

»Wisst Ihr, Bruder Zoltan, ich habe mich schon eine Weile gefragt, warum gerade Ihr gekommen seid. Als ich – äh – hörte, ein Inquisitor sei im Hafen eingetroffen, dachte ich wahrlich nicht an einen – äh – Novizen. Aber es ist recht klar: Er erwartet hier keine großen Enthüllungen. Ihr wisst doch, dass der Kaiserhof immer dann einen neuen – äh – Zwergenbotschafter ernennt, wenn jemand – äh – von der Bildfläche verschwinden soll? Und Arbas hat eine sehr genaue Vorstellung davon, wo sich die Leute befinden müssen, damit es ihm – äh – pläsiert.«

Zoltan hatte mit zunehmender Verwirrung zugehört. Was wollte ihm Luminon jetzt sagen? Hatte das irgendeinen Bezug zum gegenwärtigen Thema?

»Hochwürden, ich muss nur der Reihe nach alle Geweihten und Novizen befragen. Dazu brauche ich einen Raum, in dem ich mich ungestört unterhalten kann. Das Schreiben bestätigt auch, dass ich für die Dauer der Ermittlungen die Vollmachten eines Inquisitors besitze, um Befragungen an allen Tempelangehörigen durchzuführen.«

»Gespräche, Bruder Zoltan. Peinliche – äh – Befragungen stehen hier gar nicht zur Diskussion, da es keine – äh – Verdachtsmomente gegen meine Untergebenen gibt.«

Das hatte Zoltan erwartet. Er hatte ohnehin nie vorgehabt, die ›Instrumente‹ zur Befragung einzusetzen. Gegenüber dem gemeinen Volk mochten sie angemessen sein, doch nicht bei Geweihten oder Adligen. Besonders als Novize konnte er sich wohl nicht so weit vorwagen.

Nun gut, ein Zugeständnis war wohl nicht zuviel. Eine Art taktische Finte. Vorstoßen, um einen Hügel zu erobern, den man sowieso nicht besetzen wollte; sich dann zurückziehen und dem Gegner den Triumph über eine völlig unnütze Stellung überlassen, damit dieser in der Klemme saß.

»Ich werde mich mit Euch besprechen, sollte so etwas nötig sein. Doch bis dahin können wir diese Absprache für uns behalten.«

Luminon fuhr überraschend scharf dazwischen. »Was ich mit meinen Untergebenen bespreche, ist allein meine Entscheidung, Bruder Zoltan. Es reicht schon, dass man mir unterstellt, ich würde Schergen des – äh – des Feindes beherbergen! Eine infame Beschuldigung, um das ganz deutlich zu sagen. Wenn Ihr mir auch noch Vorschriften machen wollt, die nicht im Geringsten in – äh – Eurer Zuständigkeit liegen, dann seid Ihr auf dem besten Weg zurück nach Beilunk, mitsamt meiner Empfehlung, Euch – äh – wegen mangelndem Respekt gegenüber der Gemeinschaft des Lichtes aus der Kirche auszuschließen.« Der Priester holte Luft und versuchte sich nach seiner Tirade etwas zu beruhigen.

Zoltan blickte nach diesem Ausbruch betreten drein. Konnte das ein Gestaltwandler sein, der die Obrigkeit betrügen und mit dem Gegner zusammenarbeiten wollte? Hier, in diesem Tempel, der ein so beeindruckendes Heiligtum aufwies, gleichsam unter den Augen des Herrn der Ordnung, sollte ein dämonisches

Wesen seine Ränke planen? Langsam fragte sich Zoltan, ob Berglunds Verdacht wirklich auf Tatsachen beruhte oder eher ein politischer Winkelzug des Großinquisitors war. Der hiesige Hochgeweihte und Berglund schienen sich nicht zu mögen. War der Novize ausgeschickt worden, um stellvertretend einen Krieg gegen Luminon zu führen?

Luminon hatte sich wieder etwas beruhigt. Plötzlich fragte er: »Warum habt Ihr eigentlich einen Toten dabei?«

»Wir wurden kurz hinter den Bergen überfallen. Eine Bannstrahlerin wurde getötet. Ich hoffe, Ihr könnt schnell ein Begräbnis veranlassen.«

»Der Herr Praios möge Ihr sein Paradies öffnen«, murmelte der Alte. »Was für ein – äh – unglücklicher Beginn für Eure Untersuchung.«

Lag da Spott in seiner Stimme? Nein, das konnte nicht sein. Gerade noch war Zoltan davon überzeugt gewesen, dass sein Gegenüber kein falsches Spiel trieb. Aber was bedeutete dies jetzt wieder?

Überraschend fragte der übelgelaunte Hochgeweihte: »Ist noch etwas?«

»Ja, ich brauche, wie gesagt, eine Kammer zur Befragung.«

»Folgt mir.« Er erhob sich und schritt zur Tür. Zoltan raffte seine Papiere zusammen und folgte hastig dem Hausherrn, der schon an den zwei Bannstrahlern vorbei ein Stück den Flur hinunter gegangen war. Praiodin von Gareth hob fragend die Brauen, doch Zoltan machte nur eine unbestimmte Geste, während er die Briefe Berglunds unter den Umhang stopfte. Aus den Augenwinkeln sah der Novize, wie Praiodin mit einem Achselzucken in Maras Richtung sich anschickte, ihm zu folgen. Er dachte derweil weiter darüber nach, ob Berglunds Auftrag nur eine Intrige war. Waren diese vermaledeiten Papiere nur eine Finte? Zoltan hatte in den vergangenen Monaten schon einige Male den Eindruck gehabt, dass manche Priester eher das eigene Fortkommen als den Ruhm des Herrn Praios im Visier hatten. Luminons Äußerungen bestätigten diese Vermutung in gewisser Weise. Keine schöne Aussicht.

Hochwürden Luminon bog ab und durchquerte einen schmalen Gang, in dem einige Holzstangen, eine Kiste mit Kerzen, Stoffbündel, ein Besen und noch mehr Gerümpel auf dem Boden herumlagen. Er öffnete eine einfache Brettertür ohne Riegel und betrat eine Kammer, in der ein roher Schreibtisch mit Feder und Tinte, drei Schemel und ein schiefes Holzregal mit Papierrollen und Zetteln standen. Ein kleines Fenster zeigte einen Baum im Innenhof des Tempels, der das meiste Sonnenlicht schluckte und die Kammer im Zwielicht zurückließ.

»Diese Kammer, Bruder Zoltan, kann ich Euch für die Dauer der Ermittlungen – äh – überlassen. Die Schriften werde ich – äh – woanders unterbringen lassen, sodass Ihr die Kammer ganz für Euch alleine habt. Leider habe ich nichts Größeres für Euch, doch für Eure Befragungen wird es reichen. Außerdem werdet Ihr ja nicht lange bleiben.«

»Das weiß ich noch nicht, Hochwürden«, antwortete Zoltan knapp. »Das liegt nicht in Eurer Zuständigkeit, sondern ich entscheide, wann die Ermittlung beendet ist.«

Luminon nahm diese Antwort mit kurzem Stirnrunzeln zur Kenntnis. »Wie Ihr meint. Wenn es Euch irgendwann langweilt, will ich Euch nicht aufhalten. Aber jetzt habe ich zu tun.«

Ohne eine Antwort abzuwarten, wandte sich Luminon ab und ging davon.

Zoltan seufzte und setzte sich auf einen Schemel am Tisch. Er nahm eins der Blätter auf, die halb fertig auf dem Tisch lagen.

»25ste Bitte. Weise mir, Herr Praios, den rechten Pfad, dass ich einhergehe in Deiner Wa« –

Zoltan murmelte unwillkürlich die Fortsetzung. »…dass ich einhergehe in Deiner Wahrheit; offenbare mir Deine Größe, dass ich von ihr künde allen Gerechten und Gläubigen.«

Er legte das Blatt auf den Stapel vollgeschriebener Seiten. Noch mehr Fürbitten an den Herrn. Um Führung, Erleuchtung…

Mit einem Ruck stand Zoltan auf. In Mara und Praiodin, die fast regungslos gewartet hatten, kam Bewegung, und sie blickten aufmerksam zum Inquisitor auf Zeit hinüber.

»Wir gehen in die Tempelhalle – für ein Gebet. Das ist das Erste, was wir tun sollten. Mara, holt die anderen und lasst die Pferde unterbringen. Orik bleibt auch lieber draußen. Und die Leiche soll im Tempel aufgebahrt werden.«

Nach einer kurzen Weile waren die fünf Bannstrahler und Zoltan in der Haupthalle versammelt. Alle sahen sich um, auf der Hut vor allzu neugierigen oder sonstwie verdächtigen Individuen. Seit dem Angriff waren die Krieger außerordentlich misstrauisch geworden. Besonders Zepperich starrte argwöhnisch auf die anderen Anwesenden: zwei Kaufleute, ein Marine-Offizier, eine Bürgersfrau, ein Söldner, eine Lautenspielerin, eine Medica. Die sechs legten stumm ihre Waffen auf eine der Bänke im Hintergrund und knieten vor dem goldenen Auge nieder. Schweigen. Zoltan wusste: Der Herrscher des Himmels, König über alles Sein, prüfte sie, badete die Ermittler in den warmen Fingern der in der Kugel reflektierten Nachmittagssonne. Er klärte ihre Seele und verlieh ihnen Gewissheit, dass die Dinge so lagen, wie sie es nach Seinem Willen tun sollten. Leise begann Zoltan und die Bannstrahler fielen ein.

»Praios, dux deorum, dux alveranis, audi me.
Praios, lux iustitiae, lux aeterna, illumina me.
Praios, imperator mundi, imperator omniae, absolve me.
Praios, donator legis, donator summae felicitatis, benedice me.*

Herr, dem wir dienen, Dir zu Gefallen. Wir erflehen Deinen wohlwollenden Segen zu dieser Ermittlung, auf dass wir Deine Feinde erkennen und zerschmettern können. Ich bin nur ein Mensch, ich kann nicht alles erkennen, wie es dein Wunsch sein mag. Ich bitte um Vergebung für meine Verfehlungen, ich bitte darum, dass Du uns den Weg zeigst, der Dir recht und den Menschen ein Zeichen ist in diesen dunklen Zeiten. Wir loben deine Macht und deine Größe mit unserem ganzen Herzen und unserer ganzen Kraft. Erleuchte uns, Herr. Dein Wille sei unser Befehl.

Praios, imperator mundi, imperator omniae, duce me.
Praios, dominus veritatis, dominus pacis, salva me.«**

Unbeweglich verharrten die Betenden noch eine Weile, gebadet im weichen orangen Licht der tief stehenden Sonne, die durch die Kuppel den Saal erwärmte.

Zoltan versuchte, sich ein Gesamtbild zu machen. Zunächst dachte er über die Akteure nach.

Luminon wollte Zoltan loswerden, soviel war sicher. Berglund hingegen hatte den Novizen gesandt, obwohl er Luminons Widerstand vorhersehen konnte. So wie Luminon reagiert hatte, kannten er und Berglund sich persönlich. Also rechnete der Freiherr gar nicht mit

---
* Praios, König der Götter, König Alverans, erhöre mich.
Praios, Licht der Gerechtigkeit, Licht in Ewigkeit, erleuchte mich.
Praios, Herrscher der Welt, Herrscher über alles, vergib mir.
Praios, Bringer des Rechts, Bringer der Seligkeit, segne mich.
** Praios, Herrscher der Welt, Herrscher über alles, führe mich.
Praios, Herr der Wahrheit, Herr des Friedens, errette mich

einem Erfolg Zoltans, angesichts der widrigen Umstände. War es vielleicht eine Prüfung? Sollte der Novize zeigen, dass er feindselig eingestellte Offiziale überzeugen und der Heiligen Inquisition Gehör verschaffen konnte? Dann musste er mit aller Härte, ohne Rücksicht auf Rang und Namen, die Ermittlungen vorantreiben.

Die andere, unerfreulichere Möglichkeit war in der Tat die, dass Berglund Luminon beschäftigen wollte. Aber warum sollte Luminon von Perricum aus irgendeine – Berglund genehme – Entwicklung in Beilunk stören wollen? Was gab es in Beilunk, das dem Freiherrn zupass kam und dem Hochgeweihten Perricums nicht?

Zoltan kam nicht weiter in seinen Gedankenspielen. Vorerst, entschloss er sich, war es wohl das Beste, die Ermittlungen so durchzuführen wie ursprünglich geplant. Aber für alle Fälle sollte man den Tempelvorsteher nicht zu sehr belästigen. Mit dessen Untergebenen dagegen konnte er weitaus weniger rücksichtsvoll umspringen. Sie wollte Zoltan einen nach dem anderen eindringlich befragen.

Aber würden die Priester kooperieren? Ein Gestaltwandler unter ihnen konnte natürlich lügen, dass sich die Balken bogen. Der Novize beschloss, die Geweihten einzeln über ihre Brüder und Schwestern zu befragen. Vom Ehrgeiz und der Hoffnung getrieben, in der Tempelhierarchie aufzusteigen, wäre der eine oder die andere vielleicht zur Denunziation bereit.

So weit waren Zoltans Pläne gediehen, während die Sonne langsam hinter den Häusern untergegangen war und den Tempelraum im Zwielicht zurückgelassen hatte. Ein Messdiener, ein junger Novize, näherte sich mit einem langen Kerzenanzünder und begann damit, die Kerzen des Kronleuchters anzuzünden. Zoltan sah ihm dabei zu und verlor in seinen Überlegungen völlig den Faden. Er starrte auf die Kerzen, die sich, eine nach der anderen, mit gelber Flamme empor reckten, als seien sie stolz, die Sonne vertreten zu dürfen.

Zoltan erhob sich, mit ihm die Bannstrahler, die ungerührt betend verharrt hatten, während er sich den Kopf über die Ermittlungen zerbrochen hatte. In diesem Augenblick kam ein weiß gekleideter Novize aus einem der Gänge hervor und steuerte auf den Inquisitor zu. Mit beflissener Miene berichtete der Junge: »Euer Gnaden, ich soll Euch ausrichten, dass Eure Schlafräume hergerichtet sind, und Euch zu ihnen führen, wenn Ihr bereit seid. Und außerdem hat Hochwürden Luminon für morgen Mittag ein Begräbnis veranlasst, soll ich Euch noch sagen.«

Dann stand der Junge unsicher herum und schien sich fehl am Platze zu fühlen.

»Dann los, Junge. Abmarsch«, meinte Zoltan. »Aber unsere Waffen nehmen wir schon noch mit«, fügte er hinzu, als der Knabe zielstrebig auf eine Tür zulief. Der Junge verharrte und wartete, bis Zoltan und die Bannstrahler ihre Schwerter und Streitkolben aufgenommen hatten, dann ging er voraus in das Innere des Praiostempels.

Später am Abend ritt Zoltan durch die Stadt, in Begleitung von Praiodin von Gareth, Orik und Zepperich. Hoch zu Ross und Zepperich mit dem Streitkolben vorweg, das verschaffte Respekt und ermöglichte es den dreien, auch im Gedränge der Abendstunden zügig vorwärts zu kommen. Die meisten der Soldaten, Offiziere, Händler und Söldner auf den Straßen hätten sich wohl gewundert, wenn sie das Ziel des golden gekleideten Inquisitors gekannt hätten: Zoltan hatte vor, eine Schänke zu besuchen.

Zoltan wandte sich an Praiodin, als sie den Hügel in Richtung Osten erklommen.

»Tja, für den Rondratempel ist es wohl zu spät. Morgen muss ich unbedingt dorthin. Wenn man sich schon in Perricum befindet, muss man auch den Tempel besuchen.«

»Er soll sehr eindrucksvoll sein, Euer Gnaden. Ich würde Euch gerne begleiten«, antwortete Praiodin steif.

»Bis dahin habe ich noch etwas vor. Ich glaube nicht, dass ich die volle Wahrheit allein durch die Befragung der Geweihten erfahre. Ich brauche Kundschafter, die nicht dem Tempel angehören.«

»Und die wollt Ihr in der Stadt finden?« fragte Praiodin ungläubig. »Euer Gnaden«, fügte er schnell hinzu.

»Ganz genau. Ich denke an die, die vorhin im Tempel waren. Die, die den Praiostempel aus eigenem Wunsch besuchen, sind vertrauenswürdig. Vielleicht kommt einer der Offiziere oder der Söldner infrage. Also werden wir jetzt die eine oder andere Schänke aufsuchen und wenn der Herr es will, dann werden wir dort einen der Kandidaten finden. Abgesehen davon könnten wir uns an diesem schönen Sommerabend noch einen Krug Bier genehmigen, um den Straßenstaub herunterzuspülen.«

Praiodin hob an: »Das Trinken von Bier ist bei strenger Auslegung des dritten Postulates der Gurvan-Ausgabe von…«

»Mag sein, Praiodin, aber es gibt genug Gelehrte, die Euch anderes erzählen würden. «

Diese Diskussion hatte Zoltan schon hundertmal geführt, im Geiste, mit seinen Lehrern in Gareth und Beilunk. Jedes Mal, wenn die Theologen auf der Schule Althergebrachtes gepredigt und wiederholt hatten. Zum Glück, freute sich Zoltan, stimmte Praiodin zu – oder tat er es nur, weil er sich auf die Rangordnung besann?

»Ihr habt natürlich Recht, Euer Gnaden. Ich denke nur daran, dass wir uns vor dem Volk nicht gehen lassen dürfen.«

»Wir wollen uns doch nicht gehen lassen und uns betrinken. Außerdem ist es nicht schlimm, wenn das Volk sieht, dass wir auch Menschen sind. Es darf nur kein Zweifel aufkommen, dass wir einer höheren Sache dienen. Dass wir Hilfe aus dem Volk brauchen, habe ich Euch eben erklärt, wenn Ihr Euch erinnern wollt. Der Feind ist listig und versucht, uns mit Lug und Trug zu blenden. Ihr habt die Diskussion mit dem Hochgeweihten vorhin ja nicht verfolgen können. Er ist der Ansicht, dass wir schnellstmöglich wieder verschwinden sollten.«

Praiodin machte ein erstauntes Gesicht.

»Aber wir dienen doch dem Herrn Praios, wie er auch. Warum sollte er uns nicht helfen?«

»Tja, mein Lieber. Das wüsste ich auch gern. Aber anscheinend verfolgen viele Priester ihre eigenen Interessen. Geweihte des Götterfürsten sind auch nicht immer ohne Fehl und sogar Hinterlist. Auch wenn Ihr das nicht wahrhaben wollt.«

Praiodin schien nicht so recht überzeugt.

»Aber, Euer Gnaden, müsst Ihr dann gleich Außenstehende hineinziehen?«

Zoltan hob die Brauen. »Was soll ich denn sonst tun? Der Hochgeweihte wird über alles verständigt sein, was ich innerhalb des Tempels tue und lasse. Denkt dran, dass er selbst der Verräter sein könnte. Wir kriegen ihn nicht zu fassen, wenn wir nicht Beweise gegen ihn vorlegen können. Er könnte jeden täuschen. Er könnte jeden Geweihten, der zu mir kommt, vorher verzaubern, damit er ihn nicht verrät. Nur wenn wir ihn von Leuten beobachten lassen, von denen er nichts weiß, kann er sie nicht verhexen. Ganz einfach, oder?«

»Verzeiht, wenn ich nachfrage. Aber können Inquisitoren nicht hexerische Trugbilder und Lügen erkennen?«

Zoltan blickte Praiodin halb verzweifelt, halb belustigt an. Ein unangenehmes Thema war das.

»Das ist es doch gerade. Ich bin doch noch gar kein richtiger Inquisitor. Selbst von meiner Priesterweihe bin ich noch zehn Monate entfernt. Das macht das Ganze so schwierig. Ich glaube noch nicht so recht daran, dass ich Geweihte, die im Rang viel höher stehen als ich, zu Geständnissen bringen kann. Natürlich wird mir der Herr des Lichtes beistehen, wenn ich das Richtige tue. Aber wenn ich nicht behutsam vorgehe, dann könnte das dazu führen, dass ich ohne Ergebnis wieder abrücken darf.«

Praiodin war nachdenklich geworden. »Ich verstehe, Euer Gnaden«, antwortete er, den Titel betonend. »Wenn Euch die Geweihten nicht mit genügend Respekt begegnen, dann wollt Ihr sie mit Eurem – ähem – durch Umwege gewonnenen Wissen davon überzeugen, dass die Inquisition sehr wohl…«

»So etwas in der Art. Ich sehe, wir verstehen uns. Wir werden die Priesterschaft hier schon davon überzeugen, dass sie mit uns kooperieren muss.«

Zoltan sah sich suchend um. Inzwischen waren die drei fast im Hafenviertel Efferdgrund angelangt. Er sah nicht weit entfernt eine Schänke, auf die er sogleich zusteuerte.

»Aha, wir sollten mit unserer Suche hier beginnen.«

Puh, das war ein Stück Arbeit. Aber Zoltan hoffte, dass er jetzt Praiodins Unterstützung für seine Pläne hatte. Das Argument, dass die hiesigen Geweihten einem Inquisitor auf Zeit womöglich nicht den nötigen Respekt zollten, hatte seine Wirkung getan. Mehr durch Zufall hatte er es vorgebracht, dachte der Novize mit einem Seufzen. Bis zum mitreißend predigenden Geweihten war es noch ein weiter Weg.

Vor der nächsten Schänke saßen die drei ab. *Zum tanzenden Ochsen* stand auf einem roten Holzschild, und darunter zeigte ein Bild in verblichenen Farben einen wie wahnsinnig springenden Stier.

Zepperich stellte sich vor Zoltan auf und nahm Haltung an. Dieser nickte. »Zepperich, sieh dich einmal in der Schänke um, ob sie vornehm genug für uns ist.«

»Jawohl, Herr Haup... Euer Gnaden.« Zepperich drehte sich um, öffnete die Tür und schritt würdevoll durch den Eingang, der sich hinter ihm wieder schloss.

Zoltan wartete einige Augenblicke, während er ziellos die Straße hinunter starrte und die größtenteils uniformierten Passanten betrachtete. Irgendetwas war doch da noch gewesen? Ach, der Überfall! Wer hatte den veranlasst? Das musste er auch noch herausfinden. Als ob nicht schon genug zu tun wäre. Und vielleicht ein paar Soldaten die Straße nach Norden entlang schicken. Waren nicht die Garether Reiter hier stationiert? Wie hieß der eine Hauptmann noch, der aus Taladur, Ärgerthesia oder so. Genau, Ernathesa.

Zepperich kam wieder heraus, und mit ihm der Geruch nach Backwerk und Braten.

»Euer Gnaden, dieses Haus ist angemessen.«

Zoltan nickte und klatschte in die Hände. »Also, wenn es hier gute Gesellschaft gibt, dann bleiben wir ein wenig. Praiodin, kommt Ihr mit?«

Einige Schänken später hatten sie endlich Erfolg. Zepperich hatte sofort freudestrahlend verkündet: »Der Söldner und die Medica von vorhin sitzen an einem Tisch, zusammen mit dieser Musikantin, einem Zwerg und einem, der aussieht wie ein Zauberer.«

Ohne sich an Zepperichs Bedenken über das sonstige Publikum zu stören, war Zoltan sogleich in die Schänke marschiert und hatte den Tisch der seltsamen Gruppe angesteuert. Alle fünf stopften das eben servierte Fleisch und Brot in sich hinein. Der große, massig gebaute Söldner schob Stück um Stück zwischen seinen schwarzen Vollbart, der blonde Zwerg widmete sich abwechselnd dem Bierkrug in der linken und dem Fleischstück in der rechten Hand, die dicke Heilerin stapelte voller Vorfreude Brot und Fleisch zu einem hohen Berg auf ihrem Teller, die kleine Musikantin vergaß für den Augenblick ihre Laute und kaute mit vollen Backen und laut schmatzend. Nur der rothaarige, blasse Zauberer in der roten und grauen Robe kaute langsam auf seiner Portion herum und ließ den Blick durch den Schankraum schweifen.

Als Zoltan näher kam, bemerkte ihn der Zauberer zuerst und stand auf, anscheinend um zu verschwinden. Die Musikantin neben ihm zog den Hageren am Ärmel seiner grauen Robe und wollte ihn nötigen, sich wieder zu setzen, da bemerkte sie den erschrockenen Gesichtsausdruck des jungen Magiers. Sie blickte auf, sah den Inquisitor, und ihre Miene erstarrte.

Zoltan kam betont freundlich lächelnd auf den Tisch zu und grüßte fröhlich: »Praios zum Gruße, ehrenwerte Herrschaften.«

Auch die anderen, die noch mit dem Essen beschäftigt gewesen waren, hatten sich inzwischen dem Novizen zugewandt. Die kleine Lautenspielerin hatte den Schemel abgerückt und ihre Rechte glitt unter den Tisch, vermutlich zu einer Waffe. Der Söldner warf unauffällige Blicke zur Tür und zu den Fenstern, und der Zwerg leerte in einem Zug seinen Bierkrug und warf dann misstrauische Blicke in Zoltans Richtung.

Der Söldner sprach als Erster, während er Zoltan musterte.

»Praios zum Gruße, Euer Gnaden. Können wir Euch helfen?«

»Aber ja doch«, begann Zoltan jovial. »Sagt, wie ist euer Name? Und darf ich mich setzen?«

Der Söldner wies fahrig mit einer Pranke auf einen freien Schemel zwischen sich und dem Zwerg, während er brummelte: »Man nennt mich Rupert Rondriager, Euer Gnaden. Meine Gefährten, Idra«, er deutete auf die Musikantin, »Hilgerd aus Punin«, der Zauberer,

»Cadrim Sohn des Cratosch«, der Zwerg, »und Viridia Oldenport«, die Medica.

Zoltan setzte sich und fragte weiter: »Steht Ihr für oder wider den Dämonenmeister?«

Rondriager schien überrascht.

»Natürlich sind wir gegen ihn, Euer Gnaden. Wir würden nie für seine Leute arbeiten, zusammen mit Untoten und diesen... Ungeheuern. Denkt das nicht von uns, Euer Gnaden! Wer würde denn so etwas tun!«

Zoltan lächelte die fünf nacheinander fröhlich an, die nach wie vor misstrauisch dreinblickten.

»Schön, dann könnt Ihr ein gutes Werk im Dienst des Götterfürsten tun und der Gerechtigkeit zum Sieg verhelfen. Nun? Ach ja, Ihr werdet natürlich auch entlohnt werden.«

Rondriager begann unsicher: »Äh, nun, natürlich wollen wir der Kirche helfen. Allerdings haben wir auch noch andere Aufträge, die wir nicht ohne gewisse finanzielle Einbußen einfach abbrechen können, und andere Absprachen. Und wir müssen erst überdenken, wann wir frei sind. Und wir haben Verabredungen. Da gibt es natürlich auch Verpflichtungen. Und viele Angebote, hier, in Perricum.«

Zoltan hatte während Rondriagers wirrer Rede einen Nebentisch beobachtet, an dem gerade eine ältere Kauffrau geschäftliche Verhandlungen mit einem Elfen, einem Waldläufer, einem Liebfelder und einem Waldmenschen führte. Er wandte sich wieder seinen Gesprächspartnern zu.

»Ich brauche allerdings nur einige von euch«, erklärte der Inquisitor langsam und deutlich, während er den rothaarigen Magus anstarrte. »Nicht alle hier am Tisch sind mir von Nutzen.«

Der Magier erhob sich. »Ich habe Verpflichtungen bei meinem Orden«, erklärte er kühl und verließ die Runde.

Zoltan zuckte die Achseln.

»Ihr bekommt 75 Silbertaler pro Tag. Ihr sollt einige Personen, die ich noch näher benenne, beobachten und bestimmte Fakten über sie herausfinden. Das wird Euch das Wohlwollen der Inquisition einbringen. Und«, Zoltan hob die Stimme etwas, »das des Götterfürsten obendrein.«

Dabei starrte er die fünf nacheinander an und versuchte, den Eindruck zu erwecken, als wisse er um all ihre Sünden und Fehltritte. Respekt vor der Inquisition, das wurde jedem Mittelreicher schon in frühester Kindheit beigebracht.

Die beleibte Frau Oldenport wollte gerade aufstehen und begann mit den Worten: »Ich habe auch…«, doch die kleine Musikantin packte die andere am Arm. »Nun warte doch! 75 Taler, verdammt! Oh.«

Die Kleine hielt sich hastig die Hand vor den Mund.

»Oh, Verzeihung, Euer Gnaden, das ist mir so herausgerutscht. Nicht böse sein.«

Dabei zwinkerte sie Zoltan zu. Dieser versuchte, sie nicht zu beachten.

»Also, was ist nun?«

Zoltan wurde von einer Schankmagd unterbrochen.

»Darf ich Euch eine Erfrischung bringen, Euer Gnaden?«

Zoltan winkte ungnädig ab. »Später vielleicht.«

Die Magd versuchte einen Knicks und eilte zum Nebentisch, wo der Liebfelder schon ungeduldig seinen Weinbecher hob.

Rondriager hatte derweil anscheinend wortlos von seinen Freunden eine Meinung eingeholt. Zoltan sah den Zwerg langsam nicken und blickte den Bärtigen fragend an.

Auch Rondriager nickte langsam.

»Ich denke, wir sind uns einig. Für eine gewisse Zeit, sagen wir, für drei Tage, sind wir Eure Augen und Ohren. Dann entscheiden wir neu.«

»Sehr gut. Zur Schlangenstunde morgen Abend gehe ich in den *Tanzenden Ochsen* beim Grafenpalast. Seid dort und erstattet mir Bericht. Bis morgen könnt Ihr Euch umhören, ob einer der Geweihten des hiesigen Praiostempels sich in letzter Zeit eigenartig verhält. Seltsame Freunde, neue Gewohnheiten – Ihr wisst schon. Aber das bleibt alles unter uns. Keine Verdächtigungen, ich will nur Neuigkeiten. Alle Geweihten des Tempels sind höchst vertrauenswürdig. – Das ist alles für heute.«

Rondriager und seine Freunde hatten zunehmend interessiert zugehört und Blicke getauscht. Der Novize lächelte ihnen noch einmal zu, stand dann wieder auf und verließ die Schänke, verfolgt von einigen verwunderten Blicken der Gäste.

Zurück im Tempel, ließ Zoltan Wachen einteilen. Das konnte nicht schaden, dachte er, und vielleicht stolperte jemand über einen wichtigen Hinweis. Die Bannstrahler waren in zwei kleinen Räumen am Ende des Wohntraktes untergebracht und für Zoltan selbst hatte ein Priester seine Kammer geräumt. Alrik Wutkieser sollte die erste Wache übernehmen und die anderen schickten sich an, sich in den Schlafkammern einzurichten. Doch Alrik hob die magere Hand und meinte vorsichtig: »Auf ein Wort noch, Euer Gnaden Zoltan.«

»Alrik? Ich höre zu, sprich nur. Los, rein mit dir, Dickkopf, heute wird nichts mehr passieren!«, antwortete Zoltan, während er versuchte, Orik in seine Stube zu drängen.

»Vorhin, also so nach dem Essen, hat mich eine Magd gefragt, ob Ihr hier seid, um den Mord aufzuklären. Das fand ich schon so seltsam. Und dann hab ich nachgefragt, und sie sagte, ja, dass man ja vor zwei Wochen am Feuertag einen Toten gefunden hatte, der im Palast beim Grafen Diener war. Den hat man dann im Graben gefunden, draußen vor der Stadt, und die Kehle war durch. Der Diener war ganz bleich und nirgends Blut.«

Zoltan richtete sich langsam auf. Orik lief unbeachtet an ihm vorbei den Gang hinunter.

»Was war das? Soll das heißen, man hat hier ein Vampiropfer gefunden, und niemand sagt mir etwas davon?«

Alrik scheute sich, Zoltans finsteren Blicken zu begegnen.

»Ja, das dachten die alle, sagte die Magd, alle haben von Vampiren gesprochen. Und dann machte die Wache immer die Tore schon früher zu, und ich glaube, immer noch. Und die Magd sagte auch, dass Hochwürden sich den Toten angesehen und gesagt hat: Wenn der Herr Praios auf die Stadt mit Wohlwollen sieht, dann wird ihren Einwohnern nichts passieren. Beim nächsten Gottesdienst am Praiostag waren ziemlich viele Leute, und die Magd sagte, sie musste überall wischen, und die Leute waren dann nach der Predigt ganz froh, dass sie mit dem Beten und den vielen Gaben an Praios den Vampir vertrieben haben. Und das war alles.«

Zoltan stöhnte innerlich. Als ob ein Gestaltwandler nicht schon genug Ärger versprach, jetzt trieb auch noch ein Vampir sein Unwesen. Der große Held Geron hatte seine sieben Prüfungen wenigstens alle nacheinander abgelegt, als er mit dem Schwert Siebenstreich auf Abenteuer auszog. Bei Zoltan sollte es wohl etwas schneller gehen. Nun gut, gleichgültig, man soll ein gutes Vorbild vor den Gemeinen bieten. Der vormalige Hauptmann legte Alrik die rechte Hand auf die Schulter.

»Gute Arbeit, Alrik. Weiter so.« Er wandte sich an die anderen: »Haltet Augen und Ohren offen. Wer weiß, welche kleinsten Hinweise wir noch brauchen können, um den Schuldigen zu finden.«

Nachdem Zoltan seine Bannstrahler entlassen hatte, legte er die Stiefel, den goldenen Umhang und den Panzer ab, streckte sich langsam auf dem Bett aus und grübelte. Ein mutmaßliches Vampiropfer konnte Luminon doch nicht einfach verschweigen! Was hatte das jetzt wieder zu bedeuten? Wenn Luminon selbst ein Gestaltwandler war, dann hatte er womöglich einen Vampir in seinen Diensten. Oder hatte selbst vampirische Veranlagung? Dann waren noch mehr Todesfälle zu erwarten oder hatten sich schon ereignet. Vampire waren gierig nach Blut, nach Tod.

Um sich Klarheit zu verschaffen, streckte Zoltan im Liegen den Arm nach seiner Tasche aus – vorsichtig, noch ein Ziehen in der Seite – und wühlte darin herum, bis er einen kleinen Beutel ertastet hatte. Er holte ihn hervor, drehte sich auf die Seite und kippte den halben Inhalt des Beutels auf den Boden. Bunte Holzwürfel in verschiedenen Größen kamen zum Vorschein, die meisten klein, ein paar etwas größer. Zoltan nahm sich, mit dem Kopf und einem Arm über der Bettkante hängend, einen großen gelben Würfel und ein paar kleine und legte sie auf einen Haufen. So, das war der Hochgeweihte mit seinen Priestern. Dann kamen der Inquisitor und seine Bannstrahler, ein roter Würfel und ein paar kleine Steine. Hier liegt der Vampirtote, ein kleiner Grüner. Gut. Also, die roten Inquisitoren rücken jetzt auf die gelben Priester vor. Da liegt der Grüne, aber die Gelben ignorieren ihn. Haben sie etwas mit dem Grünen zu tun, oder kümmert es sie einfach nicht? Das ist eine offene Frage, muss morgen geklärt werden.

Gut, jetzt sind die Roten bei den Gelben. Die Gelben ziehen sich etwas zurück. Mögen sie die Roten einfach nicht oder haben sie unter sich... Augenblick, wo ist er ... vielleicht einen blauen Gestaltwandler, den Erzfeind der Roten? Dann hat vielleicht der Blaue den Grünen beseitigt, und deshalb sind die Gelben so auf Rückzug bedacht.

Ach, jetzt kommt ja noch Rondriager, die rote Kavallerie dazu, die dreieckigen roten Steine. Vier Stück. Die stehen hier in Reserve. Wenn sich Luminon und die Gelben weiter zurückziehen, dann laufen sie in die rote Kavallerie hinein. Wollen wir das? Hm. Das gibt Ärger, wenn die Kavallerie auf die Gelben losgeht. Ach, Rondriager wagt das nicht.

Eigentlich wollen wir doch nur den blauen Gestaltwandler aus den Gelben hervor locken. Aha! Wenn jetzt die rote Kavallerie, der Rondriager, sich aufteilt, und zwei Einheiten sich um den grünen Toten kümmern, dann müsste eigentlich der Blaue einen Vorstoß auf die beiden führen, denn das mag er nicht. Wenn in dem Augenblick meine Roten bereitstehen, um hinter dem Blauen die Tür zuzumachen – Nordmärker Keil –, dann haben wir ihn, und die Gelben können nichts tun. Schlacht gewonnen.

Aber wenn jetzt der Blaue keinen Ausfall macht, weil er selbst ein Gelber ist und seine Tarnung nicht aufgeben will? Dann endet das Ganze wie ein Pervalsches Rückhaltemanöver und die Roten langweilen sich bis ans Ende aller Tage. Also müssen die Roten so lange kleine Vorstöße in Richtung der Gelben machen, bis die die Ruhe verlieren und in eine Richtung auszubrechen versuchen. Wenn dann Rondriager, die andere Hälfte der roten Kavallerie, bereit steht, um das abzufangen, dann haben wir sie.

Was ist mit den Fischwesen? Das sind die Grauen hier. Wem unterstehen die? Natürlich dem Blauen. Oder niemandem? Hmm. Wenn wir dem Blauen auf der Spur sind, müssten die Grauen einen Entlastungsangriff auf uns, auf die Roten führen. Wenn sie es nicht tun, stehen sie auch nicht unter dem Befehl des Blauen... vielleicht auch nicht... dann kann die rote Kavallerie... wir bräuchten Geschütze... vielleicht hier... aufstellen...

Zoltans Hand – mit einem achteckigen roten Stein – sank langsam zu Boden. Als die Kerze heruntergebrannt war, versank das Schlachtfeld im Dunkel.

4.

Verhörte

*Perricum, 29. Rondra, im
27. Jahr nach Kaiser Hals Krönung*

Als am nächsten Morgen der Tempelgong durch die Hallen und Gänge des Perricumer Praiostempels dröhnte, schrak Zoltan auf und besann sich langsam auf Ort und Zeit. Er stieg über das Schlachtfeld hinweg, warf seinen Verband um den Bauch weg und erfrischte sich mit kaltem Wasser aus dem Krug. Dann streckte er sich, kleidete sich an und trat ohne Umhang, nur mit kurzärmliger roter Tunika und Greifengürtel, auf den Gang. Dort begrüßte er Zepperich, der mit einem Streitkolben im Gürtel an der gegenüberliegenden Wand lehnte.

»Praios zum Gruße, Zepperich. Was machen die Verletzungen?«

Zepperich nahm Haltung an und hob den rechten Arm.

»Praios zum Gruße, Euer Gnaden. Der Arm will noch nicht so recht. Heute muss ich noch mit links zuschlagen, deshalb der Streitkolben. Das Schwert werfe ich mit links nur in die Luft.«

»Sind die anderen schon bereit?«

»Ich denke doch, Euer Gnaden. Sie werden zur Morgenandacht gehen.«

»Das tun wir auch. Abmarsch.«

Die Morgenandacht wurde von einem Priester geleitet, den Zoltan gestern in Luminons Begleitung gesehen hatte. Er begrüßte die Praiosscheibe und bat darum, dass an diesem Tag alles seine Ordnung haben möge und den Sündern Strafe zuteil werde sowie den Gottesfürchtigen der Segen des Herrn. Sodann erläuterte er ausführlich eine Erzählung der Lechmin von Weiseprein. Abschließend erbat er Erleuchtung und den Segen des Herrn, dann war der Gottesdienst beendet.

Als Zoltan den Blick durch den Saal wandern ließ, fiel ihm auf, dass einige der Alkoven im Saal noch ungeschmückt waren. Die Wände erstrahlten noch in Weiß, statt lehrreiche Bilder aus der Vergangenheit darzubieten.

Als die anderen Priester sich erhoben und den Saal verließen, trat der Novize an den Prediger heran und bat ihn nach dem Mahl in sein Arbeitszimmer, um ein paar Fragen stellen zu dürfen. Dann marschierte er mit den Bannstrahlern im Gefolge hinaus, zum Speiseraum. Während der Andacht hatten die Bediensteten aufgetischt und das Frühstück bereitet, dessen Zutaten im Morgengrauen von Knechten und Mägden der Bäckereien und Bauernhöfe gebracht worden waren.

Dort gab es vier Tische, an denen Geweihte und Novizen saßen. Zoltan setzte sich an die freie Ecke eines Tisches, und seine Krieger taten es ihm nach. Der Inquisitor nickte freundlich zu den anderen Geweihten am Tisch, die mit unbewegter Miene Grüße murmelten oder den Kopf neigten. Ansonsten herrschte Schweigen, während Zoltan Brei und frisches Brot in sich hinein schaufelte und auch seine Ordenskrieger nicht zu knapp gegen den Hunger angingen. Nebenbei wandte sich Zoltan an eine Geweihte, die ihm schräg gegenüber saß und gelegentlich neugierige Blicke in seine Richtung warf.

»Sagt einmal, ist das Essen hier immer so – nun ja – einfach?«

Die junge Geweihte nickte. »Essen ist belanglos, aber

die Gestaltung des Tempels zu Seiner Ehre ist wichtiger.«

»Ja, ganz recht. Ich glaube, heute Abend werden wir uns in der Stadt verpflegen. Dann muss kein Essen für uns bereitgestellt werden, sondern jeder Heller kann in den Schmuck des Tempels fließen.«

Die Geweihte nickte verstehend, ohne eine Miene zu verziehen. »Eine sehr göttergefällige Entscheidung.«

Der Rest des Frühstücks verlief schweigend, und nachdem er seinen Milchbecher geleert hatte, suchte der Inquisitor sein Offizium auf. Zepperich schaffte Platz in der Kammer, indem er alle Papiere in die Regale stapelte. Alrik holte Aktina, damit diese Notizen machte, während Mara-Lumea einen Wasserkrug und Becher besorgte.

Aktina setzte sich, von Alrik gestützt, an den Tisch und legte das Schreibzeug bereit. »Endlich kann ich mich wieder nützlich machen«, seufzte sie und tauchte den Federkiel in die Tinte.

Zoltan räusperte sich.

»Praiodin, tretet ein und schließt die Tür. Danke. Die Tagesbefehle für heute, meine Damen und Herren. Während ich die Geweihten befrage, genügt es, wenn Ihr bedrohlich dreinschaut. Ihr werdet jeweils die Priester holen und das Zimmer sichern, damit niemand mithört. Einer sollte sich in den Hof stellen, vor das Fenster, einer vor die Tür, und einer bleibt hier drin, das genügt. Heute Mittag wird Provolea begraben, draußen, auf dem Boronanger, der soll im Westen unmittelbar vor der Stadt liegen. Wir reiten hin, alle. Während des Begräbnisses solltet Ihr ein Auge auf die anderen Geweihten haben und schauen, wer sich seltsam verhält. Danach gehen die Befragungen weiter, wieder mit dreien von euch. Und heute Abend schließlich gehen wir in den *Tanzenden Ochsen* zum Essen und treffen uns mit unseren Kundschaftern. Dabei ist außer

Sicherung nichts für Euch zu tun, es reichen zwei. Die anderen können woanders essen. Das war's, an die Arbeit.«

Praiodin schickte Alrik in den Hof und stellte Zepperich vor die Tür, dann machte er sich mit Mara-Lumea auf den Weg, den Prediger der Morgenandacht zu holen. Nach einer kurzen Zeit, in der Zoltan den goldenen Umhang anlegte, den Alrik mitgebracht hatte, kehrten die beiden zurück und lieferten den Geweihten ab, einen etwa fünfzigjährigen, fülligen Mann mit hellem Haar, das sich an der Stirn lichtete, und blondem Backenbart. Seine rote Kutte war an den Säumen, Knien und Ellenbogen etwas abgewetzt, und sein Gesicht und insbesondere seine knollige Nase waren gerötet. Er machte den Eindruck, als ob ihn die Anwesenheit eines Inquisitors schon gehörig einschüchterte.

Zoltan stand neben Aktinas Schreibtisch, die Linke auf die Tischplatte gestützt, und wies dem Priester einen Schemel, der in einigem Abstand vor dem Tisch stand. Der Geweihte nahm seinen roten Hut ab und versuchte ihn auf den Schoß zu legen, gab es aber bald auf, als dieser immer wieder umfiel, und setzte ihn auf den Boden neben sich.

»Womit kann ich Euch dienen, Euer Gnaden?«, fragte der Priester mit hoher Stimme, nachdem sie Grußworte ausgetauscht hatten.

»Ich will wissen, ob hier alles mit rechten Dingen zugeht. Es gibt gewisse Verdachtsmomente. Aber das, was ich Euch hier frage, verlässt unter keinen Umständen diesen Raum. Ihr wollt schließlich nicht die Wahrheitsfindung und das Streben nach Recht und Ordnung verhindern.«

Er machte eine kleine Pause, und der Priester beeilte sich, seine Kooperation zu beteuern. »Aber natürlich, Euer Gnaden, ich will der Inquisition helfen, wo ich kann, und niemand erfährt etwas.«

»Gut. Euer Name?«

»Bastan Rechenholm.«

»Wie lange seid Ihr schon hier im Tempel?«

»Seit 21, Euer Gnaden. Und davor von 2 bis 18. Zwischendurch war ich auf der Diskursschule in Gareth.«

»Das heißt, Ihr kennt Euch hier aus. Gut, gut. Verkehrt Ihr mit Offizieren oder Soldaten der Flotte?«

»Es kommen welche in den Tempel, ja. Und manchmal, bei Gerichtsverhandlungen oder Bestrafungen, schickt der Hochgeweihte einen von uns in den Kriegshafen. Ich war auch schon mehrmals dort.«

»Kennt Ihr einige der Offiziere näher?«

»Einige sehe ich öfter, ich kann Euch einige Namen sagen. Aber näher bekannt ist mir keiner.«

»Geht Ihr nachts in die Stadt?«

»Nein, Euer Gnaden.«

»Wann wurde der Tempel zuletzt geweiht?«

»Das weiß ich nicht. Aber der Wahrer der Ordnung des Mittelreiches war zuletzt im Sommer 24/25 hier. Ich glaube, er hat den Segen erneuert.«

»Das wisst Ihr nicht.«

»Nein, ich war in dem Sommer mit Pilgern nach Beilunk unterwegs. Wir blieben zwei Monate, deshalb habe ich den Besuch des Wahrers verpasst.«

»Was denkt Ihr von Luminon?«

Rechenholm stutzte und blickte irritiert drein.

»Was?«

»Eure Meinung von Luminon«, wiederholte Zoltan betont langsam.

»Was soll diese Frage? Wie soll ich Euch antworten?« Rechenholms unsichere Gegenfragen verrieten Zoltan, dass er den Verhörten endlich aus dem Konzept gebracht hatte.

»Ihr habt mir doch gerade erklärt, dass Ihr schon lange in diesem Tempel arbeitet. Also müsst Ihr Euch ja wohl auch von dem Hochgeweihten, Euren Vorgesetzten, ein Bild gemacht haben. Und das sollt Ihr mir jetzt schildern. Das kann doch nicht so schwer sein, oder?«

Rechenholm zögerte, und Zoltan versuchte, ihn noch einmal anzuschieben.

»Ich habe Euch doch schon gesagt, nichts, was Ihr sagt, verlässt diesen Raum. Ihr könnt frei reden.«

Der Priester atmete tief ein.

»Nun, er ist ein eifriger Prediger. Er nimmt die Heiligen Schriften ernst und lebt danach. Er versucht seit Jahr und Tag, die Soldaten aus den Garnisonen zu bekehren. Das ist seine Hauptaufgabe. Er glaubt, dass Soldaten nicht nur das Wie lernen sollen, nämlich den rondragefälligen Kampf, sondern auch das Wofür, also den Dienst für die Obrigkeit und für die Erhaltung der Reichsordnung. Für dieses Ziel setzt er sich unermüdlich ein. Mindestens einmal im Monat lässt er eine Predigt an die Matrosen und Seesoldaten vervielfältigen und gibt sie an die Offiziere aus. Und auf jedem Schiff der Flotte fährt eine von ihm gesegnete güldene Sonnenscheibe mit, die am Glockenhäuschen befestigt ist. Sie ist so groß wie eine Hand und soll die Seekrieger an das Gesetz der Welt gemahnen.«

»Seit wann ungefähr tut er das?«

»Oh, seit ungefähr einem Jahr.«

Zoltan nickte nachdenklich. Wenn der Feind schon früh seine Schergen platziert hatte... Also fragte er spitz: »Findet Ihr das nicht ungewöhnlich?«

Bastan Rechenholm überlegte kurz. »Was meint Ihr damit?«, fragte er schließlich unsicher.

»Na, seht Euch doch das Haus des Herrn an. Erst vorhin erzählte man mir, dass selbst beim Essen gespart wird, um den Tempel schmücken zu können. Dennoch sind einige Wände kahl. Entspricht es Luminons Natur, Goldstücke für die Flotte auszugeben, während die große Halle weiß bleibt?«

»Euer Gnaden, ich bitte euch!« Rechenholm war

doch tatsächlich etwas ärgerlich geworden, und seine hohe Stimme wurde zu einem Fisteln. »Das könnt Ihr doch nicht unterstellen! Das... also, Hochwürden Luminon kann doch nichts dafür. Natürlich wollen wir auch, dass unser Gotteshaus schöner wird, aber so viel Geld besitzt der Tempel nicht. Hochwürden fordert jedes Jahr mehr Geld aus Gareth, aber die Verwaltung dort sieht es nicht ein, dass hier an der Front viel mehr getan werden muss als anderswo.«

Der Novize erinnerte sich an Luminons reich ausgestattete Privatgemächer. Doch er merkte, dass er bei diesem Thema nicht weiterkam. Er goss sich etwas Wasser ein und trank langsam. Es wurde bereits wärmer in der Kammer, die Praiosscheibe schickte ihre ersten Strahlen durch das Fenster. Orik döste im Sonnenlicht. Der alte Knabe wurde auch nicht jünger. So unruhig wie vor einigen Jahren war er auch nicht mehr. Zoltans Gedanken kehrten von ihrem Ausflug zurück, er wandte sich wieder dem Delinquenten zu und lehnte sich an den Tisch.

»Ihr werbt unter den Soldaten, sagt Ihr. Ist Euch bekannt, dass selbst das Schwert der Schwerter und der Bote des Lichts kirchliche Operationen miteinander abstimmen?«

»Das Schwert der Schwerter? Nein, Euer Gnaden«, gab Rechenholm vorsichtig zu und schwieg.

»Und seht Ihr nicht die Folgen? Ihr versucht, der Rondrakirche ihre Anhänger abspenstig zu machen. Offensichtlich hofft Ihr, dass Gareth das belohnt. Aber Ihr habt Euch wohl verrechnet, denn der Lichtbote versucht in letzter Zeit alles, um Spannungen zwischen den zwölf Kirchen zu vermeiden. Eure Unternehmungen hier tragen nicht gerade dazu bei, eine einheitliche Front gegen den Feind im Osten zu bilden.«

Vor Zoltans Beschuldigungen war Rechenholm zu einer Salzsäule erstarrt und sein Gesicht hatte sich langsam gerötet, bis die Züge die Farbe seiner Nase angenommen hatten. Jetzt nahm er sich zusammen und setzte zu einer Verteidigung an.

»Wir versuchen doch, sie zu den Werten des Herrn Praios zu bekehren, damit sie stark sind und den Bedrohungen aus dem Osten etwas entgegensetzen können. ›Allein der Herr Praios gewährt das ewige Himmelreich, ohne ihn seid Ihr wie Rauch im Wind.‹ Er selbst befiehlt uns doch, allen seine Weisheit kund zu tun.«

Zoltan lächelte bösartig, verschränkte die Arme und beugte sich weiter nach vorn. »Aber wenn Ihr so weitermacht, dann könnt Ihr vielleicht nicht mehr viele bekehren. Es gibt noch zahlreiche Südmeerinseln ohne Praiospriester. Ihr könntet Euch schneller da unten wiederfinden, als Euch lieb ist.«

Rechenholm war ins Schwitzen geraten. Er lehnte sich etwas auf seinem Schemel zurück und begann lauter zu werden. »Wollt Ihr mir etwa drohen? Euer Benehmen ist abscheulich! Ich bin ein ehrbarer Priester in der Gemeinschaft des Lichtes. Ihr könnt mir gar nichts vorwerfen!«

»So, glaubt Ihr?« Auch Zoltan erhob seine Stimme, baute sich vor Rechenholm auf und bellte den schwitzenden Priester an: »Dann beweist es mir doch! Beweist mir, dass Ihr gegen kein Gebot und kein Gesetz des Herrn verstoßen habt! Jeder ist schuldig. Manche wissen es nur noch nicht!«

Zoltan verharrte einen Herzschlag lang, dann wandte er sich ab und durchmaß die Kammer mit zwei schnellen Schritten. Am Fenster drehte er sich um und verkündete ganz ruhig: »Aber das ist jetzt unwichtig. Mich interessiert nur: Wer benimmt sich in letzter Zeit eigenartig? Wer hat neue Marotten, wer hat alte abgelegt? Ihr solltet Euch jetzt gründlich mit jedem einzelnen Priester beschäftigen. Überlegt Euch zu jedem, ob und seit wann er neue Angewohnheiten angenommen hat. Oder wer Dinge vergaß. Merkwürdigkeiten. Verstanden?«

Rechenholm, der sich bei Zoltans Worten wieder beruhigt hatte, zuckte wegen des plötzlichen Befehlstons zusammen. »Äh, ja, Euer Gnaden.«

»Gut. Wegtreten. Ach, halt, noch etwas.«

Rechenholm hatte sich schon eilig erhoben, doch er plumpste schicksalsergeben wieder auf den Schemel zurück.

»Das hätte ich doch fast vergessen, Entschuldigung.« Zoltan schien die Liebenswürdigkeit in Person. »Da war doch ein eigenartiger Todesfall vor zwei Wochen. Erzählt mir davon.«

Rechenholm wich Zoltans Blick aus und rutschte auf dem Schemel hin und her. »Soweit ich weiß, hat man einen Toten auf dem Feld vor der Stadt gefunden. Und alle sagten, der Schuldige war ein Nacht-Blutsauger.« Der Priester hob hastig die offene rechte Hand, zeichnete die Sonnenscheibe in die Luft und schauderte. »Dann ist Hochwürden zur Wache gebeten worden und hat sich den Toten angesehen. Er hat alle aufgefordert, in den Tempel zu gehen und für die Stadt zu beten, dass sie verschont bleibe von diesen Finsterwesen. Das hat geholfen, denn einen zweiten Toten gab es nicht.«

Dabei schien Rechenholm plötzlich etwas aufzufallen, und er richtete sich stolz auf. »Da seht Ihr wieder, Euer Gnaden, was für ein großer Geweihter Hochwürden ist. Er hat die Stadt vor dem Vam... dem Blutsauger gerettet.« Wieder zeichnete er die Sonnenscheibe.

Zoltan gab zu: »Wahrlich, eine große Tat vor dem Herrn. Woher weiß man denn, dass es ein Vampi... ein Blutsauger war?«

»Sprecht doch nicht davon, Euer Gnaden, Ihr lockt sie«, flüsterte Rechenholm hastig, während er mehrmals die Sonnenscheibe schlug. Immer noch in gedämpftem Ton fuhr er fort: »Der Hals des Toten war zerschnitten und es war kein Blut mehr in ihm, sagt man. Man fand kein Blut auf dem Boden und nur ganz wenig auf der Kleidung. Das muss einer gewesen sein.«

Zoltan lachte auf. »Und wenn man den Mann umgebracht und dann seinen Körper woandershin getragen hat? Dann findet Ihr auch kein Blut auf dem Boden.«

Rechenholm blickte verwirrt drein.

»Na, lasst gut sein, Bastan. Wir von der Inquisition verstehen mehr von solchen Dingen. Ihr braucht jedenfalls keine Angst zu haben, dass Euch einer der Nachtgeflügelten aussaugt. Wahrscheinlich war nie einer hier.«

Rechenholm war sprachlos, brachte nur ein quäkendes »Äh…« heraus.

»Das war alles, vielen Dank. Wegtreten.«

Wie von der Bogensehne geschnellt, sprang Rechenholm auf und verschwand aus der Tür. Vom Gang sah Zepperich neugierig hinein. Zoltan streckte sich und seufzte. »Puh, was für eine Person.«

Er grinste Aktina an, die Sand auf das letzte Blatt streute. »Das könnte mir Spaß machen.«

Aktina sah Zoltan mit gespielter Verwirrung an. »Euer Gnaden?«

»Die Wahrheit ans Licht zu bringen, meine ich natürlich.«

»Ah, ich verstehe.« Aktina grinste halbherzig und rappelte sich vom Stuhl auf, dann griff sie sich einen Stab, der ihr als Krücke diente. »Wollt Ihr gleich den Nächsten befragen?«

»Ich muss noch ein Schreiben aufsetzen, das habe ich fast vergessen. Danach machen wir weiter.«

Als Aktina sich wieder an den Tisch setzen wollte, winkte Zoltan ab. »Lass nur, ich schreibe das selber. Sonst komme ich aus der Übung.«

Aktina machte sich langsam auf den Weg nach draußen. »Wenn Ihr mich einen Augenblick entschuldigt, Euer Gnaden.«

»Ja, schon gut.« Aktina war immer noch niedergeschlagen und brütete über Provoleas Ende nach, das war offensichtlich. Zoltan hatte sie für heute zur Schreiberin gemacht, damit nicht so viel Zeit für trübe Gedanken blieb. Vielleicht half es ja.

Er setzte sich auf den warmen Schemel am Tisch, nahm ein Pergament und tauchte den Federkiel in das Tintenfass.

An Hauptmann Ernathesa,
II. Kgl. Garethische Reiter.

Praios zum Gruße, Hauptmann.
Seid hiermit in Kenntnis gesetzt über einen feindlichen Angriff. Am Abend des 26. Rondra wurde meine Reisegruppe, bestehend aus sechs Ordenskriegern vom Bannstrahl Praios' und mir selbst, von zweibeinigen Meereswesen angegriffen, als wir uns auf dem Weg von Beilunk nach Perricum befanden. Die Überzahl der Feinde machte ihre mangelnden Fähigkeiten wett – und so verlor ich eine Kriegerin. Der Angriff konnte abgewehrt werden, doch stehen weitere Ausfälle zu befürchten. Die Kirche zeigt große Sorge über diese Begebenheiten. Ich möchte vorschlagen, dass Ihr im Sinne Eures Wachauftrages Reiter aussendet, um die Küstenstraße zu sichern.
Möge der Himmelsfürst Euch schützen.

Zoltan Imfelde
Heilige Inquisition der Gemeinschaft des Lichts
Zurzeit Praiostempel zu Perricum

Zoltan unterzeichnete sorgfältig und bestreute dann das Schreiben freigiebig mit Sand. Ein kräftiges Pusten erzeugte eine Staubwolke, die im hellen Rechteck vor dem Fenster aufleuchtete und sich dann zu Boden senkte.

»Schön. Eh – Zepperich?«, rief Zoltan nach draußen.

Zepperich trat durch die offene Tür und salutierte. Der blonde Novize rollte das Pergament zusammen und überreichte es dem dürren Krieger.

»Hier, bring dies dem Hauptmann der Garether Reiter. Die Garnison ist irgendwo in der Stadt, ich weiß auch nicht genau wo. Such sie dir selbst.«

Zepperich verstaute das Schreiben unter seinem Wappenrock und verschwand. Zoltan war allein. Er trat ans Fenster und sah sich den Garten an. Einige blühende Beerensträucher, mehrere kleine Blumenbeete, und Alrik Wutkieser, der in der Sonne auf einer kleinen Steinbank saß und die Armbrustbolzen säuberlich in einer Reihe neben sich ausgelegt hatte. Er legte gerade einen Bolzen in die Repetierarmbrust und schob ihn mit der Hand hindurch, legte ihn wieder weg, hob die Waffe zur Schulter und visierte ein fernes Ziel an. Dann setzte er wieder ab, fuhr mit dem linken Daumen den Lauf entlang und prüfte schließlich durch mehrfaches Hin- und Herrütteln den leichten Gang des Auslösers.

Das regelmäßige Pochen der Krücke auf dem Boden kündigte die Rückkehr Aktinas an. Zoltan begegnete ihr vor der Tür.

»Da du schon unterwegs bist, Aktina, gehe bitte in die Haupthalle und hole mir den Nächsten. Ganz gleich welchen, solange es nicht gerade Luminon selbst ist.«

»Sofort, Euer Gnaden.« Aktina drehte um und schob sich wieder an den alten Möbeln im Gang vorbei. Bis sie zurückkehrte, ging Zoltan langsam im Gang auf und ab. Er sah sich gerade einen zerfressenen Wandteppich an, der über einem Stuhl hing, als Aktina mit einer Geweihten erschien. Der Inquisitor ließ das Stück los, was ihn in eine Staubwolke hüllte. Er machte einige entschlossene Schritte vor, den Staubnebel hinter sich lassend, und streckte der Geweihten die Hand hin.

»Ich bin Zoltan Imfelde. Ich danke Euch für Euer Erscheinen.«

»Illumara von Perricum. Der Herr erleuchte Euch, Bruder.«

Die kühle Antwort tat Zoltans Freundlichkeit keinen Abbruch. Er lotste die Priesterin aus dem Flur in das Verhörzimmer, deutete auf den Stuhl und bot ihr Wasser an.

»Danke nein, so lange werden wir schon nicht brauchen«, antwortete Illumara und setzte sich. Die Frau war wohl etwas jünger als Zoltan selbst, einigermaßen schlank, sah aber nicht sonderlich gut aus. Dazu mochte auch beigetragen haben, dass das braune Haar zu einem Pferdeschwanz gebunden war, der dem Kopf eine unvorteilhafte Eiform mit hoher Stirn verlieh.

»Also, was wollt Ihr wissen, Bruder Zoltan?«, fragte Illumara entschlossen.

»Fangen wir ganz von vorne an. Wie lange Ihr hier seid, was Eure Aufgabe ist und so weiter.«

»Ich bin seit meinem Noviziat hier in Perricum. Vor elf Jahren erhielt ich die Weihe. Seitdem halte ich öffentliche Predigten, bitte die Reichen um Gottesgaben und unterweise Novizen. Ich bilde mich in der Rechtskunde fort. Und natürlich spreche ich mit den Gläubigen und richte Gottesdienste aus, wie jeder hier.«

»Geht Ihr oft in die Stadt?«

»Ja, schon. Um Spenden einzuwerben, gehe ich in den Magistrat und in die Zunfthäuser. Manchmal auch auf den Markt.«

»Auch nachts, alleine?«

»Gelegentlich«, gab sie kühl zu.

Zoltan blickte Aktina über die Schulter. »Hast du das?«

»Ja, Euer Gnaden.«

Der Inquisitor auf Zeit wandte sich wieder zu Illumara.

»Also gut, erzählt mir von Luminon. Ist er in letzter Zeit anders als früher? Andere Gewohnheiten, Vorlieben, Abneigungen?«

Illumara neigte den Kopf zur Seite und überlegte kurz. »Ich glaube nicht.«

»Und was ist mit den anderen?«

»Das ist schwer zu sagen, Bruder. Ich sehe nicht jeden täglich. Und so viel habe ich mit den anderen nicht zu tun.«

Bevor der Inquisitor die nächste Frage stellen konnte, hob die Geweihte eine Hand in fragender Geste.

»Bruder Zoltan, darf ich fragen, wonach Ihr sucht?«

»Dürft Ihr nicht.«

»Bruder, ich könnte Euch besser helfen, wenn ich wüsste, worauf ich achten muss. Wenn ich weiß, welchen Frevel Ihr verfolgen wollt, kann ich Euch ganz schnell alles Wichtige sagen. Also, warum lasst Ihr Euch nicht helfen und sagt mir, wonach Ihr sucht?«

Zoltan mochte es dieser Geweihten gegenüber nur ungern zugeben, aber sie hatte Recht.

»Na schön, ich sage euch, was unbedingt notwendig ist. Aber kein Wort zu irgendjemandem, auch nicht zu einem anderen Geweihten.«

»Natürlich«, lächelte Illumara zufrieden.

»Wir suchen jemanden innerhalb der Kirche, der wissentlich oder unter dem Einfluss von Zauberei Verrat an der Kirche selbst und dem Reich begehen könnte. Es gibt den Verdacht, dass dieser Jemand einer der hiesigen Priester ist. Und deshalb brauche ich Kenntnisse über die anderen Geweihten. Besonders, ob sie erpressbar sind, ob sie in letzter Zeit ungewöhnliches Verhalten zeigen, ob sie häufig mit zwielichtigen Personen gesehen wurden und so weiter.«

»Aha, das hilft ja schon etwas«, meinte die Priesterin zufrieden. »Jetzt weiß ich auch, was Ihr meint. Nun, Luminon hat sich schon eigenartig benommen, als er neulich ein Unglück zum Vorteil des Tempels ausgenutzt hat. Wisst Ihr von der Leiche, die vor zwei Wochen gefunden wurde?«

Der Novize nickte. »Ich weiß Bescheid. Die Inquisition weiß immer Bescheid.«

Illumara fuhr fort, ohne ihr Gegenüber ganz ausreden zu lassen. »Jedenfalls hat Luminon die Bevölkerung so erschreckt, dass sie Hilfe suchend in seinen Tempel lief. Das war möglicherweise nicht ganz ehrlich. Möglicherweise. Wenn ich Eure Halsgerichtsordnung recht verstehe, dann verurteilt sie solches Verhalten. Ganz zu schweigen von den Heiligen Schriften – aber ich kann natürlich nicht das Verhalten eines Hochgeweihten kritisieren. Er steht dem Herrn Praios sicher viel näher als ich.«

»Soso. Sprecht weiter.«

»Sonst kann ich über Luminon nichts weiter sagen. Aber wenn ich so überlege, dann fällt mir der Quästor ein. Er ist nicht gerade ein Vorbild für die Diener des Herrn. Ich habe ihn schon öfter gesehen, als er in den Hafen ging. Ich habe gehört, dass er sich mit gewöhnlichem Volk trifft und trinkt, und sogar an Glücksspielen und womöglich noch Schlimmerem teilnimmt. Morgens ist er dann häufig zu spät und nicht in bester Verfassung, wenn ich das mal so ausdrücken darf.«

»Ihr habt ihn aber noch nie selbst gesehen, als er betrunken von einem dieser Ausflüge zurückkam?«

»Nein, Bruder. Er wohnt nicht im Tempel, sondern mit seiner Frau in einem Haus in Mondwacht. Deshalb weiß ich auch nichts Genaues. Aber ich weiß sicher, dass er bestimmte Gewohnheiten hat, die sich mit einem wahren, Praios gefälligen Lebenswandel nicht vereinbaren lassen. Schließlich habe ich lange genug die Schriften und Vorschriften studiert und weiß, was Recht ist.«

Zoltan hatte mehrfach auf den Tisch neben sich geblickt, an dem Aktina mit dem Schreiben kaum hinterher kam. Die Feder führte einen Hexentanz über dem Pergament auf, schwarze Spuren über die Seiten ziehend, Schlingen um die Hälse des Hochgeweihten und des Quästors.

»Habt Ihr Beweise dafür?«, fragte er und starrte auf Aktinas Hand.

»Fragt ihn selbst, Bruder Zoltan. Ich berichte, was man mir gesagt hat und was ich mit eigenen Augen gesehen habe. Das wolltet Ihr doch.«

»Noch etwas?«

»Über andere Leute, meint Ihr? Nein, ich glaube, die anderen haben sich in letzter Zeit nicht anders benommen als sonst. Jedenfalls habe ich nichts bemerkt.«

»Na gut. Das wäre dann vorerst alles. Vielen Dank für Eure Hilfe.«

Illumara stand auf und deutete eine Verbeugung an.

»Es ist mir eine Ehre, der Inquisition zu helfen. Besonders, wenn dadurch die richtigen Übeltäter gefunden werden. Praios leite Euch.« Damit schritt sie zielstrebig aus dem Raum.

»Und Euch«, gab Zoltan zurück. Er ging Illumara bis zur Tür nach und blickte ihr hinterher, als sie zwischen Schränken und rostigen Kerzenleuchtern im Dunkel des Ganges verschwand.

Am heutigen Praiostag fand im Tempel eine große Andacht statt, die für das einfache Volk gedacht war und daher für Zoltan keine neuen Erkenntnisse enthielt. Viele Reden zum Götter gefälligen Lebenswandel und zum Praios gefälligen Alltag. Ermahnungen, der Obrigkeit und der Kirche zu gehorchen. Luminon schleuderte Zorn und Warnungen in die Menge, die dementsprechend eingeschüchtert war und in Demut vor dem leuchtenden Auge des Herrn auf Knien kroch. Zoltan fand Luminons Gehabe etwas übertrieben, aber er hatte diese Art Predigt schon häufig erlebt. In Beilunk waren die Städter ganz ähnlich und die Priester sprangen auf dieselbe Weise mit ihnen um.

Das Begräbnis von Provolea aus Nevelung, gleich nach dem Gottesdienst, war eine traurige Pflicht. Zoltan ritt mit seinen Leuten durch das Tor zum Boronanger. An der Spitze des Zuges rollte der Wagen mit Provoleas Sarg, darauf folgte eine zweispännige Pferdesänfte mit dem grimmigen Hochgeweihten Luminon und eine zweite, in der die verletzte Aktina saß. Noch vor dem Totenwagen schritt ein Borongeweihter und schwenkte einen kleinen kupfernen Kessel mit schwerem Weihrauch, der sich mit bleiernem Gewicht über den Weg und die Trauernden legte. Hinter dem Novizen bildeten einige Angehörige des hiesigen Tempels, darunter auch die eigensinnige Illumara von Perricum, das Ende des Zuges.

Am öden Boronanger angekommen, einem stoppeligen Feld, aus dem versteinert mahnende Säulen empor wuchsen, verteilte sich der Weihrauch langsam, und der Inquisitor konnte wieder klar denken. In hundert Schritt Entfernung saßen ein Zwerg und eine Lautenspielerin am Straßenrand und blickten gelegentlich in Zoltans Richtung. Die Trauergesellschaft versammelte sich um Provoleas Grab, und der Borongeweihte sprach von den vielen Verlusten unter denen, die für die gerechte Sache kämpften, von Pflichterfüllung und göttlichem Lohn. Er redete auch – das hatte Zoltan ihm mit Blick auf Aktina nahe gelegt – von den Schuldgefühlen der Überlebenden, vom Preis des Überlebens, und versuchte darzulegen, dass der Herr des ewigen Schlafes für jeden eine Zeit festgelegt habe, die kein Sterblicher ändern könne. Zoltan dachte wieder, zum hundertsten

Mal, an den Kampf im Bauernhaus, und er kam zu dem erlösenden Schluss, dass er Provolea nicht hätte retten können. Dennoch schrie er innerlich auf, als er an die verpassten Gelegenheiten dachte und daran, was die Welt für Provolea noch bereitgehalten hätte. Die Kriegerin war eine der vielen Vertriebenen, denen der entsetzliche Lauf der Dinge in den letzten Monaten Hoffnung und Frohsinn genommen hatte. Dennoch war sie nicht verzweifelt, sondern hatte zurückschlagen wollen – aber dazu war sie nie gekommen. Obwohl Zoltan Provolea kaum kennengelernt hatte, war das Gefühl des Verlustes übermächtig. Nicht der Verlust von etwas, was er bereits besessen hatte, sondern der Verlust einer Möglichkeit, die sich nur kurz eröffnet hatte und dann fast im gleichen Augenblick endgültig verschlossen wurde.

Aktina weinte ungehemmt, auch Zepperich sah sehr mitgenommen aus. Der alte Wutkieser schaute eher grimmig drein, als ob er gerade eine Litanei aus Racheschwüren formulieren würde, und nur Mara-Lumea und Praiodin hielten ihr Mienenspiel unter Kontrolle.

Als der Sarg im Boden versenkt worden war und Aktina und die anderen sich von Provoleas letzter Ruhestätte abgewandt hatten, kam es zu einem Zwischenfall, in den auch der Hochgeweihte Luminon involviert war. Zoltan kam anscheinend nicht umhin, die Zwistigkeiten mit ihm andauernd öffentlich auszutragen. Er hatte Orik, damit er nicht die Zeremonie störte, mit einem Strick an Aktinas Sänfte gebunden. Doch die Leine des neugierigen Olporters hatte genug Spiel, so dass dieser in die nahebei stehende Sänfte des Hohepriesters springen und es sich in den Kissen bequem machen konnte. Luminon bekam daraufhin einen Wutanfall und scheuchte Orik lautstark aus der Sänfte, um dann dessen Platz einzunehmen und danach Zoltan anzuherrschen, er solle sein Tier gefälligst besser unter

Aufsicht halten. Dabei begannen Luminons Augen zu tränen, und gegen Ende seiner Tirade wurde er von mehreren Niesern unterbrochen, was ihn auch nicht besser stimmte. Schließlich ließ der Tempelvorsteher sich verärgert davontragen, seine Untergebenen folgten hastig. Illumara warf Zoltan noch einen mitfühlenden Blick zu und hob die Schultern, was vermutlich ›So ist er eben‹ besagen sollte, bevor sie sich schnellen Schrittes den anderen Geweihten anschloss.

Zoltan folgte mit seinen Leuten etwas langsamer. Auf dem Rückweg lenkte der alte Alrik sein Ross neben das des Inquisitors.

»Darf ich etwas fragen, Euer Gnaden?«, begann er vorsichtig.

»Aber ja doch, Alrik. Ich habe doch schon gesagt, du brauchst nicht so förmlich zu sein. Wir sind schließlich eine Gemeinschaft, wir haben dasselbe Ziel und müssen uns vertrauen.«

»Ja, Euer Gnaden, ich wollt ja gerne wissen, ob's schon was über den gibt, der hinter dem Überfall steckt. Ob's schon Verdächtige gibt. Denn dann würd ich den gerne meine Armbrustpfeile kosten lassen.«

»Dazu kommen wir schon noch, Alrik. Um Rache zu nehmen, ist es noch zu früh, aber wir werden den Täter schon finden. Der entkommt uns nicht. Ich habe bereits einiges herausgefunden, aber bis zum Ziel ist es noch ein weiter Weg.«

Alrik schüttelte betrübt den Kopf. »Das arme Mädchen. Noch so jung. Ist schon traurig.«

Zoltan sagte nichts.

Der Nachmittag war für den Inquisitor sehr ermüdend. Er befragte zwei weitere Geweihte, die sich aber nicht trauten, nach Illumaras Vorbild nützliche Einzelheiten über die anderen Tempelangehörigen preiszugeben. Auch ließen sie sich nicht so leicht einschüchtern wie Bastan Rechenholm, sodass die Befragungen wenig Neues zutage brachten. Allerdings hatte Zoltan mit etwas Mühe, also hauptsächlich mit Drohungen, Illumaras Behauptung bestätigen können, dass der Tempelquästor Solarian zweifelhaften Vergnügungen frönte. Damit war der Novize geneigt, Illumaras Worte nicht als Täuschungsmanöver zu werten, sondern die Geweihte aus dem Kreis der Verdächtigen vorläufig auszuschließen. Illumara war bisher die Einzige gewesen, die ihm geholfen hatte. Hatte sie denn gar nichts von der Inquisition zu befürchten? Warum hatte die Priesterin keine Angst? Na, vielleicht war sie auch nur rechtschaffen – oder hatte schneller als die anderen gemerkt, dass Zoltan nicht gerade der Mächtigste aller Inquisitoren war. Der Novize war sich ziemlich sicher, dass er bei Bastan wie auch bei den zwei Verhörten am Nachmittag seine einsame Goldkugel am Gürtel recht gut und wie zufällig unter seinem Umhang versteckt hatte. Bei Illumara war er sich da nicht so sicher. Während des ganzen Auf- und Abgehens konnte sie gut und gerne einen Blick auf seine Rangabzeichen geworfen und gefolgert haben, dass sie von diesem Inquisitor nichts zu befürchten hatte.

Als die Sonne langsam hinter den Häusern verschwand und die Kammer, die sich den Tag über kräftig aufgeheizt hatte, wieder im Schatten lag, streckte sich Zoltan auf seinem Schemel, trank den letzten Schluck warmen Wassers aus seinem Becher und meinte zu Mara-Lumea, die den ganzen Nachmittag lang das Protokoll geführt hatte: »So, Mara, dann können wir für heute den offiziellen Teil der Ermittlungen beenden. Aber fertig sind wir natürlich noch längst nicht. Magst du mit mir durch die Stadt spazieren?«

Mara-Lumea lächelte anzüglich, räkelte sich ebenfalls, und ihre weiblichen Formen erregten durchaus die Aufmerksamkeit des ehemaligen Hauptmanns. »Ist das ein Befehl oder soll das eine Einladung sein, Euer Gnaden?«

Zoltan lachte unsicher auf. »Nein, nein, oder das heißt, eigentlich gerne. Aber tatsächlich muss ich noch arbeiten. Wir haben da gewisse Kundschafter, denen ich Anweisungen geben muss. Doch es hindert uns natürlich keiner daran, zusammen noch einen Becher Wein zu leeren.«

»Kundschafter, Euer Gnaden?« Mara-Lumea war anscheinend von den anderen nicht eingeweiht worden. »Das ging schnell, Euer Gnaden.« Dabei kraulte sie Orik, der unter dem Tisch lag und sich schon immer gerne verwöhnen ließ.

»So machen es Besatzer. Ganz schnell unter den Einheimischen Handlanger finden, die die Gebräuche kennen und nicht auffallen. Noch wichtiger ist es eigentlich, sich unentbehrlich zu machen, sodass das Volk aus freien Stücken dienstbar ist, aber das ist hier in Perricum in der Kürze der Zeit etwas schwierig. In Drôl zum Beispiel haben die Liebfelder auch zuerst die reichen Pflanzer gekauft und dann Räuberbanden bekämpft, damit die Bevölkerung den Segen der Besatzung erkannte. Genau nach dem Lehrbuch. Die alten Generäle haben ihr Handwerk schon verstanden.«

»Das wusste ich alles nicht, Euer Gnaden. Ich hörte ja von Praiodin, dass ihr euch viel mit Strategie und Militärgeschichte befasst habt. Aber ich hätte nicht gedacht, dass das bei der Arbeit für die Inquisition nützlich sein kann.«

»Ich finde mich auch ganz schlau«, lobte Zoltan sich selbst, dabei schelmisch grinsend. »Nun, wir werden sehen, ob es was nützt.« Und dann, lauter: »Zepperich, es gibt im Flur nichts mehr zu bewachen. Mach dich bereit, ich will zur Schlangenstunde im *Tanzenden Ochsen* sein.«

Zepperich trat mit eifriger Miene durch die Tür. »Sofort, Euer Gnaden. Darf ich für Euer Gnaden noch weitere Nachrichten überbringen?«

»Mir fällt nichts ein, Zepperich. Tut mir Leid, dass ich dich enttäuschen muss. Hast du die Kaserne schnell gefunden?«

»O ja, Euer Gnaden. Ich fand die Kaserne und auch den Herrn Hauptmann. Das heißt, er war gerade nicht da. Aber ich ließ den Brief in der Schreibstube, und er wird ihn bestimmt schon gelesen haben. – Da fällt mir übrigens noch etwas sein, Euer Gnaden. Als ich zurückging und gerade am Hesindetempel vorbeikam, da sprach mich ein Soldat an. Er fragte, ob ich aus Beilunk komme und was es denn dort für Neuigkeiten gäbe, weil er Verwandte dort habe. Und dann fragte er noch, ob ich nicht mit dem Inquisitor hier sei, und wollte wissen, was Ihr denn hier tätet. Ob Ihr den Mord untersucht, novadischen Ketzern nachspürt, oder was sonst. Aber ich habe ihm nichts verraten, ich sagte nur: ›Fragt doch Seine Gnaden Zoltan selbst, wenn Ihr es wagt, ihm seine Zeit zu stehlen!‹ Dann ist er gegangen. Ich dachte, das solltet Ihr wissen.«

Zepperich sah man den Stolz über seine Gewitztheit deutlich an. Er hatte seinen Vortrag mit Mimik und ausholenden Gesten unterstrichen und vortragend den Zeigefinger gehoben, als er von der Belehrung des Soldaten sprach. Der Novize hatte höchst aufmerksam zugehört und war der Meinung, dass ein Lob angebracht sei.

»Sehr aufschlussreich, Zepperich, und gut gemacht. Wir stellen hier die Fragen. Und irgendein Mann auf der Straße bekommt schon gar keine Antwort. – Ein merkwürdiger Vorfall. Mara, was hältst du davon?«

Mara-Lumea, die mit Orik gespielt hatte, richtete sich auf und legte die linke Hand flach auf den Schreibtisch. Am rechten Arm trug sie noch immer einen Verband. »Na ja, so viel Merkwürdiges kann ich nicht erkennen,

Euer Gnaden. Jemand ist neugierig und will wissen, ob wir ihm auf der Spur sind. Das kann aber nur jemand sein, der noch nicht weiß, was wir suchen. Also scheiden Luminon und Illumara als Auftraggeber für diesen neugierigen Soldaten aus, denn die beiden wissen davon. Möglicherweise ist einer der Befragten von heute der Schuldige. Seit dem Verhör sitzt er wie auf Kohlen und er versucht jetzt herauszufinden, ob er selbst im Verdacht steht. Oder es ist jemand anders, der zwar von den Verhören weiß, aber nicht worum es geht. Das könnte dann sogar jemand sein, der nicht aus dem Tempel ist. In der Stadt weiß man nur, dass ein Inquisitor hier ist. Aber keiner außer den Geweihten hier weiß, dass wir uns nicht für die Leute außerhalb des Tempels interessieren.«

Zoltan nickte zufrieden. »Das ist genau meine Meinung. Sehr schön. Wenn wir so weitermachen wie bisher, dann haben wir, selbst wenn sich die Verhöre als nutzlos erweisen sollten, schon den Vorteil errungen, dass der Gegner unruhig wird und sich vielleicht aus der Deckung wagt. Wunderbar! Das ist besser, als ich dachte. Wir müssen nur aufpassen, dass der Unbekannte uns nicht ausmanövriert.«

»Euer Gnaden?« Das war Mara-Lumea.

»Ja? Was noch?«, wurde der Inquisitor aus dem Genuss seiner Siegerlaune gerissen.

»Der, den wir suchen, kann nicht Luminon sein. Ihr hattet doch den Verdacht, dass der Hochgeweihte selbst der Übeltäter ist. Aber wir haben gerade gefolgert, dass er wohl nicht den Frager beauftragt hat. Wer denn dann?«

Zoltan stutzte.

»Oh. Nun ja. Na ja, es scheint wohl nach dem gegenwärtigen Anschein der Dinge vielleicht möglich zu sein, dass Luminon doch – hm – vielleicht gar kein Gestaltwandler ist. Aaaber. Dafür haben wir einen anderen Verdächtigen, der ist fast so etwas wie ein Hochgeweihter, nämlich der Quästor, wie heißt er noch?«

»Solarian«, half Mara aus.

»Genau, der. Solarian. Der ist immerhin der Stellvertreter Luminons. Und wenn Luminon es nicht selbst ist, dann wohl der Quästor. Er hat sogar unmittelbaren Zugang zum Gold des Tempels. Eine famose Stellung für einen Verräter.«

Der Inquisitor verzog plötzlich das Gesicht.

»Oh. Da fällt mir gerade etwas ein. Luminon hat den Mord genutzt, um Spenden zu sammeln. Und er stellt die Geweihten an, Geld zusammenzubringen, angeblich für seine Sonnenscheiben. Was wäre, wenn der Quästor Luminon dazu gebracht hat, diese Sammlungen zu machen, damit er, also der Quästor, seine Untaten planen kann? Was weiß ich, Leute bestechen, Waffen kaufen, Gifte mischen. Das würde doch zusammenpassen.«

Mara schien von der Theorie nicht so begeistert zu sein. »Schon möglich, Euer Gnaden.«

»Wie, du bist nicht überzeugt? Na, gleichgültig. Wir können hier nicht den ganzen Abend sitzen, und ich habe noch dazu ziemlichen Hunger. Gehen wir doch in die Stadt und hören uns die neueste Kunde aus Perricum an.«

Im *Tanzenden Ochsen* gab es kräftiges Essen für hungrige Reisende, für Soldaten und Kapitäne, die sich hier einfanden, wenn ihnen mehr an großen Portionen als an raffinierter Küche gelegen war. Dennoch war die Speise weitaus genießbarer als der merkwürdige Brei aus der Tempelküche. Zoltan hatte die Bannstrahler genötigt, das dunkle Bier statt einfachen Wassers zu versuchen, wobei lediglich Praiodin Widerstand geleistet hatte. Die anderen hatten sich nur anfänglich zurückgehalten, doch jetzt griffen auch sie öfter zum

Krug. Unter dem Tisch beschäftigte Orik sich vergnügt mit einem Knochen.

Zoltan hatte sich so gesetzt, dass er den Eingang überblicken konnte. Alrik Wutkieser hatte er, mit Armbrust und Schweinshaxe versehen, an einer Straßenecke gegenüber dem Eingang postiert. Während er dem Essen zusprach, behielt der Inquisitor die Tür im Auge. Weder auf der Straße noch im Gasthaus war viel Betrieb. Die wenigen Gäste warfen dem Inquisitor und seinen Schergen immer wieder unbehagliche Blicke zu, und die Wirtin gab sich besondere Mühe, die sechs zuvorkommend zu bedienen, wobei sie allerdings versuchte, so selten wie möglich persönlich am Tisch zu erscheinen. Da weder Zoltan noch die Bannstrahler darauf aus waren, sich den anderen Gästen besonders fidel und ausgelassen zu zeigen, verlief das Mahl sehr eintönig.

Endlich öffnete sich die Tür und Rondriagers breite Gestalt schob sich in die Schankstube. Zoltan sprang auf, rief: »Da ist er!«, und stürzte zur Tür, an den überraschten Gästen vorbei. Rondriager sah Zoltan auf sich zurennen. Er zögerte nicht lang und warf sich herum, um wieder nach draußen zu verschwinden. Zoltan, mit dem Schwert in der Hand, und die anderen Bannstrahler drängten auf die Straße. Orik rannte hinaus und blieb hechelnd vor der Tür stehen. Draußen stand Rondriager nur wenige Schritt entfernt an der Hauswand der Taverne, die Hände erhoben, vor ihm Alrik Wutkieser mit gespannter Armbrust. Als der Novize näher kam, starrte der Söldner ihn erbost an.

»Ich dachte mir doch gleich, dass Ihr mir was anhängen wollt«, knurrte Rondriager. »Deshalb habe ich vorgesorgt. Ich mach das ja nicht zum ersten Mal. Da oben.«

Er deutete mit einer Hand auf das gegenüberliegende Haus. In einem Fenster stand Rondriagers zwergischer Kumpan und zielte auf Alrik.

»Also, sagt Eurem greisen Schützen hier, er soll die Maschine weglegen, bevor sie ihm aus der Hand fällt. Und dann reden wir weiter.«

Zoltan warf die Arme in gespielter Verzweiflung in die Luft.

»Jetzt lasst doch die Spielchen. Ich will Euch überhaupt nichts ›anhängen‹. Ich will mit Euch reden, ohne dass Ihr hinterher in ganz Perricum als der Freund des Inquisitors bekannt seid. Aber wenn es Euch lieber ist. Alrik, sichern.«

Wutkieser senkte die Armbrust und schob einen Haken vor die Sehne.

»So, und jetzt will ich einen Bericht, und dann gibt's neue Aufträge.«

Rondriager atmete aus. »Na schön. Inquisitoren soll man ja glauben.« Er gab dem Zwerg einen Wink und dieser verschwand mitsamt seiner Waffe vom Fenster.

»Jetzt gleich und hier?«, fragte der Söldner mit erhobenen Augenbrauen.

Zoltan gab Praiodin einen Wink, sie beide abzuschirmen. Die zwei oder drei Passanten in der Nähe waren vorsorglich in Seitenstraßen abgebogen, um nicht an den Bannstrahlern vorbei zu müssen.

»Ja sicher, ich will den Bericht jetzt. Also fasst Euch kurz. Wen habt Ihr wo gesehen?«

»Heute Morgen sind einige Geweihte zum Magistrat gegangen. Wir konnten herausfinden, dass es um irgendwelche Gesetzesfragen ging. Sonst war bis mittags nichts. Nach dem Begräbnis sind alle wieder in den Tempel zurückgekehrt. Nachmittags ist eine junge Geweihte mit langem, braunem Haar durch die Stadt gegangen. Den Namen haben wir noch nicht rausgekriegt. Hat sich im Stadtteil Mondwacht umgesehen, anscheinend ohne Ziel. Nach einer Stunde ist sie wieder zurückgegangen. Sie ist mehrmals am Haus des Quästors vorbeigekommen. Der und der Geweihte Ertzel Sonnendank sind übrigens die Einzigen, die außerhalb des Tempels wohnen. Und Quästor Solarian ist vorhin ohne Hut und roten Mantel zum Hafen gegangen, in eine Schänke. Idra ist dageblieben und hat ein Auge auf die Schänke. Ungefähr zur gleichen Zeit wie Solarian sind noch ein paar Seeleute gekommen, Offiziere oder so. Üblicherweise sind einfache Leute in diesem Wirtshaus zu finden, nur Matrosen und Gemeine. Weiter ran wollten wir aber noch nicht, erst Euch berichten.«

»Aha. Das ist ein dicker Hund. Beschreibt mir doch mal, wo die Schänke liegt, und ich sehe mir das an. Ihr könnt für heute Schluss machen, ich glaube, ich brauche Euch gar nicht mehr. Wo kann ich Euch heute Abend finden wegen der Bezahlung?«

»Sucht uns in der ›Perle von Perricum‹. Da wohnen wir. Und zu dieser Schänke, in der der Quästor verschwunden ist, kommt Ihr, wenn Ihr hier runtergeht«, er deutete die Straße entlang, »da vorne rechts, dann kommt nach einer ganzen Weile rechts ein Apothekarius, danach rechts und gleich wieder links. Dann steht Ihr davor. Es heißt ›Bärenhöhle‹ und liegt an einer Ecke. Der Hinterhof ist gut zugänglich und es gibt zwei Eingänge und eine Außentreppe ins Obergeschoss.«

Rondriager grinste frech. »Naja, dafür werdet Ihr ja kein Interesse haben. Ihr geht sicherlich durch die Vordertür. Und wegen der Bezahlung kommen wir sonst morgen in den Tempel. Ist gar kein Aufwand.«

Zoltan wedelte geistesabwesend in Rondriagers Richtung.

»Ja, gut. Danke. Wir sehen uns später.«

Rondriager löste sich von der Hauswand und schlenderte die Straße hinunter. Nach einigen Schritten gesellte sich der Zwerg dazu, der aus einer Seitenstraße hervortrat. Gemeinsam verschwand das ungleiche Paar hinter einer Hausecke.

Praiodin baute sich neben dem Novizen auf. »Eure Befehle, Euer Gnaden?«

»Wie? Ach so. Aktina, bezahlt das Essen und kommt dann nach. Der Rest kommt mit zur ›Bärenhöhle‹.«

Die Gruppe setzte sich in Marsch und auf dem Weg erklärte Zoltan Praiodin seinen Plan.

»Also, wir lassen den Herrn Quästor in der ›Bärenhöhle‹ noch etwas weiter spielen. So schnell rührt der sich nicht vom Fleck, das haben wir ja heute gehört. Wir gehen mal kurz runter zum Kriegshafen und sehen uns die Lage an, vielleicht kriegen wir raus, wer diese Offiziere sind, mit denen er sich da trifft. Da ist irgendetwas im Gange. Ich vermute, der Quästor versucht, die Offiziere zu beeinflussen, um sie zum Verrat zu bewegen. Entweder besticht er sie mit dem Geld aus der Tempelkasse oder er nimmt sie beim Spiel aus, mit Hilfe seiner dämonischen Fähigkeiten. Oder er verhext sie. Das wird sich herausstellen. Vielleicht haben wir bald genug in der Hand, um Solarian festzunehmen. Geht's nicht etwas schneller?«

Mit großen Schritten eilten Zoltan, die Bannstrahler und Orik durch das abendliche Perricum.

»Und was meinst du, Mara?«

»Eure Darlegung hört sich schlüssig an, Euer Gnaden. Aber wenn Ihr so sicher seid, warum gehen wir dann nicht gleich zur ›Bärenhöhle‹ und verhaften alle?«

»Ihr habt's ja gehört. Diese Höhle hat mehr Ausgänge als ein Kaninchenbau. Uns geht garantiert jemand verloren. Wenn wir schon vorher wissen, wer die Kumpane des Quästors sind, dann haben wir leichtes Spiel. Wir müssen sie nur noch von der Wache des Kriegshafens einsammeln lassen.«

»Warum holen wir dann nicht die Stadtwache hinzu, um alle zu verhaften?«

»Das ist nicht so einfach. Wir müssen so wenig Aufsehen wie möglich erregen. Ich kann nicht verantworten, dass sich möglicherweise herumspricht, ein Praios-Geweihter in höherer Position sei ein Verräter. Das bringt das Vertrauen der Bevölkerung zu Recht und Ordnung ins Wanken. Und das wäre viel schlimmer, als wenn ich ein oder zwei Leute entkommen lasse.«

»Gut, wenn Ihr meint, Euer Gnaden.« Wieder schien Mara-Lumea nicht überzeugt.

Inzwischen waren die sechs auf der Kuppe der Hafenklippe angelangt und hatten einen freien Blick nach Osten. Das schwarze Perlenmeer lag unter einem düsteren Himmel, die letzten Sonnenstrahlen im Rücken der Inquisitoren erhellten nur noch einige Hausdächer am Hang. Hinter der Klippe lag der Kriegshafen schon im Schatten der Nacht. Einzelne Lichter, die Hafeneinfahrt und Wachtürme erhellten oder über die Kais wanderten, ließen erahnen, dass es dort unten sehr geschäftig zuging. In den Hafenbecken war das Wasser kaum zu sehen, die Schiffe lagen in zwei oder drei Reihen hintereinander an den Kais. Ein großer Teil der Perlenmeerflotte lag hier vor Anker, um den Bedrohungen aus dem Osten zu begegnen.

Zoltan lenkte die Schritte auf die Straße, die sich in Serpentinen hinunter zum Kriegshafen schlängelte. Orik war bereits ein Stück voraus und rannte hinter einem Wagen her, der vorsichtig talwärts fuhr. Der Novize fühlte einen kühlen Tropfen im Gesicht. Dann noch einen. Und noch einen, zwei. Als die Inquisition am Tor zum Kriegshafen ankam, regnete es leicht. Das nördliche Tor war verschlossen, sodass die sechs die Mauer entlang bis zum Südtor wandern mussten.

Vor dem Tor traten zwei Wachen aus ihrem Schilderhäuschen in den Regen. Angesichts der bewaffneten Gruppe stutzten sie und hoben die Hellebarden.

»Halt, wer da?«

»Ich bin Zoltan Imfelde von der Heiligen Inquisition. Ich verlange Zutritt.«

»Aus welchem Grund?«

»Eine Angelegenheit der Kirche«, antwortete Zoltan barsch. »Und jetzt genug geplaudert. Ich habe viel zu tun.«

Der Sprecher trat hastig ans Tor, hieb dagegen und rief: »Frumol, mach auf!«

»Was ist denn?«, kam es gelangweilt von drinnen. »Ablösung ist noch nicht.«

»Ein Inquisitor verlangt Einlass!«, rief der Wächter ungeduldig.

Von drinnen waren im Rauschen des Regens hastige Schritte zu hören, dann ein Klirren und Kratzen, und schließlich öffnete sich der linke Torflügel langsam. Zoltan marschierte durch den Spalt im Tor und wollte eilig davonstiefeln, als ihm ein beleibter Soldat mit langem Bart, wohl der genannte Frumol, in den Weg trat.

»Kann ich Euer Gnaden behilflich sein? Wenn Ihr etwas Bestimmtes sucht...«

Zoltan unterbrach ihn.

»Wer hat in den letzten Stunden den Hafen verlassen?«

»Nun ja, das ist nicht so leicht zu sagen, Euer Gnaden. Wenn das Tor offen steht, kann jeder gehen, solange er einen Passierschein hat. Aber wer hier durchkommt, merken wir uns nicht. Nur wer nachts rein kommt, wenn das Tor schon zu ist, den schreiben wir auf.«

»Ab wann ist das Tor zu?«

»Im Sommer zwei Stunden vor Dunkelheit.«

»Was ist mit dem Nordtor?«

»Das ist immer zu, weil wir da gerade Fallgitter einbauen. Deshalb kann man nur hier raus und rein.«

»Na schön. Kann er mir wenigstens sagen, welche Offiziere vor Torschließung noch in die Stadt gegangen sind?«

Frumols Gesicht zeigte schmerzvolles Bedauern. »Es

tut mir Leid, Euer Gnaden, aber wir haben hier über tausend Soldaten im Hafen, dazu noch die Handwerker, Schauerleute und andere Bedienstete. Und viele von denen haben Freigang, wenn die Schiffe hier liegen. Ich kann mir gar nicht merken, wer hier rausgeht.«

»Dann eben nicht. Ich brauche ihn nicht mehr, Frumol. Bewache er nur das Tor.«

»Jawohl, Euer Gnaden. Der KGIA-Turm ist rechts entlang, der vorletzte.« Er deutete ins Dunkel der Regennacht.

Zoltan verbarg seine Überraschung über den Hinweis der Wache schnell. »Äh, danke. Weggetreten.«

Frumol machte auf dem Absatz kehrt und schritt zum Tor, um es wieder schließen zu lassen. Zoltan trat ans Ende des Gewölbes, das den Eingang zum Kriegshafen bildete. In den Wänden und in der Decke erkannte er verschiedene längliche und runde Öffnungen, aus denen es Pech und siedendes Öl auf Eindringlinge regnen konnte. Er legte eine Hand an den Torbogen in der Hafenseite des Torhauses. Hier standen die Torflügel offen. Inzwischen hatte der Regen dafür gesorgt, dass die Kais entvölkert waren bis auf ein paar Schauerleute, die in einiger Entfernung ein Schiff beluden. Gelegentlich lief ein Soldat hastig zwischen den Kasernen hindurch. Der Kriegshafen, der von oben noch so belebt erschienen war, schien sich in ein bornisches Dorf verwandelt zu haben. Orik lief vor und rannte im Regen auf und ab, jagte fallende Tropfen und Schatten.

»Na schön, sehen wir uns mal um.« Zoltan griff sich kurzerhand eine der Fackeln, die das Gewölbe beleuchteten, und trat in den Regen hinaus. Hinter ihm knallten die Stiefel seiner Truppe aufs Pflaster. Der Inquisitor hielt auf eine Matrosin zu, die mit gesenktem Kopf durch den Regen hastete.

»He da, Soldatin!«, rief Zoltan sie an. Die Matrosin

blieb stehen, hob eine Hand und spähte durch den Regen. Als sie Zoltans Gewandung erkannte, richtete sie sich auf.

»Hochwürden?«

»Euer Gnaden. Wo sind die Offizierskasinos?«

Die Frau deutete fahrig nach Norden. »Entschuldigen Euer Gnaden. Vor dem großen Gebäude, das letzte kleine Haus davor.«

»Danke.« Zoltan wandte sich ab und wartete, bis die Matrosin weiter gelaufen war.

»Krötendung. Hier vorne sind nur Lagerhäuser. Dann hat bestimmt auch niemand gesehen, wer hinaus gegangen ist.«

Etwas ratlos stand Zoltan im Regen herum. Mara-Lumea harrte neben ihm aus und blickte ihn erwartungsvoll an.

»Na schön, Ihr habt ja Recht«, gab Zoltan widerwillig zu. »Hier gibt es nichts. Hätte ja sein können. Na, dann gehen wir eben wieder und nehmen den Quästor fest.«

Er wandte sich erneut zum Tor und stiefelte durch den Regen, ohne auf seine Begleiter zu warten.

»Wenigstens haben wir den Kriegshafen kennengelernt. Und sind völlig nass geworden.«

Der überraschte Frumol musste schon wieder das Tor öffnen und Zoltan marschierte missgelaunt hinaus, ohne die Wachen mit einem Wort zu bedenken. Auf dem Rückweg trafen sie Aktina wieder, die auf dem Absatz kehrt machen musste. Den ganzen Weg zur Stadt hatte Zoltan Gelegenheit, sich zu ärgern und noch nasser zu werden. Der goldene Umhang hielt zwar eine Zeit lang den Regen ab, doch ohne Kapuze gab es nur einen mäßigen Schutz vor den Elementen. Und so traf ein klatschnasser und übellauniger Inquisitor nach einigen Umwegen durch die schlammigen Gassen Perricums schließlich in der ›Bärenhöhle‹ ein.

Das ungepflegte Haus stand in einem der abgelegeneren Winkel Efferdgrunds, aber trotzdem hatten anscheinend einige der respektableren Bürger den Weg in diese Spelunke gefunden. Zwei Häuser weiter winkte eine Gestalt Zoltan zu. Das musste diese Idra sein, von der Rondriager gesprochen hatte, die Musikantin. Der Novize beachtete sie nicht und beschloss, ohne langes sinnloses Fragen endlich aufzuräumen. Er rückte sein rotes Stirnband zurecht, wischte den Regen aus dem Gesicht und streckte die Hand in Richtung Zepperich aus.

»Streitkolben«, befahl er knapp. Zepperich nestelte seinen Streitkolben aus dem Gürtel und reichte ihn Zoltan. Dieser wog die Waffe in der Hand und schritt auf den Eingang zu.

Polternd flog die Tür auf, Zoltan stürmte hinein, suchte einen Wirt im Gedränge, wobei Rauch und Lärm ihn zusätzlich hinderten. Er rempelte Gäste an, die ihr Bier verschütteten und empört aufschrien, doch er stampfte weiter zum Tresen und ließ den Streitkolben zwischen die Becher krachen.

»Wo ist der Quästor Solarian?«, herrschte er den verdatterten Wirt an, der bei Zoltans Anmarsch zwischen seine Bierfässer zurückgewichen war. »Rede schon!«

Der dürre Wirt zeigte auf eine Treppe, die nach oben führte. »Oben, im kleinen Zimmer...« ergänzte er mit leiser Stimme. Aber Zoltan war schon weg und auf halbem Weg ins erste Stockwerk. Dabei blickte er sich kurz um und sah, dass die ersten Gäste sich aus dem Schankraum davonmachten, während seine Ordenskrieger sich durch die Menge schoben und ihm folgten. Plötzlich rannte etwas Schwarzes an ihm vorbei, bog oben nach links und bellte dabei, was das Zeug hielt.

Zoltan rannte hinterher, einen kurzen Gang entlang, an einer entsetzten jungen Frau vorbei und in ein Zimmer, aus dem gerade zwei halbnackte, schreiende Dirnen drängten. Zoltan rannte sie fast um und stolperte in einen Raum, der nur mit zwei wackeligen Sofas und einem einfachen Tisch eingerichtet war. Auf dem Tisch lagen Spielkarten und Münzen, eine umgestoßene Weinflasche und mehrere Gläser. Neben dem Tisch leckten die Flammen eines am Boden liegenden Kerzenleuchters an einem der Sofas. Das Fenster stand offen und der unersetzliche Orik hatte heldenhaft das Bein eines Mannes gepackt, der sich gerade aus dem Staub machen wollte. Zoltan rannte um den Tisch und packte den Mann am Kragen, um ihn in den Raum zurückzuwerfen. Dann blickte er rasch nach draußen. Dunkelheit.

Praiodin und Mara-Lumea waren inzwischen mit gezogenen Schwertern in der Tür erschienen. Der Bannstrahlritter riss den verhinderten Flüchtling auf die Beine und drückte ihn mit dem Gesicht an die Wand, während Mara sich umsah und dann den Kerzenleuchter mit dem Stiefel austrat. Dann riss sie einen Mantel von einem der Stühle und warf ihn über das qualmende Sofa, das gerade im Begriff stand, Feuer zu fangen.

»Haltet ihn fest!«, befahl Zoltan, dann sprang er durchs Fenster. Draußen landete er auf einer Außentreppe, rutschte auf einem zerbrochenen Brett aus und polterte einige Stufen abwärts. Während er sich aufrappelte, sah er sich nach Flüchtlingen um. Hier im Hof war es reichlich finster, er konnte kaum etwas erkennen. Durch das Rauschen des Regens meinte er, jemanden weglaufen zu hören, und rannte los, auf die nächste Lücke zwischen den Häusern zu. Als er um die Ecke bog, erkannte er eine Gestalt, die die Gasse hinunter lief.

»Halt!«, brüllte Zoltan. »Oder ich schieße!«

In dem Augenblick brachte sich der Flüchtende mit einem Satz in eine Seitenstraße in Sicherheit. Zoltan fluchte und rannte bis zur Ecke, hinter der der Schurke verschwunden war. In großem Abstand zur Hausecke bog er in die Gasse ein, aber der Fliehende war nicht zu sehen. Zoltan lauschte. Nichts. Wo steckte er? Der ehemalige Hauptmann probierte die nächste Tür links. Dann gegenüber. Verschlossen.

Neben dem Haus lag bei einigen Brettern und zerbrochenen Schranktüren ein zerbrochenes Weinfass. Groß genug, dass sich jemand darin verstecken konnte. Zoltan ging zum Fass, trat kräftig dagegen und rief: »Rauskommen!«

»Ist ja gut. Ich komme raus.« Eine Frauenstimme, die Zoltan bekannt vorkam.

Aus dem Fass kroch eine kleine Frau und richtete sich langsam auf.

»Wo ist denn die Armbrust?«, fragte die Frau ängstlich. Dann, erleichtert: »Ach, Ihr seid das, Euer Gnaden.« Dann schnappte sie nach Luft.

»Idra. Was soll denn die Narretei?«

»Ich habe einen verfolgt«, keuchte die Kleine. »Als Ihr drinnen wart, ging ich zum Hinterhof. Da kamen plötzlich lauter Leute hinten aus dem Haus und rannten weg. Ich verfolgte den Letzten, und dann kamt Ihr hinterher. Ich dachte, Ihr gehört zu denen.«

»Krötendung. Jetzt sind sie weg.«

Idra starrte Zoltan an.

»Das habt Ihr nicht gehört«, stellte der zukünftige Geweihte fest.

»Äh, ja, Euer Gnaden.«

»Na schön, gehen wir zu dieser Höhle zurück.« Zoltan drehte sich um und ging los. Bei jedem Schritt verursachten seine Schuhe schmatzende Geräusche im Schlamm. Der Umhang hatte schon wieder eine Wäsche verdient, bis zum Hals mit Schlamm bespritzt. Und die rote Robe ebenso.

»Bärenhöhle«, ergänzte Idra Zoltans vorherigen Satz. »Das mit der Armbrust war gut.«

»Ganz alter Trick. Haben wir auf Wache immer gemacht. Man sitzt schließlich nicht die ganze Nacht lang mit gespannter Armbrust auf der Lauer, aber das weiß der Anschleicher ja nicht. Ganz gleich. Was waren das eben für Leute?«

»Die Fliehenden? Na, mindestens zwei hatten eine Art Uniform an, und Säbelgehänge oder so in der Hand. Dann waren da noch zwei andere, aber was das für Leute waren, konnte ich nicht erkennen.«

»Macht nichts. Vielleicht weiß ja der Wirt oder einer der Gäste mehr.«

Auf dem Rückweg in die Schänke achtete Zoltan auf die zerbrochene Stufe. Mit Idra im Gefolge betrat er zum zweiten Mal das Spielzimmer, das Zepperich und Aktina sicherten. Drinnen saß der Gefangene auf dem angekohlten Sofa. Der Quästor Solarian war ein kleiner Mann mittleren Alters, an dem die unruhigen, wieselhaften Augen das Auffälligste gewesen wären, hätte er nicht gerade eine eiserne Halskrause mit eingekerbten Praiosaugen getragen, die weit über die Schultern herausragte und ihn in die Kissen drückte. Mit den Händen, die durch Ketten an die Praioskrause gefesselt waren, stützte er das Gewicht des inquisitorischen Instrumentes. Er wurde von Mara-Lumea bewacht, während Alrik und Praiodin mit abfälligem Gesichtsausdruck die Spielkarten und den Wein betrachteten.

»So, Ihr seid doch Solarian, oder?«, fragte Zoltan im Plauderton. Der Mann auf dem Sofa nickte, vorsichtig Maras Schwert beäugend, und ließ dann aber in empörtem Ton verlauten: »Allerdings. Ich bin der Stellvertreter des Hochgeweihten von Perricum. Und was Ihr hier veranstaltet, das geht doch weit über Eure Befugnisse. Ruft gefälligst Eure Schergen hier zurück und verschwindet! Sonst werdet Ihr noch den Zorn Luminons zu spüren bekommen.«

Zoltan merkte an der undeutlichen Sprache des Quästors, dass dieser nicht mehr ganz nüchtern war. Er schlenderte zum Tisch und sah sich eine Spielkarte an. Die Eis-Drei.

»Ob nicht eher Ihr den Zorn zu spüren bekommt? Spielen, Trinken, Hurerei... es ist nicht gerade ziemlich von Euch, den Tempelschatz so zu verprassen.«

Solarian wollte aufspringen, aber Mara-Lumea hielt ihn zurück.

»So eine Frechheit! Was erlaubt Ihr Euch!«

Der Novize hob hastig die geöffnete Hand und beschrieb einen Kreis vor dem Delinquenten, um Unheil abzuwehren.

»Ja, Ihr spielt Eure Rolle wirklich gut, mit der Hilfe von dämonischem Blendwerk, vermutlich. Aber mit der Praioskrause um den Hals könnt Ihr niemandem etwas anhaben! Ich denke, wir gehen jetzt alle gemeinsam zum Tempel zurück, und da unterhalten wir uns dann weiter. Bis morgen. Oder übermorgen. Ihr könnt aber auch gleich gestehen und Eure Gestalt aufgeben.«

Zoltan schob Idra aus der Tür und wies die Krieger im Hinausgehen an, noch einen Augenblick zu warten. Auf dem Gang instruierte er die Musikantin: »Findet heraus, mit wem der Quästor hier gespielt hat. Hier ist euer Lohn für einen Tag. Morgen wieder Rapport wie heute. Abmarsch!« Dann drängte er die verdutzte Idra zur Hintertreppe hinaus, fast hätte er ihr einen Klaps auf das Gesäß gegeben. Aber als Inquisitor benahm man sich nicht mehr wie ein Infanterist. Zoltan blickte Idra kurz nach, als diese die Treppe hinunterlief, hob bedauernd die Schultern und ging wieder zurück ins Spielzimmer.

Mara-Lumea zog den Priester aus dem angeschwelten Sofa, und der Inquisitor führte die Gruppe zur Hintertreppe. Währenddessen drängten Zepperich und Aktina schon an der Treppe die Neugierigen zurück, damit sich nicht sofort überall herumsprach, was hier geschehen war. Praiodin entzündete am Ausgang zwei Fackeln und drückte Alrik eine in die Hand. Draußen lugten nur vereinzelt Köpfe um Hausecken, aber anscheinend wollte niemand der Inquisition zu nahe kommen.

Zoltan schritt gut gelaunt durch die Straßen und der Regen kam ihm gar nicht mehr so kalt und ungemütlich vor. Jetzt musste er nur noch aus dem Quästor herausbekommen, in wessen Diensten er stand. Solarian war wohl doch kein Gestaltwandler, sonst hätte er sich nicht so leicht von Orik fangen lassen. Aber ein Verräter auf jeden Fall! Andererseits hatte Berglund Zoltan doch ausdrücklich aufgetragen, den Gestaltwandler zu finden. War der Quästor vielleicht nur noch listiger als angenommen? Spielte er den unschuldigen Menschen, um entkommen zu können? Aber das war einfach zu überprüfen! Sie würden gleich einfach einmal quer durch die Tempelhalle laufen und sehen, ob der Quästor sich weigerte. Als Dämon konnte Solarian keinen heiligen Boden betreten. Die Architektur des Perricumer Tempels erlaubte ihm, alle Räume zu erreichen, ohne die geweihte Haupthalle zu durchqueren. Wenn er zusätzlich vorgab, mit der Verwaltung der Tempelkasse beschäftigt zu sein, konnte er womöglich über lange Zeit den Gottesdiensten fernbleiben.

Zoltan reichte Zepperich den Streitkolben zurück und überprüfte den Sitz seines Schwertes. Wenn Solarian zu entkommen versuchte, dann würde er ihn in kieselgroße Teile zerschlagen. Er schob sich langsam hinter den Gefangenen, der immer noch schimpfend von den Bannstrahlern durch die Straßen geführt wurde. Jetzt beklagte sich der Quästor darüber, dass man ihm noch nicht einmal einen Mantel gegeben habe und er sich in dem Regenguss den Tod holen werde, woraufhin Mara-Lumea ihm liebenswürdig erklärte, dass er seinen Mantel noch besäße, wenn seine Spießgesellen sich nicht so eilig zum Aufbruch entschlossen und dabei den Kerzenleuchter umgestoßen hätten.

Zoltans Laune hätte gar nicht besser sein können. Er wandte sich zu Praiodin, der neben ihm marschierte.

»Sagt einmal, Praiodin, wo hattet Ihr so schnell die Praioskrause her?«

»Aktina hatte sie in ihrem Ranzen, Euer Gnaden.« Der Bannstrahler klopfte der Blonden auf die Schulter. »Sie wollte unbedingt die Ketten tragen.«

Die Kriegerin nickte grimmig und Zoltan hob die Brauen.

»Gute Arbeit. Gut mitgedacht.«

Aktina verzog einen Mundwinkel und ahmte ein Lächeln nach.

»Nicht dass uns die Schurken entwischen, Euer Gnaden. Wen wir haben, haben wir. Die werden mir nicht entkommen.«

Dabei blickte Aktina so zornig, dass der Novize nichts mehr zu sagen wusste. Er wandte den Blick ab und dachte über die Aktina von vor ein paar Tagen nach. Er glaubte nicht, dass sie noch einmal fröhliche Anekdoten erzählen würde.

Wenige Minuten später erreichte die Gruppe den Praiostempel. Die einsamen verregneten Gassen hinter sich lassend, traten sie auf den Platz und schritten zur großen Pforte des Tempels. Zoltan, die Bannstrahler, der Gefangene und Orik versammelten sich unter den düsteren Arkaden der Tempelfront und Zoltan hämmerte auf die Tür ein.

»Aufmachen, hier ist Inquisitor Zoltan!«

Nach erstaunlich kurzer Zeit öffnete sich einer der massigen Türflügel und eine junge verschlafene Novizin blickte um die Ecke in den Fackelschein. Dann verneigte sie sich hastig und machte eine einladende Handbewegung, während Zoltan bereits an ihr vorbei auf die Haupthalle zumarschierte, wobei er den protestierenden Quästor am Arm hinter sich her zog. Hinter ihm polterten die Stiefel seiner Soldaten auf den Boden.

Die große Andachtshalle war mit einem weiteren massiven Tor verschlossen, das Gläubige in Erwartung des Paradieses zeigte. Zoltan rüttelte an der Tür und seufzte, während Orik versuchte, seine Nase in den Türspalt zu schieben. Der Novize wandte sich um und rief in Richtung der Novizin:

»He, du, wer hat den Schlüssel zum Saal?«

Das Mädchen war mit Zepperichs Hilfe gerade dabei, das Außentor wieder zu schließen. Sie legte hastig den Riegel ein und wandte sich zu Zoltan um.

»Den hat Hochwürden Luminon, Euer Gnaden. Und der Quästor Solarian hat auch einen, Euer Gnaden.«

Dann erkannte sie Solarian zwischen Zoltans Bannstrahlern – und der Mund blieb ihr offen stehen.

Orik schüttelte sich und Wassertropfen flogen in alle Richtungen. Zoltan wandte sich freudestrahlend an Solarian.

»Also dann, her mit dem Schlüssel. Dann sehen wir ja, ob der Herr Euch an einem heiligen Ort duldet oder Eure verderbte Dämonen-Existenz ausgelöscht wird.«

Der tropfnasse Quästor öffnete bedauernd die Hände, die an die Krause gekettet waren.

»Aber ich kann ihn Euch gar nicht geben, er ist in meinem Haus. Und was soll denn das Gerede von unheiligen Wesen? Ich bin ein ehrenwerter Geweihter des Herrn, und ich war im Übrigen schon oft in der Halle! So spricht man nicht mit mir!«

»Ja, das kenne ich schon.«

Weiter kam Zoltan nicht, denn durch den Gang hallte die knarrende Stimme eines sehr wütenden Luminon von Perricum:

»Was soll denn dieses Spektakel, Zoltan? Erst höre ich von Gefangenen und dann sehe ich hier – äh – meinen Quästor gefesselt? Ich hoffe, es gibt dafür eine gute Erklärung.«

Zoltan wandte sich langsam zu Luminon um, der einige Schritte entfernt in einer Tür stand, ohne Kappe und Umhang, nur in weißer Tunika und Gürtel. Dabei bemerkte der Inquisitor, dass am Ende der Treppe ins Obergeschoss einige Köpfe erschienen und nach unten schauten.

»Hochwürden Luminon!«, begann Zoltan mit übertriebenem Enthusiasmus und zwang sich zu einem falschen Lächeln. »Ich kann gar nicht sagen, wie ich mich freue, dass Ihr genau im richtigen Augenblick erscheint. Ich habe Solarian arretiert, als er sich im Hafen herumtrieb, und muss ihn jetzt eindringlichst verhören, ob er ein Bündnis mit den Dämonenpaktierern geschlossen hat oder gar selbst zu den Ausgeburten der Niederhöllen gehört. Daher auch die Vorsichtsmaßnahmen.«

Zoltan klopfte mit dem Fingerknöchel gegen das Metall der Praioskrause. Dabei bemerkte er, dass Solarian bleicher wurde und sich ein gequälter Ausdruck über sein Gesicht zog.

»So ein Unsinn!«, ließ sich Luminon wieder vernehmen und trat ein Stück näher. »Erinnert Ihr Euch noch an Euren Auftrag? Ihr habt mir doch – äh – selbst erzählt, wonach Ihr sucht.« Er sah sich um, bemerkte die vielen Zuschauer und trat noch einen Schritt näher, bis er gegen Orik stieß, der sich auf den Boden vor Zoltans Füßen gelegt hatte. Auch ein finsterer Blick des Hochgeweihten beeindruckte den Olporter nicht.

»Muss denn dieses – äh – Tier hier liegen?«, murmelte der Tempelvorsteher verärgert. Etwas leiser als vorher, aber nicht weniger eindringlich fuhr er fort.

»Bruder Solarian ist oft genug in der Tempelhalle gewesen, um Eure Verdächtigungen zu widerlegen. Und – äh – glaubt Ihr denn ernsthaft, dass sich Wesen aus den Verbotenen Sphären so leicht einfangen lassen? Das – äh – ist Narretei. Denkt doch nach! Eine solche Kreatur hätte Euch – äh – in der Luft zerrissen, wenn Ihr sie angegriffen hättet. Fühlt Euch nicht unsterblich, nur weil Ihr – äh – schon ein paar Schlachtfelder gesehen habt!«

Luminon rieb sich die knollige Nase und Zoltan nutzte die Pause. Er hatte sich schnell eine neue Taktik überlegt.

»Auch wenn er selbst kein solches Wesen ist, dann ist er immerhin ein Zuträger dieser Kreatur, die ich suche! Wir haben ihn schließlich in Efferdgrund aufgespürt, in einer höchst zweifelhaften Gesellschaft. Ich muss jetzt herausfinden, was er weiß und ob er selbst ein Gestaltwandler ist!«

»Ach was!«, widersprach Luminon knapp und im Befehlston. Er klang leicht verschnupft. »Morgen ist – äh – genug Zeit. Der Quästor wird Euch morged ded ganzed Dag über zur Verfügug steh... atschah!«

»Perainesegen«, sagte Zoltan unwillkürlich.

»Ja. Der Quästor wird Euch den ganzen Tag morgen zur Verfügung stehen, und – äh – damit hat es sich.«

Luminon wischte sich mit einem Ärmel die Augen. »Ohne Beweise für eine Ketzerei hat auch die Inquisition – äh – kein Recht, meine Priester zu verhaften. Solange kein Gesetz gebrochen und – äh – keine Ketzerei im Spiel ist, hat dur der Hochgeweihte über seide Priesder zu richted. Atschah!«

Luminon rieb sich die Nase. Inzwischen hatten sich die Beobachter die Treppe hinunter gewagt und Zoltan erkannte unter den Umstehenden Bastan Rechenholm, Illumara, und noch einige andere Priester, mit denen er schon zu tun gehabt hatte. Wieder murmelte er ›Perainesegen‹, während er sich fieberhaft einen Ausweg überlegte, ohne den Gefangenen aufgeben zu müssen.

»Das Gesetz solldo Euch eigedlich bekannt sein. Und

wenn Ihr keine Beweise für – äh – Ketzerei habt, was ich mir bei Solariad auch kaum vorstellen kann, dann solltet Ihr ihn jetzt sofort von diesen Fesseld befrei… atschah! Der Quästor fürchtet die Götter, das weiß ich – äh – zufällig recht genau, ich bin nämlich hier der Hochgeweihte und ich kenne meine Priester. Also wartet bis morgen – und Schluss.«

Während Luminons Tirade, die immer wieder von Niesern unterbrochen wurde, hatte sich Illumara an Praiodin herangeschoben und ihm etwas ins Ohr geflüstert. Als Luminon sich noch Nase und Augen rieb, war sie schon wieder von dem Bannstrahlritter abgerückt.

Praiodin zog Zoltan am Umhang und flüsterte ihm zu, laut genug, dass es auch Luminon hören konnte: »Erlauben gehorsamst, Euer Gnaden. Wenn Gefahr im Verzug ist, dann kann ein Verdächtiger auch ohne Beweise festgenommen werden.«

»Ah, Euer Geißler da hat Recht, Bruder Zoltan«, sprang Luminon sofort ein. »Auch wenn er Vorgesetzte beim Gespräch – äh – unterbricht. Weggetreten!«

Praiodin nahm Haltung an und trat einige Schritte zurück.

»Aber er hat Euch trotzdem keinen Dienst erwiesen. Denn Gefahr im Verzug wird vom – äh – höchsten anwesenden Priester festgestellt, seht nur in Eure Hals… atschah! Halsgerichtsordnung. Wenn mehrere den gleichen Rang innehaben, dann reicht einer, der den Verdacht äußert. Aber ich – äh – äußere keinen – und ich bin der einzige Hochgeweihte hier.«

Zoltan stand wie vom Donner gerührt, während Luminon sich fortwährend die Augen rieb.

»Schafft Ihr vielleicht endlich dieses Tier fort? Also macht jetzt Solarian los und – äh – verschwindet in Eure Kammer. Wenn Ihr morgen darum bittet, könnt Ihr den Quästor – äh – eine kurze Zeit lang befragen. Atschah! Ach ja, wir brauchen das Schreibzimmer ab morgen wieder und haben keine Kammer mehr frei. Sucht Euch – äh – selbst was außerhalb des Tempels. Gute Nacht, Bruder Zoltan. Möge Boron... Atschah!«

Luminon wandte sich ab und wankte davon. An der Gangkreuzung drehte er sich noch einmal um und fragte laut: »Muss ich noch lange warten?«

Zoltan gab Praiodin einen Wink, und dieser zog einen kleinen Schlüssel hervor und öffnete die Praioskrause. Schwer klirrte sie zu Boden, mühsam von Praiodin aufgefangen. Solarian seufzte auf, streckte sich und lief dann dem Hochgeweihten hinterher, nicht ohne Zoltan einen Blick voller Genugtuung zuzuwerfen.

Die Morgensonne schien einem ruhelosen Zoltan ins Gesicht, der sich den kurzen Rest der Nacht hindurch auf seinem Lager hin und her geworfen hatte. Luminon hatte dafür gesorgt, dass der Inquisitor keine Störung mehr war und um alles betteln musste, so wie ein Schuljunge ohne Erlaubnis des Lehrers nicht einmal austreten durfte. So falsch war dieser Vergleich gar nicht, dachte der Novize verärgert. Er war ein Schüler in der Gemeinschaft des Lichts und Luminon war ein hoher Geweihter, der seinen Untergebenen den Weg zeigte. Vielleicht zu Recht? In der Gemeinschaft des Lichts erreichte nur der Amt und Würden, der es verdiente – derjenige, der es in den Augen des Herrn Praios wert war.

»Na, wir wollen uns nicht ins Bockshorn jagen lassen, was, Orik?«, sagte Zoltan zu seinem Begleiter, der neben dem Bett schlief wie ein Stein. Ein großer Stein mit schwarzem Fell. Ungerührt von Oriks ununterbrochenem Schlaf fuhr Zoltan fort, sich Mut zu machen und auf den Hund einzureden. Dazu setzte er sich im Bett auf.

»Wir sind ja gerade erst neu dabei. Eines Tages werden wir es den Hochgeweihten schon zeigen. Irgendwann bin ich auch so weit. Dann wird mal richtig aufgeräumt und ohne Federlesens Verräter um Verräter enttarnt, ohne dass man mich ständig zurückruft, dich beschimpft und mich mit irgendwelchen Winkelzügen von der Arbeit abhält. Eines Tages bin ich Inquisitor. Und dann verkriecht euch in euren Löchern, Diener des Bethaniers!« Zoltan schlug die geballte rechte Faust in die linke Handfläche.

Jetzt war Orik doch wach geworden. Er schüttelte den Kopf und ruderte mit den Vorderpfoten, dann setzte er sich schnaufend auf und tapste zu seinem Wassernapf unter dem Fenster. Genüsslich schlabberte er Wasser, während Zoltan aufstand und sich streckte. Nur mühsam einen Fluch unterdrückend, drehte er sich auf dem Absatz um und schnappte sich den Anderthalbhänder, der neben dem Bett lehnte.

»Das wird ja doch nichts. Jetzt kann ich auch gleich aufstehen. Willkommen, dreißigster Rondra! Ich hoffe, du wirst erträglicher als dein Vorgänger. Na komm, Orik, wir gehen erst einmal durch die Straßen.«

Zoltan sparte sich das Anlegen seiner Ordenstracht, denn er wollte schließlich nur mit dem Hund raus. Aber ohne Schwert ging es nun wirklich nicht. Mit der Waffe auf dem Rücken, in roter Tunika und mit Orik im Gefolge verließ er seine Stube und stiefelte den leeren, kühlen Flur hinunter. Vor seinem Zimmer erleuchtete eine Fackel in der Wand den Gang ein wenig und ließ spärliche gelbe Wandornamente erkennen.

Wenige Schritte weiter stand Praiodin neben der Tür des Bannstrahler-Zimmers und gähnte verstohlen. Als Zoltan nahte, nahm der Ordensritter Haltung an und grüßte ehrerbietig mit »Praios zum Gruße«, Euer Gnaden«.

Zoltan murmelte nur »jajazumgruße« und stapfte

vorbei, ohne Praiodin eines weiteren Blickes zu würdigen. Doch Praiodin rief ihm nach: »Euer Gnaden?«

Zoltan blieb stehen und drehte sich widerwillig um. Mit missbilligendem Ausdruck fragte er säuerlich: »Ja, Praiodin?«

Praiodin blieb ungerührt von der offenkundig schlechten Laune seines Befehlshabers.

»Verzeihen Euer Gnaden, aber ich habe mich gefragt, ob ich Euer Gnaden eine kurze Laufstrecke begleiten dürfte. Denn Euer Gnaden sind vielleicht auch der Meinung, dass ich meinen Leib stählen sollte, und ein Lauf macht nach der Nachtwache munter. Das gibt mir Schwung für den Tag.«

Praiodin blickte fragend, und Zoltan zuckte gleichgültig mit den Schultern.

»Ein Lauf. Ja, warum nicht, das ist eine gute Idee. Gestern bin ich nicht dazu gekommen.«

Ein Lächeln umspielte Zoltans Mundwinkel, doch die zusammengekniffenen Augen zeigten weiterhin Ärger.

»Ich habe heute sowieso nichts Besseres zu tun. Also, laufen wir ein Stück. Aber nehmt ein Schwert mit. Wer weiß, was sich hier herumtreibt.«

Praiodin salutierte. »Zu Befehl, Euer Gnaden.« Zoltan hörte ganz deutlich ›Herr Hauptmann‹ heraus.

Der Weidener riss die Tür auf und rief hinein: »Praios zum Gruße, alle aufgestanden! Seine Gnaden und ich machen einen Geländelauf. Treffen in einer Stunde hier!«

Nachdem sich einige murmelnde Antworten vernehmen ließen, schloss der Bannstrahler die Tür wieder und lief Zoltan hinterher, der den Gang hinuntergeschlendert war, Orik folgend, der es nie lange an einem Ort aushielt.

Nachdem sie den Tempel verlassen hatten, trabten die beiden los, langsam, zum Aufwärmen. Im Morgengrauen schob sich ein feuchter, klammer Bodennebel durch den Gassen Perricums, und die Häuser lagen noch in tiefem Schlaf. Kein Rauch stieg aus den Kaminen auf, keine Geräusche drangen auf die Straßen, nichts kündete davon, dass sich auch hier bald die Bewohner ins Zeug legen würden, um Tuche zu weben oder Krüge zu töpfern.

Am Tor gab es eine kurze Auseinandersetzung über das Öffnen zu Unzeiten, die Zoltan damit beendete, dass er vorschlug, die Torwachen mögen doch jetzt, bei Sonnenaufgang, mit der Arbeit beginnen und dem Diener des Herrn Praios nicht die Zeit stehlen. Dann war der Weg frei für einen beflügelten Lauf die Straße hinunter und dann einen Karrenweg entlang, gen Süden an der Löwenburg vorbei, der sich schließlich im Hinterland verlor. Zoltan und Praiodin folgten dem Weg eine Weile lang, und Orik hatte keine Wahl, als hinterdrein zu hecheln.

Schließlich blieb Zoltan keuchend stehen und zeigte zurück in Richtung Stadt.

»Das sollte genügen. Zurück. Wir wollen doch nicht die Morgenandacht verpassen.«

Orik, fünfzig Schritt zurück, starrte entgeistert, als die beiden auf ihn zuliefen und danach links und rechts an ihm vorbei. Dann jaulte er, drehte sich um und rannte mit hängender Zunge los, den ganzen Weg zurück. Als die drei den Fuß der Löwenburg passierten, grüßte eine Wache von der Mauer herunter, und Zoltan und Praiodin winkten im Laufen zurück. Das musste ein ›Kaltes Weib‹ sein, wie man hier die Wachen der Burg nannte. Dabei fiel Zoltan wieder ein, dass er unbedingt den Rondra-Tempel besuchen wollte, bevor er abreiste. Wahrscheinlich blieb ihm nicht mehr viel Zeit, bis Luminon ihn vollends aus dem Tempel warf. Ärgerlich. Irgendwie musste doch der Quästor zu packen sein. Aber er wollte bestimmt nicht beim Hochgeweihten um eine Gelegenheit zur Befragung betteln! Da würde sich der Inquisitor schon etwas anderes einfallen lassen.

Am Stadttor waren Praiodin und Zoltan schließlich gehörig aus der Puste. Der Novize schlug vor, den Rest der Strecke gehend zurückzulegen, damit sie nicht völlig erschöpft beim Tempel auftauchten. Also schlenderten sie durch die Straßen, atmeten tief durch und sahen sich um.

»Sagt mal, Praiodin, habt Ihr einen Vorschlag, wie wir leicht an den Quästor herankommen?«

»Hmm…« Praiodin verzog das Gesicht. »Hochwürden Luminon hat doch erklärt, dass man bei ihm anfragen muss.«

Zoltan seufzte gereizt. »Ja, ich weiß. Aber ich bin hier als Inquisitor, und ein Inquisitor ist eigentlich einem Hochgeweihten gleichgestellt. Ich werde bestimmt nicht erst anfragen, denn damit bestätige ich doch, dass Luminon mir Vorschriften machen kann. Dann können wir auch gleich wieder nach Beilunk zurückreiten. Und Provoleas Mörder finden wir nie. Nein, so wird das nichts. Entweder machen wir das selbst oder gar nicht.«

Praiodin nickte langsam. »Stimmt. Wohnt nicht der Quästor irgendwo in der Stadt? Wir müssten doch nur hingehen und ihn befragen.«

»Naja. Dann sind wir der Auseinandersetzung mit dem Tempelvorsteher nur ausgewichen. Aber ich möchte gerne einen Sieg einstecken, damit ich den Rücken frei habe. Sonst kommt Luminon sicher noch einmal auf den Gedanken, mir Knüppel zwischen die Beine zu werfen. Irgendwie muss ich ihn dazu bringen, dass er mir den Quästor freiwillig gibt. Zum Verhör, meine ich. Vorerst.«

»Können Euer Gnaden nicht an der Stelle des Quästors andere verhören? Was ist mit denen, die uns gestern Abend entwischt sind?«

»Darum kümmert sich Rondriager. Ich höre mir heute Abend seinen Bericht an. Aber ich will den Quästor! Irgendwie muss Luminon doch kleinzukriegen sein.«

»Macht ihm doch klar, dass er sich viel mehr Ungemach einhandelt, wenn er den Quästor vor Euch versteckt.«

Zoltan blieb stehen. »Das ist es! Er handelt sich Ungemach ein! Großartig! Praiodin, Ihr seid ein Genie!«

Praiodin sah Zoltan unsicher an. »Euer Gnaden?«

»Jaja, das ist eine wunderbare Idee. Schnell, zum Tempel, wir müssen vor der Andacht noch etwas vorbereiten!«

Damit rannte Zoltan los. »Na schön«, murmelte Praiodin und lief hinterher.

Bei der Morgenandacht war der Novize bester Laune. Nur eine Handvoll Priester waren anwesend, weder der Quästor noch Illumara gaben sich die Ehre, doch Luminon lauschte andächtig den salbungsvollen Worten, ebenso wie Rechenholm. Beide warfen finstere Blicke zu Zoltan, doch dieser grinste fröhlich zurück.

Kaum hatte der Priester den Segen gesprochen, rannte Zoltan aus der Halle und suchte schleunigst den hinteren Eingang auf. Dort standen Alrik und Praiodin neben dem Tisch aus der Schreibstube, den sie am Fuß der Treppe aufgestellt hatten. Aktina war damit beschäftigt, mehreren Fuhrwerken in der Gasse entlang des Tempels Stellplätze zuzuweisen. Drei Wagen hatten sich bereits in der Gasse aufgestellt, der Ochse eines Gespanns brüllte unaufhörlich, während das riesige braune Zugpferd eines anderen Wagens dabei war, einen Busch auf dem Nachbargrundstück aufzufressen. Ein weiterer Wagen, der aus der anderen Richtung gekommen war, versuchte vergeblich, zu wenden, derweil sich das Zugpferd bockig stellte. Dazu redeten die drei Fahrer der anderen Wagen und noch zwei weitere

Fuhrleute auf Aktina ein, die nicht daran dachte, sich von der Einweisung des letzten Wagens ablenken zu lassen.

Zoltan sprang die Stufen zu Praiodin hinab.

»Alles bereit? Es sieht doch schon ganz gut aus.«

»Jawohl, Euer Gnaden. Der Erste ist der Bäcker, und der mit der Milch wird gerade hinten angestellt. Mara und Zepperich stehen am Haupteingang und schicken alle Lieferanten hierher.«

»Schön schön. Dann wollen wir mal anfangen. Dieser hier ist der Erste.«

Zoltan trat neben einen der Fuhrleute, die sich bei Aktina über diese Behandlung beschwerten, und legte ihm die Hand auf die Schulter. Der Mann drehte sich um, holte Luft zu einem Fluch und wurde dann grau unter dem Dreitagebart, als er Zoltans Tracht erkannte.

»Wir machen hier eine Befragung. Du hast das Vergnügen, als Erster fertig zu sein, denn du beginnst. Komm mal herüber zum Tisch, ich stelle dir einige Fragen und du antwortest wahrheitsgemäß. Verstanden?«

»Jaja, Euer Gnaden, ja. Ich bin ein götterfürchtiger Mann. Praios zum Gruße!«

Zoltan setzte sich hinter den Tisch, richtete ein Blatt sorgfältig an der Tischkante aus und hob eine der vorbereiteten Schreibfedern.

»Also, der Name?«

»Quanion, Euer Gnaden.«

Eigenartig, dachte Zoltan. Wie der Schwertbruder in der Löwenburg, Quanion von Klippenstein. Der war doch so ewig in der Wüste unterwegs gewesen, im Krieg. Warum fiel ihm heute immer wieder die Löwenburg ein?

»Beschäftigst du dich mit Schwarzmagie?«

»Nein, Euer Gnaden!«

»Mit Nekromantie?«

»Euer Gnaden, verzeiht…«
»Mit Totenbeschwörung!«
»Nein, Euer Gnaden!«
»Arbeitest du für die Angreifer Tobriens?«
»Aber nein!«
»Und was ist mit Lykanthropie?«
»Nein, Euer Gnaden! Ich weiß gar nicht, was das ist!«
Der Mann wurde immer entsetzter.
»Was haben wir denn noch… Vampirismus?«
»Nein, nein, nein!«
»Kennst du Geschichten über Vampire?«
»Äh. Naja, Euer Gnaden, was man sich so erzählt, wenn der Abend lang ist.«
»Ja?«
»Äh, soll ich jetzt erzählen? Also gut. Also, drüben in Gnitzenkuhl, da war mal was, sagt man. Vor, äh, als mein Großvater noch drüben auf der anderen Seite wohnte. Da wohnte diese Frau, in Gnitzenkuhl nämlich. Die war so seltsam. Und, äh…«

Der Tag verging, indem Zoltan den Lieferanten mehrere Dutzend belanglose Fragen stellte. Es begann beim eigenen Namen und dem Namen der Verwandten, ging über bisherige Erlebnisse mit Geistern und unheimlichen Dingen bis hin zu seltsamen Phänomenen in der Stadt – in letzter Zeit. Dabei vergaß der Novize nicht, einige Fragen zu dem Toten im Graben zu stellen, aber ebenso fragte er nach unerklärlichen Hautveränderungen des Verhörten oder Geschichten von der Großmutter über Werwölfe. So dauerte jede Befragung, vom Inquisitor höchstselbst in aller Seelenruhe durchgeführt, fast eine Stunde. Er lernte einige Bewohner Perricums kennen, zu gut für seinen Geschmack, und ein oder zwei von ihnen waren sogar mutig genug, Gegenfragen nach dem Zweck der Untersuchung und nach bisherigen Erfolgen zu stellen. Zoltan hielt sich bedeckt, aber insgeheim freute er sich über sein Ansehen als Inquisitor beim gemeinen Volk.

Am späten Vormittag schickte Luminon einen Priester, der Zoltan die Nachricht übermittelte, dass diese Verhöre ein ketzerischer Akt wider die Praioskirche seien und noch Konsequenzen haben würden. Man solle sofort die Lieferanten passieren lassen. Daraufhin ließ Zoltan antworten, er sorge für die Sicherheit der Tempelangehörigen, indem er Dämonenpaktierer aufhalte, und sei außerdem im Auftrag der Inquisition unterwegs und könne daher naturgemäß nicht gegen die Kirche handeln. Dann lehnte er sich zurück und setzte die Befragung fort.

Der Inquisitor auf Zeit fühlte sich völlig sicher. Hier auf offener Straße konnte der Hohepriester keinen Aufruhr beginnen, indem er einen öffentlichen Streit mit Zoltan austrug. Das hätte wochenlang für Gesprächsstoff gesorgt. Und so konnte diese Taktik der Zermürbung – Aktina nannte sie Belagerung – noch eine Weile weitergehen.

Dennoch hatte Zoltan das unbehagliche Gefühl, dass er irgendeine Kleinigkeit übersehen hatte.

Mittags schickte er Alrik zum Hafen, um Essen und Getränke zu kaufen; anschließend saßen die vier in der Sonne und genossen gegrillten Fisch und Bier, während der Milchwagen unter Schimpftiraden des Kutschers abfuhr, weil dieser sich Sorgen um die Frische seiner Ladung machte. Zoltan vermutete, dass sie inzwischen ohnehin sauer war, aber noch saurer waren wahrscheinlich inzwischen die Priester, die keine Milch hatten. Der Karren eines Metzgers war schon sehr früh wieder abgefahren, ohne dass jemand Gelegenheit gehabt hätte, Fragen zu stellen. Der Inquisitor auf Zeit vermutete jedoch, dass Luminon seine Speisen lieber mit Fleisch genoss und sich deshalb eigens bekochen ließ. Darauf würde er an diesem Tag wohl verzichten müssen.

Nach der Pause besuchte Zoltan Mara-Lumea und Zepperich am Haupttor, die wie besprochen alle Gläubigen und Priester passieren ließen und nur Lieferanten abweisen sollten. Auch die beiden taten sich am Fisch gütlich, während ihr Befehlshaber ein waches Auge auf die Passanten hatte. Mara schien von der Unternehmung begeistert zu sein, und auch Zepperich ging in seinem Element auf: Das Bewachen von Toren hatte er in Warunk sicherlich zur Genüge geübt.

Auf dem Rückweg umrundete Zoltan den Tempel auf der Nordseite und schob sich zwischen der Hauswand und einem wartenden Karren hindurch. Auf der anderen Seite des Wagens standen Praiodin und Alrik, in ein Gespräch vertieft.

Praiodin sagte gerade: »Wer weiß, was das noch für Folgen hat. Ich glaube nicht, dass man so einfach gegen die höherrangigen Priester vorgehen kann. Unsere Pflicht ist Gehorsam gegenüber der Kirche. Aber wem gehorchen wir jetzt? Der Hochgeweihte hat ganz offensichtlich andere Wünsche als unser direkter Befehlshaber.«

Alrik wandte ein: »Aber wir sind doch ihm unterstellt. Befehl ist…«

»Befehl ist Befehl, ja, ich weiß«, fiel Praiodin ihm ins Wort. »Aber das Vorgehen hier behagt mir nicht. Allein schon dieser Rondriager und seine Spießgesellen. Das ist so füchsisch, hinterlistig, falsch. Eigentlich sollten wir das doch nicht nötig haben. Wenn Imfelde nicht gleich den Hochgeweihten verärgert hätte, dann könnte die Sache viel einfacher sein und wir bräuchten die Hilfe dieser Herumtreiber nicht.«

»Hör mal, mein Junge. Ich weiß nicht, wo du deine Augen hattest, als Provolea starb. Wahrscheinlich hast du nur Maras Akrobatik zugesehen, was? Ich jedenfalls will den Gestaltwandler finden, der uns und ihr das eingebrockt hat, und dann ist es mir auch Recht, wenn der Herr Hauptmann auf ungewöhnliche Weise vorgeht. Hauptsache, wir finden diese götterlose Kreatur. Und außerdem...«, hier machte Alrik eine bedeutungsvolle Pause, »...handeln wir doch nur auf direkten Befehl. Wir selbst sind nicht der Esel, den man schlagen wird. Uns wird man belobigen, weil wir den Idealen des Ordens folgen und Gehorsam, Loyalität und Pflichtbewusstsein zeigen. Gleichgültig was unser Inquisitor für Flausen im Kopf hat. Oder?«

Zoltan sah an Praiodins Stiefeln, dass dieser mehrmals das Gewicht verlagerte und anscheinend unschlüssig überlegte. Dann war wieder Praiodins Stimme zu hören.

»Nun gut. Wir folgen den Befehlen. Aber beliebig lange mache ich das nicht mit. Wenn Imfelde nicht bald Erfolge verzeichnen kann, dann ist es vorbei mit dem Bespitzeln und Belagern.«

Zoltan trat hastig, aber leise einige Schritte zurück und schlenderte dann, laut vor sich hinpfeifend, den Karren entlang. Als er das andere Ende erreichte und hinter dem Wagen hervorkam, waren Praiodin und Alrik bereits wieder zum Tisch hinübergegangen und beschäftigten sich gerade eingehend damit, die Papiere zu ordnen. Aktina hatte sich bereits neue Blätter zurechtgelegt und schnitt einen frischen Federkiel an.

Im Laufe des Tages trafen noch einige Handwerker und Lieferanten ein, von denen manche durch Mara und Zepperich vom Haupteingang herübergeschickt worden waren. Sie alle mussten sich hinten anstellen oder wieder verschwinden. Zoltan hatte sich inzwischen den Tisch in den Schatten eines Baumes stellen lassen und amüsierte sich köstlich, auch wenn er das seinen Leuten nicht zeigen wollte. Er stellte sich die ganze Zeit Luminon vor, der mit knurrendem Magen über Quästor Solarian nachdachte.

Die drohende Rebellion seiner Leute war anscheinend abgewendet, aber Zoltan war sich klar, dringend auf einen Erfolg angewiesen zu sein. Nicht nur für Praiodin, damit dieser den Wert von Zoltans Taktik erkannte. Auch Luminon konnte nicht ewig hingehalten werden, selbst wenn Zoltan noch einen zweiten Tag mit Verhören und ›Belagerung‹ eingeplant hatte. Irgendwann würde sich der Tempelvorsteher schon etwas ausdenken, um die Inquisition aus der Stadt zu bekommen.

Schließlich sank die Sonne tiefer und andere Dinge schoben sich in Zoltans Bewusstsein. Er musste sich mit Rupert Rondriager treffen, um dessen Bericht entgegenzunehmen. Bisher hatte die Zermürbungstaktik noch keinen Erfolg gehabt und er würde sie wohl am nächsten Tag fortsetzen müssen, wenn Rondriager nicht wertvolle Hinweise liefern konnte.

Als Zoltan seine Stapel beschriebenen Papiers einsammelte, fiel ihm ein, was ihm die ganze Zeit Unbehagen bereitet hatte. Der Quästor war nicht in den Tempel gegangen. Den ganzen Tag lang nicht.

Bei Einbruch der Dämmerung fand sich Zoltan wieder im Gasthaus *Tanzender Ochse* ein. Die Bewachung des Tempels hatten sie für den Abend aufgegeben, denn der Novize wollte seine Krieger lieber versammelt bei sich haben, falls neue Enthüllungen schnelles Handeln erforderten. Diesmal waren sie alle zu Pferd, um nicht Aktina zurücklassen zu müssen. Alle anderen hatten sich von dem Scharmützel auf der Reise wieder fast völlig erholt, nur die Ritterin war noch langsamer zu Fuß. Ihre Zunge aber konnte sie schon wieder so flink einsetzen wie eh und je.

Rondriager und der Zwerg warteten schon an einem sonst leeren Tisch. Zoltan steuerte diesen wie zufällig an und setzte sich nach höflicher Anfrage dazu, seine Leute taten es ihm gleich. Orik kroch wie immer unter den Tisch und erwartete ebenfalls seine Mahlzeit.

Rondriager berichtete gut gelaunt von seinen Nachforschungen.

»Die Sache gestaltet sich für Euch etwas schwierig. Einer der Mitspieler war ein Kapitän oder Steuermann auf einem Segler, der heute Morgen nach Khunchom ausgelaufen ist. Wir waren zu spät, um ihn noch zu erwischen. Dann haben wir da noch eine Offizierin der Gräflichen Armee, die wir recht schnell aufspürten. Wir haben sie verfolgt und sie ist heute gezielt in den Praiostempel gegangen und eine Weile dort geblieben. Danach war sie bei zwei Hutmachern und ist wieder in die Kaserne zurückgegangen. Weiter konnten wir sie natürlich nicht beobachten. Ihren Namen und Rang kann ich Euch geben, und wir können auch den Hutmachern auf den Zahn fühlen. Der Dritte ist ein Stabsoffizier der Flotte. Er ist einer der Hafenmeister im Kriegshafen, davon haben sie mehrere, haben ja auch genug Hafen. Und dann haben wir da noch eine Offizierin der Flotte, die unten im Hafen stationiert ist. An sie kamen wir nicht ran. Und das waren alle, soweit wir wissen. Hier sind die Namen.«

Rondriager reichte einen Zettel hinüber, auf dem vier Namen in ungelenken Buchstaben standen.

»Sehr gut. Das bringt uns weiter. Ich denke, wir werden uns mal die vier nacheinander vornehmen. Drei vielmehr, wenn der eine schon weg ist. Versucht festzustellen, ob die drei sich seltsam benehmen, Schwächen haben oder so.«

»Außer Glücksspiel?«

»Genau. Es wird bestimmt noch irgendetwas geben.«

»Ach ja, Euer Gnaden. Kein Mensch ist ohne Tadel«, klagte Rondriager theatralisch.

»Ganz genau«, antwortete Zoltan kalt und humorlos. »Keiner.«

»Ja, dann. Wie steht es denn mit dem Lohn? Wir haben ja heute recht gute Arbeit geleistet, denke ich.«

»Hier habt Ihr's. Verspielt nicht alles.«

»Aber nein, Euer Gnaden«, versicherte Rondriager mit Betonung. Dann stutzte er, lachte kurz und gekünstelt und sah Zoltan genau ins Gesicht.

»Das war ein Scherz, oder?«

Zoltan starrte eisig zurück.

»Aha. Na dann, gute Nacht.«

Anscheinend unentschlossen, ob er lachen oder weinen sollte, drehte er sich um und ging.

Zoltan strahlte seine Leute an.

»Das lässt sich ja gut an. Vielleicht kriegen wir doch noch Beweise gegen den Quästor zusammen. Jetzt können wir ja die einzelnen Zeugen ausfragen, bis wir aus dem Fall Solarian schlauer werden. Aber erst wird gegessen! He, Schankmagd!«

Nach dem Essen saßen die sechs wieder auf, Orik rannte voraus, und die Inquisition besuchte erneut den Kriegshafen. Dieses Mal zeigte sich das Wetter etwas freundlicher, aber die Erkundigungen gingen nicht nur deshalb schneller voran, sondern auch, weil Zoltan wusste, wen er suchte. Bei einem Besuch in der Zahlmeisterei erfuhr er den Namen des Schiffs, auf dem die Offizierin diente. Dort fragte Zoltan nach und bekam die Auskunft, dass die Offizierin zwar an diesem Abend auf Landgang, doch am nächsten Tage sicherlich anzutreffen sei, da sie gewisse Inspektionen vornehmen wollte.

Also erkundigte Mara-Lumea sich in der Hafenmeisterei, einer kleinen Baracke in der Mitte des Hafens, nach dem Hafenmeister, der laut Rondriagers Bericht mit dem Quästor gespielt hatte. Eine fünfzigjährige Frau mit müdem Blick klärte Mara auf, dass Almin Korbflechter, Edler von Bergthann, seines Zeichens Hafenmeister für Bewirtschaftung, gerade den Turm am Fischereihafen inspiziere, aber man solle doch besser nicht dort hinaus gehen, sondern warten, bis er zurück sei. Es gebe dort nämlich eine löchrige Brüstung und man könne schnell in den Darpat stürzen oder sogar ins Meer, und das sei zurzeit wahrlich nicht gut, wenn man bedenke, was sich dort alles herumtreibe, viel schlimmer als früher, damals, als die neue Hafeneinfahrt noch nicht vorhanden war, man könne ja das Grausen kriegen.

Nach dieser ausführlichen Erläuterung, die Zoltan und die anderen nur durch die offene Tür hindurch hörten, konnte die Ermittlung also weitergehen. Die Gruppe ließ die Pferde bei der Hafenmeisterei zurück und machte sich zu Fuß auf den Weg, wieder hinaus aus dem gesicherten Gebiet des Kriegshafens, an einer Spelunke vorbei und dann über die nördliche Mole. Auf dieser Seite des Handelshafens lagen einzelne kleine Fischerboote wie schlafend in der Nacht. Im Dunklen, mit drei Fackeln ausgerüstet, marschierten Zoltan und seine Krieger über den schmalen Gang, den Gipfel des Bollwerkes gegen die jahrzehntelange Belagerung des Meeres. Eine leichte Brise vom Meer verwehte ab und zu den Geruch nach vermodernden Algen, der vom Fuß der Mauern aufstieg. Die Schaumkronen leuchteten im Sternenlicht und schillerten wie das silbrige Haar einer Nymphe.

Zoltan und seine Leute – und Orik natürlich – mussten fast den gesamten Hafen umrunden, bis sie schließlich am äußeren Torturm angelangt waren. Sie trafen auf dem Weg kaum einen Menschen, obwohl sicher fünfzig Fischerboote im Hafen lagen. Vielleicht waren alle Fischer noch einmal in die Tavernen gegangen, um sich für die nächsten Ausfahrten Mut anzutrinken. Vielleicht schliefen sie aber auch alle schon, denn dies war der letzte Tag des Rondramonats, und am ersten Efferd fand in Perricum jedes Jahr das Fest der bunten Lichter statt. Vielleicht wollten sie sich ausruhen, um am nächsten Tag umso wilder feiern zu können.

Das Ende der Mole wurde vom Torturm gebildet, einem massigen runden Bauwerk von mindestens fünf Stockwerken Höhe. Aus wenigen kleinen Fensteröffnungen drang Licht, und eine Sturmlaterne neben der schweren, kleinen Holztür im Erdgeschoss warf etwas Licht auf die holprig gesetzten Pflastersteine vor dem Eingang. Sie schwankte quietschend im leichten Wind, übertönte damit aber nicht das Rauschen der Brandung und das leise Knarren der Schiffe, die ein ganzes Stück weit entfernt an den Kais vor Anker lagen.

Als sich die Gruppe dem Turm näherte, ertönte von oben eine helle Stimme: »Holla, wer da?«

Zoltan blickte zur Turmspitze auf, wo ein hölzernes Spitzdach eine Plattform vor Regen und Unwetter schützte. Zwischen den Pfosten war ein Gesicht zu erkennen, mit einer bunten Mütze obendrein, wie es bei der Marine üblich war.

Zoltan rief zurück: »Zoltan Imfelde, Heilige Inquisition. Ich will den Hafenmeister sprechen.«

»Sofort, Euer Gnaden!«, kam die Antwort. Zoltan ging derweil zur Tür und öffnete sie. Solides, gutes Schloss, stabile Scharniere. Nicht allzu leicht aufzubrechen, wenn sie verschlossen war. Er trat ein und spähte ins Dunkel, doch Mara-Lumea folgte mit einer Fackel, die einen großen Raum voller Mechanik erhellte. Bestimmt die Hälfte der Grundfläche des Turmes wurde von einer großen Winde beansprucht, die eine schwere Eisenkette hielt. Mehrere verwirrende Konstrukte führten die Kette weiter nach oben ins nächste Geschoss. Das schien eine Hebevorrichtung für eine der Ketten zu sein, mit denen man die Einfahrten absperren konnte. Zoltan hatte nicht erwartet, dass außer dem Kriegshafen noch weitere Hafenbecken mit Ketten versehen waren, aber die Perricumer schienen vorsichtige Menschen zu sein.

Ansonsten befanden sich hier nur ein paar Wandhaken, an denen einige Ölmäntel hingen, eine große, teuer wirkende Reisekiste der ›Kistenmanufactur Rociawan‹, an der Orik sofort herumzuschnüffeln begann, und ein Türbalken, achtlos in die Ecke unter der Treppe gestellt. Die Stufen hastete soeben ein Mann hinunter, etwa in Zoltans Alter und in farbenfrohe Offizierskleidung gewandet. Über einem silbernen Kürass trug er einen blauen Umhang, auf dessen Schultern links das Wappen der Perlenmeerflotte prangte, der rote Greif auf goldener Scheibe, und rechts der Perricumer Delphin über einem goldenen Säbel.

Die Stiefel des Offiziers polterten die hölzernen Stufen herunter und schon im Laufen rief er: »Euer Gnaden, seid willkommen, bitte verzeiht, ich hatte nicht damit gerechnet...«

»Das konntet Ihr auch nicht«, unterbrach ihn Zoltan gut gelaunt, »die Inquisition kommt bisweilen überraschend.«

Der junge Offizier war nun am Fuß der Treppe angelangt. Er kniete kurz nieder und stellte sich vor: »Leutnant Almin von Bergthann, zu Euren Diensten, Euer Gnaden.« Dann richtete er sich wieder auf und fragte freundlich: »Wie kann ich Euch helfen?«

»Ich möchte mich kurz mit Euch unterhalten. Ein paar Fragen. Am besten jetzt gleich.«

»Jawohl, Euer Gnaden. Folgt mir bitte ins nächste Stockwerk, dort befindet sich die Stube. Und es ist bequemer als hier.« Bergthann wies mit der Linken die Treppe hinauf und ging vor, die Rechte auf dem Schwertknauf, damit die Waffe nicht gegen die Stufen schlug.

Zoltan bedeutete Mara-Lumea und Alrik, im Erdgeschoss zu warten, und folgte Bergthann mit den anderen. Er musste sich unter den Verstrebungen ducken, damit das Schwert auf dem Rücken nicht anstieß, und dachte darüber nach, was für einen eigentümlichen Anblick ein Inquisitor bieten musste, der eine Treppe geduckt emporschlich.

Der schwarzhaarige Offizier betrat das nächste Geschoss und deutete auf einige Stühle, die um einen einfachen Tisch herum standen. Zwei Soldaten, die dort saßen, sprangen auf und nahmen Haltung an. Bergthann befahl: »Ab nach oben, wir haben zu tun!«, und die zwei griffen ihre Armbrüste und stiegen die nächste Treppe hinauf.

Nachdem Praiodin, Aktina und Zepperich oben waren, rief Zoltan mehrmals nach Orik, gab es schließlich auf und schloss die Luke zur Treppe. Den Balken, der die Klappe im Fall eines Angriffs sichern sollte, ließ er daneben liegen.

»Also, Herr Leutnant«, begann Zoltan, »– aber setzt Euch doch.« Er wandte sich kurz ab: »Zepperich, Praiodin, nach oben und die Luke zu.« Dann setzte er sich an den Tisch, auf dem noch zwei Becher und ein Krug Wasser standen. »Entschuldigt, aber das hier geht nicht jeden etwas an.«

Der Leutnant nickte. »Das verstehe ich sehr gut, Euer Gnaden. Geht uns bei der Marine auch oft so.«

»Ich weiß. Ich war auch mal in der Armee, Königlich Almadaner«, meinte Zoltan in leichtem Plauderton, während die zwei Bannstrahl-Krieger die Stiege erklommen.

»Ach was? Ein ungewöhnlicher Wechsel, wenn Ihr mir diese Bemerkung nachsehen wollt, Euer Gnaden.«

»Ja, es waren auch ungewöhnliche Umstände, die mich dazu bewogen. Eine lange Geschichte.«

Bergthann lächelte mit dem linken Mundwinkel, schief, aber gefällig.

»Vielleicht erzählt Ihr sie mir ein anderes Mal, bei einem Becher Wein, wenn Euch das gestattet ist. Ich würde Eure Geschichte gerne hören.«

»Ja, ein anderes Mal.« Oben schlug die Falltür zu.

Zoltan wurde ernst. »Ihr wart gestern in der Bärenhöhle, zum Glücksspiel. Stimmt das?«

Auch Bergthanns freundliches, offenes Gesicht verlor schlagartig seine Fröhlichkeit. »Das stimmt, Euer Gnaden. Ich wusste nicht, dass Eure Kirche diesen Zeitvertreib untersagt, sonst hätte ich…«

»Jaja, egal«, unterbrach Zoltan ungeduldig. »Das will ich jetzt nicht wissen. Betet morgen zum Sonnenaufgang zehn ›Praios, mein Licht‹ und überlegt es Euch das nächste Mal vorher. Was mich interessiert, sind zwei andere Sachen. Erstens: Warum seid Ihr getürmt?«

Bergthann sackte im Stuhl zusammen, schloss die Augen und seufzte. »Ihr wisst wohl wirklich alles. Xebbert, der Wirt, warnte uns an dem Abend, dass die Stadtwache ein Auge auf die ›Bärenhöhle‹ geworfen habe und vielleicht eine Durchsuchung drohe, um Rauschkraut oder Schmuggler zu finden. Perricum ist der wichtigste Kriegshafen und die Wachen sind hier sehr schlagkräftig. Als unten Tumult ausbrach, machten wir uns davon, damit wir der Stadtwache keine peinlichen Erklärungen geben mussten.«

»Nur dass es nicht die Stadtwache war, die Euch gestört hat. Aber egal. Warum habt Ihr Euch denn gerade diese Spelunke ausgesucht?«

»Oh, das ergab sich so. Als ich dazukam, spielten mehrere Matrosen mit und ein oder zwei Offiziere, und die Mitspieler wechselten immer wieder einmal. Das hat sich geändert, und inzwischen spielen mehrere Offiziere mit.« Der Leutnant machte eine nachdenkliche Pause und starrte auf den Tisch. »Wessen werden wir denn beschuldigt? Was haben wir getan? Ich dachte nicht, dass wir die Götter gelästert haben, davor möge uns der Herr der Sonnenscheibe bewahren.«

»Gut so. Nein, es gibt keine konkreten Anschuldigungen. Aber erzählt mir über Eure Mitspieler, zum Beispiel den Quästor Solarian.«

»Solarian? Er ist etwas später als ich dazugekommen, etwa vor vier Monden. Aber vorher kannte ich ihn auch schon vom Sehen. Er ist ja auch sonst öfter im Hafen, um zu predigen oder einen Segen auf Schiffe mit neuem Kommando zu sprechen. Er ist recht unbekümmert, wenn er verliert, und auch nicht überschwänglich begeistert, wenn er gewinnt. Um das Geld scheint es ihm nicht zu gehen. Mehr um das Mitspielen und die Plauderei. Ein guter Verlierer, was man von mir nicht behaupten kann.« Wieder spielte dieses schiefe, verschmitzte Lächeln auf dem Gesicht des Leutnants.

»Hat sich in letzter Zeit etwas an seinem Benehmen geändert?«

»Geändert? Eigentlich nicht. So oft sehen wir uns ja nicht, dass ich ihn genau kenne. Einmal in der Woche, manchmal zweimal. Aber verändert? Ach ja, vielleicht doch. Seit einem Mond etwa oder sechs Wochen erzählt er nicht mehr so viel von sich selbst wir früher, sondern lenkt ab und fragt stattdessen uns nach unserem Wohlergehen. Etwas neugieriger ist er geworden, könnte man sagen. Ja, da ich drüber nachdenke, ist das schon ein Unterschied. Aber mir würde das auch nicht auffallen, wenn ich nicht selbst in dieser Hinsicht so neugierig wäre. Eine meiner Nichten soll in die Kirche gehen, und deshalb habe ich den Quästor in letzter Zeit öfter nach etwas gefragt. Für gewöhnlich ließ er keine Gelegenheit aus, um die Vorzüge einer Erziehung in seiner Kirche zu erläutern. Und in letzter Zeit antwortete er auf meine Fragen nur knapp. Die anderen werden das womöglich kaum gemerkt haben.«

»Aha. Soso. Kommen wir mal zu den anderen. Da ist dieser Kapitän aus dem Süden.«

Während Bergthann antwortete, hörte Zoltan kaum hin, sondern dachte über den Quästor nach. Kaum hatte der gestrige Abend Zoltans Verdacht ins Wanken gebracht, wurde er hier wieder bestärkt. Gestern waren

Zweifel aufgekommen, weil der Quästor sich so schnell fangen ließ und Luminon so vehement für ihn eingetreten war. Aber wenn dies alles nur Täuschung war? Ein Gestaltwandler-Solarian wüsste, dass Luminon ihn schützen würde, und hätte keine Not, seine Tarnung fallen zu lassen. Er könnte sich Luminons bedienen, um sich selbst aus der Schlinge zu ziehen und gleichzeitig denjenigen, die ihn enttarnen könnten, Steine in den Weg zu legen.

Wenn ein Gestaltwandler Solarian übernommen hatte, dann erklärte dies auch, dass der Quästor nichts mehr von sich erzählen wollte, denn der Gestaltwandler-Dämon wusste nichts über die Vergangenheit seines Wirtes. Hingegen würde er die anderen auszuhorchen versuchen, um Schwachstellen in der kaiserlichen Flotte aufzuspüren und die anderen Mitspieler zu korrumpieren. Korrumpieren! Alle Dutzend Donnerbalken! Wenn der Quästor schon jemanden bestochen hatte? Das hatte Zoltan doch schon wieder ganz vergessen, in seinem Eifer, den Quästor zu überführen.

»Sagt mal, Leutnant«, begann Zoltan. Bergthann unterbrach erschreckt seine Rede.

»Leutnant, wem seid Ihr loyal?«

»Dem Reich und dem Reichsbehüter, der Admiralität, und vorrangig natürlich den Göttern, Euer Gnaden«, antwortete Bergthann langsam und bedächtig.

»Sehr gut. Lasst Euch von Niemandem zu etwas anderem verführen.«

»Euer Gnaden? Ich bin ein loyaler Offizier. Ich weiß, wo ich stehe, besonders, wenn es jetzt gegen diesen einen Feind geht. Und jeder, der anderes behauptet, erklärt mir die Fehde.«

»Oh, nicht doch, Leutnant«, wiegelte Zoltan ab. »Ich unterstelle Euch nichts außer Loyalität, Ehrenhaftigkeit und Pflichtbewusstsein. Euch hat auch niemand aus der Runde zu bestechen versucht oder Andeutungen in diese Richtung gemacht?«

Leutnant von Bergthann schien besänftigt zu sein. »Nein, nicht dass ich mich erinnere. Ich war nicht immer dabei, aber in meinem Beisein hat keiner Gefälligkeiten für Geld geboten oder erhalten.«

»Hm. Na gut.« Zoltan erhob sich. »Das war dann alles. Aktina, sag oben Bescheid, wir können gehen.«

Aktina stieg die Treppe hinauf und klopfte gegen die Falltür. Derweil erhob sich auch der Hafenmeister. »Ich bitte nochmals um Vergebung, Euer Gnaden, ich war mir nicht bewusst, dass wir so frevlerisch handeln.«

»Nicht so schlimm«, antwortete Zoltan. »Bei Geweihten des Praios ist das etwas anderes, aber Soldaten werde ich deswegen nicht belasten. Dann hätten wir bald keine Armee mehr. In meiner Dienstzeit habe ich schließlich auch Berge von Kreuzern gewonnen und verloren.«

»Wo wart Ihr stationiert, Euer Gnaden?«

»Oh, zu Anfang in Almada an der Südgrenze, dann hat man meine Einheit als eine der wenigen gegen die Orken geschickt. Ist lange her. Worin besteht denn Eure Aufgabe hier?«

»Lange bin ich auch noch nicht hier, bis letzten Winter war ich auf einem Schiff. Bitte, nach Euch, Euer Gnaden.« Bergthann hob die Luke an und Zoltan stieg, dem Leutnant voran, die Stufen hinab. Dieser begann mit einer begeisterten Beschreibung seiner Aufgaben.

»Nun, ich verteile die vorhandenen Güter auf die Schiffe. Das fängt an bei der Zuteilung von Liegeplätzen, über Verteilung von Vorräten bis zu Dienstplänen für die Schauerleute und Kaiarbeiter oder die Handwerker, also Seiler, Takler, Zimmerleute, alles, was nicht im Dock passiert. Das macht solange Spaß, wie es genug von allem gibt. Dann muss man nur darauf achten, dass alle Arbeit rechtzeitig durchgeführt wird und niemand warten muss. Aber jetzt, da uns die Piraten zu schaffen machen, die Besatzungen auf Kriegsstärke anwachsen und fast alle Schiffe immer auslaufbereit sein müssen, ist der Schmale Kenrod Küchenmeister, und ich muss immer öfter Schiffe vertrösten. Neubauten ziehen sich endlos hin, weil Reparaturen häufiger und dringender sind und natürlich auch mehr Schiffe hier liegen.«

Alle waren inzwischen im Erdgeschoss angekommen, in dem Mara-Lumea und Alrik Position bezogen hatten, und Bergthann beendete seinen Vortrag, während Zoltan Orik mit einem vorsichtigen Fußtritt aufweckte. »Aber die Arbeit macht im Großen und Ganzen Freude. Eine gute Aufgabe. Nun, ich hoffe, ich konnte Euer Gnaden helfen. Vielleicht sehen wir uns mal, wenn Ihr nicht im Dienst seid.«

»Ich bin immer im Dienst, mein Lieber. Aber wir können uns trotzdem bei Gelegenheit zusammensetzen und beim Abendessen Geschichten austauschen. Also Gute Nacht, und Bishdariel sende Euch angenehme Träume.« Zoltan streckte ihm die Hand hin. Bergthann griff zu und drückte sie kurz.

»Und Euch ebenso. Ich muss allerdings noch einige Sachen hier erledigen, bis mein Dienst beendet ist. Guten Heimweg.«

Damit verließen Zoltan und seine Truppe den Turm.

Alrik Wutkieser ging voraus und erklärte Mara, die mit einer Fackel neben ihm schritt, seine Taktik mit der Armbrust. Die junge Frau schien nicht sonderlich interessiert zu sein, denn sie spähte lieber in die Nacht über den schlafenden Fischereihafen zur Linken und rümpfte die Nase über den Geruch nach altem Fisch, der über den Kai zog. Dessen ungeachtet hielt Alrik seine Armbrust in die Nacht und erzählte weiter.

»Also, Mädchen, nur spannen, wenn du meinst, dass

irgendwo Gefahr lauert. Und ich habe immer schon halb gespannt, sodass das viel schneller geht als woanders. Das habe ich mir selbst ausgedacht. Jetzt zum Beispiel, da habe ich mein Gerät aufgezogen, als Seine Gnaden die Treppe runter kam, weil wir dann ja wohl wieder hinausgehen, und wer weiß, was hier draußen lauert.«

Zoltan schritt hinter Orik gemessen über die Mole, mehr oder weniger in Gedanken versunken. Das Gespräch hatte seinen Verdacht gegen Solarian wieder bestärkt. Es gab in der Tat Anzeichen dafür, dass der Quästor unter Gedächtnisverlust litt. Genau wie dieser Ordenshochmeister damals, der sich an Kleinigkeiten nicht erinnern konnte – das hatte damals unter den Freunden Zoltans die ersten Bedenken ausgelöst, bis sie den ehrbaren Geweihten schließlich als niederhöllisches Monster enttarnen konnten.

Der Gestaltwandler-Dämon – die Gelehrten nannten ihn Quitslinga – übernahm zwar den Leib, nicht aber die Erinnerungen des Opfers. Der Quästor hatte jetzt genug Zeit gehabt, die Akten des Tempels zu studieren und nachzulesen, was er über sein Amt wissen musste. Und das Vertrauen des Tempelvorstehers hatte er sich auch erschlichen, sodass er nicht einmal kurz vor der drohenden Enttarnung seine Maske aufgeben musste. Er hatte genau gewusst, dass Luminon keiner Prüfung zustimmen würde, einfach weil der Hochgeweihte damit Zoltan nachgegeben hätte. Und dass Luminon niemals klein beigeben würde, das hatte sich sicherlich schon vorgestern kurz nach Zoltans Ankunft herumgesprochen. Also konnte sich der Quästor-Quitslinga völlig sicher sein und hatte dann wahrscheinlich sogar noch seinen Spaß daran gehabt, die Rolle des unschuldigen Opfers zu spielen. Eine Frechheit! Dieses Monster!

Aber wenn sich der Hafenmeister irrte? Lieber noch

einen zweiten Zeugen befragen. Bis morgen sollte Rondriager noch mehr von den Spielern aus der ›Bärenhöhle‹ gefunden haben. Also hieß es Abwarten.

Neben Zoltan marschierte Zepperich mit dem Streitkolben an der Seite und einer Fackel in der Linken, was den Inquisitor auf einen Gedanken brachte. Er verlangsamte den Schritt und drehte sich zu Praiodin um, der wortlos neben der grimmigen Aktina schritt.

»Leiht mir doch einmal Euer Schwert, Praiodin.«

Der Weidener stutzte und wurde ebenfalls langsamer. Er zögerte. Zoltan sah Praiodin starr in die Augen, und nach einem Herzschlag senkte der Bannstrahler den Blick und zog mit der Linken sein Schwert. Er reichte Zoltan die Waffe mit dem Heft voran. Praiodin hatte leicht misstrauisch die Augen zusammengekniffen und schien Ärger zu erwarten.

»So, Zepperich!«, sagte Zoltan laut und drehte sich wieder um, Praiodin hinter sich lassend.

»Der Streitkolben ist nicht die einzige Waffe des Bannstrahlers. Mit dem Schwert hast du mehr Schnelligkeit, Treffsicherheit, du führst kleinere Bewegungen aus. Viel besser, wenn dir die Umgebung wenig Platz lässt.«

Alrik und Mara-Lumea hatten inzwischen bemerkt, dass die anderen zurückgeblieben waren, und warteten einige Schritte voraus, während Zoltan weiter erklärte. Orik saß hinter seinem Herrn und schaute zu, während Aktina gelangweilt am Rand der Mole ins Hafenbecken starrte. Praiodin hob die Fackel und blickte sich unruhig um, wahrscheinlich nur, weil Zoltan gerade sein Schwert hielt.

»Der übliche Hieb, wie mit einem Streitkolben, sieht ja ungefähr so aus.«

Zoltan sah sich um, holte mit dem Schwert nach hinten aus und führte einen waagerechten Schwung in einem weiten Bogen. Die Klinge wanderte auf einer gleichmäßigen Bahn durch die Luft, zog eine weite Kurve und glitt eine Handbreit über der meerwärts gelegenen Schutzmauer entlang, die hier etwa hüfthoch gegen Wind und Wasser schützte.

Nach dem Schwung, als die Schwertklinge nicht mehr über der Brüstung schwebte, hielt Zoltan inne.

»Ob das jetzt so waagerecht oder anders kommt, ist gleichgültig. Wenn du verfehlt hast oder der Schlag abgelenkt wurde, dann musst du mit dem Streitkolben erneut ausholen.«

Zoltan sah Zepperich an, der mit der Fackel links neben ihm stand, und zeigte ohne hinzusehen auf die Klinge.

»Mit einem Schwert kannst du aber gleich eine Folgeattacke versuchen und einfach vorstoßen, so, zack!«

Dabei ruckte Zoltans rechter Arm vor; das Schwert bohrte sich in eine zähe Masse und steckte fest. Zepperichs Kinnlade fiel bis auf die Brust, er stolperte einen Schritt zurück und verlor die Fackel, jemand schrie auf, etwas Hölzernes klapperte auf den Boden.

Zoltans Kopf ruckte herum und er starrte in die runden Augen eines toten Fischwesens, das er gerade selbst mit einem Stich in den Hals umgebracht hatte. Um ihn herum krochen noch mehr dieser widerlichen Kreaturen über die Brüstung, rechts war Waffenklirren zu hören, links das Sirren von Alriks Armbrustsehne. Zoltan zog das Schwert zurück, woraufhin der Fischmensch hinter der Brüstung hinabstürzte. Doch schon sprangen andere Meeresungeheuer auf ihn zu, ihre Speere erhoben. Der ehemalige Hauptmann wich mit Mühe dem ersten aus und packte den zweiten Speer mit der Linken, zog kräftig daran und schlug auf den Gegner ein, der direkt in das Schwert stolperte. Krötendung, das war ja Praiodins Schwert!

»Praiodin, Euer Schwert!«, brüllte Zoltan und parierte einen weiteren Speer-Angriff. Keine Antwort. Ein

Blick nach rechts und hinten, Praiodin und Aktina Rücken an Rücken gegen fünf oder sechs, Praiodin mit Fackel, Aktina mit Streitkolben. Orik hatte sich in das Bein eines schon am Boden liegenden Fischmenschen verbissen. Hinter Zoltan die Fackel von Zepperich. Zwei Schritte zurück, nicht über den Umhang stolpern, die Fackel aufnehmen. Wo war Zepperich? Ein paar halbherzige Schwinger mit Schwert und Fackel in Richtung der Gegner, inzwischen waren es drei, einer mit einer langen Nessel.

Zoltan warf einen hastigen Blick in Richtung Hafen. Mara-Lumea lag am Boden hinter der Brüstung, um sie herum einige Leichen. Alrik kniete auf der Hafenseite am Boden und zielte mit seiner Armbrust in Richtung Mauer, ein Fischmensch sprang gerade über die Brüstung und wurde von unten auf Maras Schwert gespießt.

»Praiodin!«, rief Zoltan, ließ das Schwert fallen und trat es mit dem Fuß in Richtung seiner beiden Kämpfer. Aus dem Augenwinkel sah er, dass die Waffe gegen den Fuß eines der Fischwesen prallte und zwei Schritt von Aktina entfernt liegen blieb, außer Reichweite für Praiodin. Aber darum konnte er sich im Augenblick nicht kümmern. Er zog seinen Anderthalbhänder, während er mit Mühe die drei Kreaturen mit der Fackel fernhielt. Vor dem Feuer hatten sie anscheinend Respekt. Na wartet nur, dachte Zoltan, vor Shilasir werdet ihr gleich noch viel mehr Respekt haben.

Er warf die Fackel einem Gegner entgegen, der zur Seite sprang, und stürzte sich mit einer wilden Serie von einhändigen Hieben auf den anderen Speerträger. Der hob instinktiv den Speer, um abzuwehren, und musste zusehen, wie nach dem nächsten Schlag Zoltans die Hälfte seiner Waffe in die Dunkelheit davonflog. In der nur von den wenigen Fackeln erhellten Dunkelheit war Treffen Glückssache, doch da Zoltans Gegner keine Waffe mehr trug, reichten einige mehr oder weniger unkontrolliert geführte Hiebe, um das Fischwesen niederzustrecken. In diesem Augenblick glaubte der Fischmensch mit der Nesselpeitsche wohl seine Zeit gekommen, und mit einem Klatschen legte sich eine dünne Schnur um Zoltans Oberkörper und Oberarme. Zum Glück bedeckte der goldene Umhang den rechten Arm des Inquisitors, doch der linke war frei, und dort brannte die Nesselranke wie Feuer. Zoltan versuchte sich mit einem Ruck zu befreien, während er mit dem Schwert nach der Ranke hieb. Doch er war mit der schweren Waffe zu langsam, die Nessel war schon wieder verschwunden. Der Fischmensch holte erneut aus, während ein anderer, der gerade halb über die Mauer gekrochen war, einen Speer hob und ihn in flachem Bogen warf.

Zoltan starrte nur.

Das Schwert vergessen, die Bannstrahler, die Welt. Rondra hilf.

Vorbei!

Der Inquisitor atmete auf und riss sein Schwert hoch, neben ihm landeten vier Pfoten auf der Kaimauer, die Peitsche sauste durch die Luft; Zoltan hielt Shilasir schützend hoch und die Ranke wickelte sich darum, dann stürzte er sich auf den Peitschenschwinger, während Orik lossprang und den Speerwerfer zu Boden riss.

»Brav, Orik«, lobte Zoltan zwischen zwei Schlägen, »leckerer Fisch!«

Als der Fischmensch mit der Peitsche aus der ersten Wunde blutete, sprang Zoltan zurück und fiel einem Gegner Aktinas in den Rücken, sodass er schließlich mit Praiodin und Aktina vier Fischwesen gegenüber stand, die die drei einkreisten. Sie machten keine Anstalten, sofort anzugreifen, vielmehr führten sie mit ihren Speeren nur Finten aus, vielleicht warteten sie auf Verstärkung.

»Praiodin, wie geht es Euch?«, fragte Zoltan über die

linke Schulter, ohne die Augen von den Gegnern abzuwenden.

»Nur kleine Verletzungen, Euer Gnaden. Aktina ist schwer getroffen. Ihr hattet Recht, Euer Gnaden, wir waren auf der richtigen Spur, jetzt wollen sie uns beseitigen.«

»Später! Aktina, kannst du gegen den einen standhalten?«, flüsterte Zoltan nach rechts.

»Ja«, keuchte die Kriegerin, »ich kann auch noch… Seiltanzen nachher.«

Ein schneller Blick die Mole hinunter, Alrik und Mara-Lumea setzten zwei Fischwesen nach, die fliehend über die Mauer krochen.

»Das sind nur vier.« Dann rief er mit donnernder Stimme die Mole hinunter: »Mara! Alrik! Hierher!«

Die Fackeln. Davor hatten die Fische Angst. Eine hatte Mara gehabt, jetzt lag sie dort drüben auf dem Boden, eine hatte Praiodin in der Hand, und die von Zepperich lag noch immer dort, wo Zoltan sie hingeworfen hatte.

»Orik? Und wo ist Zepperich? Wo treibt er sich herum?«, flüsterte Zoltan ungeduldig.

»Ich weiß es nicht, ich habe ihn nicht gesehen«, antwortete Praiodin leise. »Ein Ausfall, bevor einer einen Speer wirft?«

»Ich beschäftige den Langen rechts von Euch, übernehmt Ihr den anderen. Aktina, nur verteidigen. Eins. Zwei. Drei. los!«

Zoltan sprang vor und griff den großen Fischmenschen zu seiner Linken an, der auswich, während Praiodin an dem Großen vorbei seinen Gegner angriff. Es wurde dunkler, da Praiodin die Fackel trug, und schon musste Zoltan nach rechts parieren, weil ein anderer Fischmensch die Gelegenheit nutzen wollte. Die Abwehr gelang nicht so recht und der Speer kratzte über Zoltans rechten Arm.

Der Novize wich wieder zurück und trat auf etwas Weiches. Ein kurzer Blick nach unten, Zoltan sah eine schmale Hand, einen weißen Ärmel, viel Blut. Aktina und der vierte Fischmensch lagen am Boden.

»Praiodin! Zurück!«

Zoltan wich zur Mauer zurück, die beiden Fischwesen rückten langsam nach. Hinter ihm konnten jederzeit noch mehr Gegner auftauchen, und dann war es vorbei. Wo waren Mara und Alrik?

Praiodin tauchte neben dem linken Fischmenschen auf. Dieser griff an, der Bannstrahler wehrte ab und schob sich dabei keuchend neben Zoltan. Er gestikulierte mit dem Schwert.

»Dort kommen noch mehr, wir müssen zum Turm zurück.«

Der Inquisitor sah nach rechts und erkannte in zwanzig Schritt Entfernung Mara-Lumea, Alrik und Orik, die einige Fischwesen aufhielten, welche die Mauer erklimmen wollten – von innen, vom Hafenbecken aus. Die zwei Gegner, denen Praiodin und Zoltan gegenüberstanden, zogen sich plötzlich zurück und rannten zu ihren Kumpanen, vermutlich um den Bannstrahlern in den Rücken zu fallen.

»Mara! Vorsicht!«, rief Zoltan und rannte mit wehendem Umhang los. Das Wurfbeil steckte am Sattel drüben im Kriegshafen. Nichts sonst zum Werfen. Hier, die Fackel auf halbem Weg. Er nahm sie auf, holte aus und schleuderte sie auf einen der beiden Fische, die fast schon bei Mara und den anderen waren.

Daneben. Die Fackel landete zu weit links, traf ein heraufkriechendes Fischungeheuer, das den Halt verlor und abrutschte. Dann war Zoltan heran. Eine der Fischkreaturen drehte sich um und griff ihn an, die andere stach auf Alrik ein.

Praiodin rannte an dem Inquisitor und dessen Gegner vorbei und stürzte sich auf die anderen Gegner, die inzwischen zu zehnt oder noch mehr auf der Mole standen und Alrik und Mara zurückdrängten, die sich mit Streitkolben und Schwert nur mühsam wehren konnten. Orik sprang gerade von Maras Seite und rannte einen Fischmenschen um, der mit einer Nesselpeitsche bewaffnet war. Praiodin erschlug einen der Fischmenschen und trat einen anderen, der zurücktaumelte. Dann stand der Ordensritter neben den beiden Kameraden und konnte sich mit Fackel und Schwert verteidigen.

Gegen Zoltan standen inzwischen vier der Fischwesen aus der zweiten Horde, die er durch sein langes Schwert recht gut auf Abstand halten konnte. Doch wirkungsvolle Attacken waren zu gefährlich, da in dem Augenblick mindestens zwei Gegner angreifen konnten.

Es stand schlecht, das war nicht zu verhehlen. Noch mehr als ein Dutzend Gegner, schon zwei Leute verloren, Mara sah übel zugerichtet aus, soweit er das aus der Ferne sehen konnte. Langsam wich Zoltan zurück, aber es half nichts, als sich drei Gegner gleichzeitig zum Angriff entschlossen und der Novize nur einen Speer abwehren konnte. Dem anderen versuchte er auszuweichen, doch die Spitze bohrte sich in seinen linken Oberschenkel. Der andere Speer zerriss ihm die linke Schulter. Voller Wut und Schmerz schlug Zoltan beidhändig nach links, um seinem Peiniger einen Denkzettel zu verpassen, und traf mit aller Gewalt die Seite des Fischwesens. Das Ungeheuer sank zusammen, ein Feind weniger. Doch ein anderer nutzte die Gelegenheit und stach mit aller Kraft auf Zoltans rechte Brust ein. Aber der Speer glitt am Panzer ab, der Novize stolperte und schlug unkontrolliert nach rechts, um die Gegner zurückzudrängen.

Er verlor die Beherrschung, das war ein schlechtes Zeichen. Gleich, noch ein oder zwei Treffer, dann würde Panik einsetzen, er würde gar nicht mehr treffen und reagieren können, nur noch blind um sich schlagen.

In der Ferne, vom Kriegshafen her, war ein Hornsignal zu hören. Nach zwei Tönen war klar, dass Alarm gegeben wurde. Aber bis die Unterstützung hier war, würde es viel zu lange dauern. Warum waren die Fischer nicht in ihren Booten? Alle in Tavernen? Ganz gleich. Nachdenken. Parieren, Finte, Parieren. Nachdenken! Ein Speer von links, einer von vorn. Zurück. Parieren, vorsichtige Attacke, kleiner Treffer. Nachdenken, Krötendung!

Stiefelknallen auf Stein, ein tiefes Brüllen etwas weiter weg, ein Gegner fiel vornüber, einen Bolzen im Rücken. Die anderen drehten sich um, Zoltan griff an, Treffer, noch mal zuschlagen, weg, nächster. Der andere wich aus und versuchte einen Gegenangriff. Der Novize stolperte fast über eine Leiche, konnte aber den Speer zur Seite schlagen. Er wechselte den Anderthalbhänder im Schwung in die Linke und schlug ohne auszuholen zu, der Gegner kam nicht mehr zum Parieren. Aber die verletzte Schulter machte das nicht mehr mit, das Schwert rutschte Zoltan aus der Hand.

Der Fisch hob den Speer, um Zoltan zu durchbohren, und dieser sprang vor, um den Arm des Fischmenschen zu packen. Zu spät, der Speer traf Zoltans Oberkörper und rutschte nach unten ab. Das Fischwesen stolperte vorwärts und der Speerschaft schlug dem Inquisitor gegen die Schläfe.

Zoltan glaubte, von Hunderten von Fischen erdrückt zu werden. Er hatte sie für Orik gekauft und einige Fischer hatten sie ihm gebracht, immer mehr, bis der Tempel voll war, und jetzt musste er sich mit ihnen zudecken, weil überall nur noch schuppige Leiber lagen. Und sie wurden schwerer und schwerer. Überall Fische.

Die Fische verschwanden, es war dunkel, Leute sprachen, Geruch nach Blut, nach Fisch, flackerndes Licht, Stiefel auf Stein. Zoltan setzte sich auf.

Orik saß neben seinem Herrn und blickte traurig drein. Der ehemalige Hauptmann kraulte ihn im Nacken und murmelte: »Guter Hund, hast dich brav gehalten, Orik.«

Rupert Rondriager stand neben ihm, zusammen mit der Musikantin Idra und dem Zwerg. Alle drei waren mit Erde und Dreck beschmiert, der Söldner presste sich ein Stofftuch gegen den rechten Unterarm. Die dicke Medica, die Vierte im Bunde, bandagierte gerade auf dem Boden kauernd Maras Hüfte, während Rondriager neugierig zusah. Der Zwerg trat dem Söldner gegen das Knie und erklärte gereizt: »Ich wollte damit also sagen, dass ich dringend eine Eisenwalder Armbrust brauche, die du von unseren nächsten Einnahmen kaufen sollst. Ich will ja nicht einmal eine Belagerungsmaschine von Dergelholz.«

Zoltan sah sich weiter um. Praiodin lehnte in rotweiß geflecktem Kutte an einer Mauer und wickelte sich ein Stück Tuch um die linke Hand, während er leise mit einem Offizier sprach. Zehn oder fünfzehn Soldaten mit Armbrüsten oder Hellebarden sicherten die Mole in alle Richtungen. Zwei von ihnen warfen die Leichen der Fischmenschen in den Fluss. Hinten, am Anfang der Mole standen drei Soldaten etwa zwanzig Schaulustigen gegenüber, die diskutierten und neugierig herüberspähten. Ein Marinemedicus versorgte Alrik, während zwei Soldaten Aktinas Körper herbeitrugen.

Gerade kam aus der Richtung des Turmes Hafenmeister Bergthann dazu, begleitet von zwei Soldaten. Zoltan erhob sich langsam und stellte dabei fest, dass ihm ein Verband um die linke Schulter gelegt worden war. Rondriager und die anderen Umstehenden wurden auf den Novizen aufmerksam, und Praiodin trat ebenfalls hinzu.

»Wo kommt Ihr denn her, Rondriager?«

»Oh, wir waren auf dem Weg zu... hm... Untersuchungen, also wir wollten in die *Glänzende Münze*, und da sahen wir, als wir den Weg an der Klippe hinuntergingen, dass hier Fackeln und blitzendes Metall herumtanzten. Wir sind also auf kürzestem Wege den Hang runter, das sieht man uns wohl an, und haben nachgeschaut, was los war. Und da dachten wir, wir helfen Euch einfach.«

»Dafür sei Euch unser aller Dank gewiss. Diese Biester waren zu viele. Wir waren schon etwas in Schwierigkeiten. Hier draußen auf der Mole braucht es doch eine Ewigkeit, bis Hilfe da ist. Ach ja, einen Augenblick, ich habe noch einen Auftrag für Euch.«

Zoltan wandte sich ab und trat zu Bergthann, der mit dem Offizier sprach. Beide nahmen Haltung an und der Leutnant erkundigte sich besorgt: »Euch geht es gut? Ich war in großer Sorge. Meine Leute haben sich reichlich Zeit gelassen, Meldung zu machen, und ich bin so schnell wie möglich gekommen, nachdem ich Signal geben ließ.«

»Wo habt Ihr denn gesteckt? Auf Eurer eigenen Mole tobt ein Krieg, und Ihr merkt im Turm nichts. Das hat mich zwei meiner Leute gekostet!«, tobte Zoltan. »Ihr hattet doch Soldaten bei Euch, die hättet Ihr ruhig mal herausschicken können, statt sie eine Kette bewachen zu lassen, die den blöden Fischereihafen schützt!«

Bergthann hob betroffen die Hände vor den Mund.

»Es tut mir Leid, Euer Gnaden. Ich wusste nicht rechtzeitig davon. Meine Leute haben erst nichts gesehen, weil sie auf das Meer achten sollen. Und dann haben sie ihrem Vorgesetzten Meldung gemacht, der wiederum mir meldete, und das dauerte alles. Dann habe ich sofort Lichtsignal zum Kriegshafen geben lassen und wollte danach mit den Leuten der Freiwache loslaufen, aber da sagte mir der Ausguck schon, dass der Kampf beendet sei. Es tut mir wirklich Leid um Eure Leute. Ich konnte nicht schneller handeln.«

Zoltan seufzte, setzte sich auf die Mauer und stützte den Kopf in die Hände.

»Das ist alles gar nicht gut. Es wird nicht besser. Aber jetzt weiß ich wenigstens, dass er es ist. Den schnappen wir uns. Morgen.«

Stöhnend erhob sich Zoltan wieder und schwankte zu Rondriager zurück, während Bergthann und der Offizier sich hilflos ansahen.

»Mein lieber Rondriager«, begann Zoltan. »Ein neuer Auftrag: Geht zum Haus des Quästors Solarian und beobachtet es. Wenn er rauskommt, verfolgt ihn, aber seid sehr vorsichtig. Er ist gefährlich. Folgt ihm nur zu zweit, und nicht in einsame Ecken. Das ist zu riskant. Ich bin heute nicht mehr in der Lage, ihn zu besuchen, daher muss ich Euch damit betrauen. Morgen marschieren wir selbst zum Quästor. Heute ist Schluss. Zwei meiner Leute sind tot. Tot. Weg. Auf immer. Ich brauche Ruhe.«

Rondriager hatte mit erhobenen Brauen zugehört und warf jetzt dem Zwerg einen bedeutungsvollen Blick zu.

»Das habe ich gesehen. Mein Auftrag ist ernst gemeint, und die Warnung auch. Gibt Zulage. Gute Nacht.«

Damit ging Zoltan ganz langsam auf die Stadt zu, vorsichtig über die Leichen der Fischwesen steigend. Orik kam langsam hinterher und Praiodin schloss sich ebenfalls an.

»Euer Gnaden, ich muss Euch noch etwas sagen.«

Als Zoltan keine Antwort gab, sondern einfach weiterging, fuhr Praiodin fort.

»Zuerst einmal, Ihr hattet völlig Recht, Ihr wart auf der richtigen Spur. Genau deshalb hat der Verräter Solarian diese Fischwesen auf uns gehetzt, damit wir aus dem Weg sind. Und damals an der Küste im Bauernhaus auch. Ich bitte um Verzeihung, Euer Gnaden, aber ich habe eine Zeit lang gezweifelt, ob Ihr richtig handelt. Jetzt weiß ich, dass ich gefehlt habe, als ich Euch anzweifelte. Ich möchte Euch bitten, mir morgen die Geißelung dafür zu geben, anstatt mir das selbst zu überlassen.«

»Aha. Machen wir morgen, ja? Ich bin halbtot.«

»Das ist die andere Sache, Euer Gnaden. Wegen Zepperich. Er ist verschwunden. Ich fürchte, er ist tot, oder noch schlimmer. Als der Kampf vorbei war, habe ich über die Brüstung in Richtung Meer gesehen, und ich glaube, ich sah die Fischwesen, die auf der Flucht waren. Sie sammelten sich im Wasser ungefähr unterhalb des Torturms. Und in der Mitte zwischen den Fischwesen schwamm etwas Helles auf dem Wasser, das so aussah wie ein Mensch in weißer Kleidung. Ich glaube, es war Zepperich. Er hat sich nicht bewegt. Damit schwammen sie raus aufs offene Meer.«

Zoltan blieb betroffen stehen.

»Bei den Göttern. Das ist grauenhaft. Was haben diese niederhöllischen Kreaturen nur vor?«

5.

Verbündete

Perricum, 1. Efferd, im
27. Jahr nach Kaiser Hals Krönung
Der Tag der Bunten Lichter

Zoltan erwachte von den hellen Schlägen der kleinen Glocke, die das erste Mal zur Morgenandacht rief. Gleich darauf klopfte es an der Tür und ohne eine Antwort abzuwarten trat eine Novizin ein. »Praios zum Gruße, der Hochgeweihte Luminon!«, rief sie dem Inquisitor entgegen. Gleich darauf trat Luminon ein, mit finsterer Miene wie üblich, und fragte ohne Einleitung: »Was habt Ihr jetzt schon wieder angerichtet? Ihr schadet dem Ruf der Kirche!«

Zoltan setzte sich langsam und vorsichtig im Bett auf und betastete den Verband an der linken Schulter.

»Hochwürden. Guten Morgen, Praios zum Gruße, möge dieser Tag dem Herrn ein Wohlgefallen sein.«

Er warf Luminon einen finsteren Blick zu und fuhr sich mit der Hand durchs Gesicht, um die blonden Haarsträhnen zurückzustreichen.

»Gestern Abend wurden meine Leute und ich von Fischwesen überfallen, die gleichen, die uns schon auf der Anreise zu schaffen machten und meine Bannstrahlerin Provolea töteten. Es waren viel mehr als beim letzten Mal. Wir befanden uns im Hafen, auf einer Mole, als sie aus dem Wasser kamen. Zwei von meinen Leuten sind tot. Wir anderen haben nur überlebt, weil ein paar Söldner den Kampf sahen und uns zur Hilfe kamen. Ohne erst Sold zu verlangen, hah!« Zoltan lachte kurz auf.

»Jedenfalls wissen wir, dass der Auftraggeber dieser Fisch-Ungeheuer vor uns Angst hat, und das beweist, dass ich auf der richtigen Spur bin.«

Luminon unterbrach ihn. »Ach, jetzt hört doch auf, Solarian zu – äh – verdächtigen! Das ist lächerlich.« Dann rieb er sich Augen und Nase.

»Über meinen Verdacht kann ich jetzt nicht sprechen«, blockte Zoltan kurz ab. Er hatte keine Lust auf eine weitere Diskussion.

Der alte Hochgeweihte zog ein Tuch hervor und rieb sich die Nase.

»Ich hoffe, Ihr plant nicht noch – äh – mehr von diesem Blödsinn wie gestern. Ich habe genug von – äh – Euren Spielchen, meine Leute werden Eure Bannstrahler raus… raus… atschah!… rauswerfen, wenn Ihr wieder eine – äh – Blockade versucht wie gestern. Und denkt schon mal nach, ob dreißig oder vierzig Peitschenhiebe passender sind für – äh – Euer Verhalten gestern.«

»Oh, ich bitte Euch, Hochwürden. Ich habe Nachforschungen betrieben und viele Hinweise erhalten. Das war für das Verfahren nötig, weil Ihr mich nicht zum Hauptzeugen vorlassen wolltet.«

Luminons Ton wurde schärfer.

»Das ist Wortklauberei, Novize. Ich warne Euch. Ich kann Euch nicht helfen, auch – äh – wenn Euer letzter Bannstrahler umgebracht wird. Ihr solldet lieber Eure – äh – Sached packed, bevor Ihr dur doch vod Leiched umgebed seid. Atschah!«

Damit erhob sich Luminon und wandte sich zum Gehen. Zoltan rief ihm wütend hinterher: »Ich muss die Wahrheit ans Licht bringen, dass wisst Ihr ganz genau!«

Luminon reagierte nicht und verließ Zoltans Kammer.

Kopfschüttelnd erhob sich der Novize und zog sich nach kurzem Waschen mühsam eine neue weiße Kutte und den Gürtel an. Dann hing er sich Shilasir auf den Rücken und ging, Orik vor sich her schiebend, hinaus, um die Bannstrahler zu besuchen. Diese waren vollzählig in ihrem Raum versammelt, soweit man bei den bisherigen Verlusten noch von vollzählig sprechen konnte. Die rundliche Medica aus Rondriagers Gesellschaft war ebenfalls anwesend und untersuchte gerade Alriks Bein.

»Guten Morgen, meine Damen und Herren«, grüßte Zoltan leise, und murmelnde Antworten gaben Auskunft über die Stimmung. Allein Praiodin stand auf, salutierte und meldete: »Euer Gnaden, Praios zum Gruße, Euer Gnaden!«

Zoltan setzte sich auf ein freies Bett und betrachtete seine zusammengeschmolzene Truppe. Mara-Lumea hatte, wie er sich erinnerte, eine Hüftverletzung, weswegen sie halb sitzend auf ihrem Lager ruhte und keinen Gürtel über ihrer Kutte trug. An Attraktivität hatte sie wegen der nun roten, geschwollenen Nase beträchtlich verloren. Zusätzlich hatte sie anscheinend einen Schlag an den Kopf bekommen, denn ein Stoffstück mit roten Flecken, von einem dünnen Band gehalten, verdeckte ihre Stirn teilweise. Orik lief zu der Kriegerin hinüber und leckte ihre Hand, was ihr ein warmes Lächeln entlockte; sie strich Orik über den Kopf und lobte ihn: »Braver Orik, tapferer Hund.«

Praiodin hatte einige Kratzer im Gesicht und einen frischen Verband um den Kopf, dazu eine Ausbeulung auf der rechten Brust, die eine weitere Bandage verriet. Seine linke Hand war teilweise mit Stoff umwickelt, ein weiterer Stoffstreifen wand sich um den linken Unterarm.

Alrik, dessen entblößtes rechtes Bein auf einem Schemel ruhte, hatte ein paar Kratzer an den Armen, dazu einen Verband um den rechten Oberschenkel und einen verrenkten Knöchel oder Ähnliches, wie Zoltan aufgrund der Handreichungen der Medica vermutete.

Der Inquisitor selbst hatte Verbrennungen von den Nesselpeitschen an den Oberarmen, eine fast unbrauchbare linke Schulter und einen Kratzer am linken Oberschenkel. Dazu kamen kleinere Prellungen an Brust und Bauch, wo die Rüstung Schlimmeres verhindert hatte. Zoltan betastete vorsichtig die linke Schläfe. Eine Beule, auch das Auge etwas angeschwollen. Naja, nicht schlimm.

»Danke, dass Ihr gekommen seid«, wandte sich Zoltan an die Medica. »Entschuldigt, ich habe Euren Namen vergessen, Olport oder so ähnlich, nicht wahr?«

»Oldenport, Viridia Oldenport, Euer Gnaden«, erklärte die Frau, während sie Alriks Knöchel umwickelte. »Um dem Herrn Praios und seinen Dienern zu helfen, sollte es doch jedem leicht fallen, seine Kräfte einzusetzen, Euer Gnaden. Ich tue nur meine Pflicht.«

»Und das tut sie recht gut, Euer Gnaden«, warf Alrik ein. »Sie hat uns sogar Wirselkraut gegeben, ohne zu fragen. Das ist eine gute Frau, Euer Gnaden, die versteht was.«

»Ach was, Ihr beschämt mich, Herr Wutkieser«, wiegelte Viridia ab. »So, jetzt könnt Ihr wieder gehen, aber nur das Nötigste. Ihr braucht noch wenigstens einen Madalauf Schonung, das heilt in Eurem Alter nicht so schnell. Und jetzt zu Euch, Mara.«

Sie stand auf und stemmte die Arme in die ausladenden Hüften.

»Meine Herren, wenn ich bitten dürfte, die Dame alleine zu behandeln.« Die Medica blickte die drei entschlossen an.

Zoltan lächelte und stand auf.

»Praiodin, wir haben noch etwas zu bereden.« Er verließ mit Praiodin und Alrik die Kammer.

Auf dem Flur sah sich Zoltan zunächst misstrauisch um, dann begann er seinen Plan zu erklären.

»Heute will ich den Quästor festnageln. Gestern haben wir eine ausführliche Aussage von Hafenmeister Bergthann bekommen, aber ich brauche noch eine zweite, um sicherzugehen. Sonst bringt Luminon wieder Einwände vor und wir sind keinen Schritt weiter. Zwei der Leute aus der Spielrunde haben wir noch nicht befragt, die gräfliche Offizierin und die Marineoffizierin. Also werde ich heute zum Hafen reiten und die Seeoffizierin auftreiben, die Rondriager gefunden hat, und ihre Aussage aufnehmen. Wenn wir die haben, wird Solarian festgenommen. Die Tagesbefehle also…«

Zoltan unterbrach den Satz, als sich Schritte näherten. Die Priesterin Illumara kam den Gang hinunter, trat zu den dreien und grüßte.

»Praios zum Gruße, Euer Gnaden, meine Herren. Bruder Zoltan, ich habe Neuigkeiten.«

Sie warf einen Seitenblick auf die beiden Bannstrahler und berichtete dann.

»Ich hatte gestern in der Nähe des Hauses des Quästors zu tun. Den ganzen Tag lang konnte ich sein Haus sehen, zufällig. Ich habe gepredigt, Spenden für den Tempel gesammelt und so weiter. Nun, um es kurz zu machen, er hat das Haus den ganzen gestrigen Tag nicht verlassen. Hier im Tempel heißt es, er habe sich erkältet, eine leichte Keuche oder so etwas. Aber dafür hatte er ziemlich viele Besucher. Bestimmt sechs Leute sind rein und raus gegangen. Einige sind recht früh morgens aus dem Haus gekommen. Entweder haben sie sich schon im Morgengrauen bei Solarian eingefunden, oder er hatte über Nacht Gäste. Zwei der Leute sind zweimal rein und raus gegangen. Das fand ich alles sehr seltsam. Ich wollte Euch schon früher berichten, aber gestern Abend fand ich Euch nicht. Ich hoffe, es hilft.«

Zoltan starrte grübelnd ins Nichts. Agenten? Boten? Schergen des Dämonenmeisters?

»Ich muss heute im Tempel bleiben, kann leider nicht weiter beobachten. Aber vielleicht darf ich hier etwas für Euch tun?«

Zoltan wachte aus seinen Gedanken auf.

»Nein, Illumara. Ich glaube, im Tempel hören wir nichts Neues. Aber was Ihr uns berichtet habt, ist wichtig und heute wird noch Einiges passieren. Vielen Dank für Eure Hilfe.«

»Was ist Euch denn zugestoßen? Ein Kampf?«

»Ja. Mit Fischwesen unten am Hafen. Gestern Nacht. Wir haben zwei Tote zu beklagen.«

»Das tut mir Leid, Bruder. Ich hoffe, Ihr findet die Übeltäter. Wenn ich Euch helfen kann…«

»Danke, heute nicht. Ihr habt schon genug getan. Vielen Dank.«

»Na dann, Praios mit Euch.« Nach dieser offensichtlichen Entlassung ging Illumara wieder ihrer Wege. Zoltan sah ihr noch eine Weile nach, bis sie um die nächste Ecke bog.

»Eine seltsame Person. Ich habe keine Ahnung, was sie vorhat.«

Alrik meinte: »Hm. Vielleicht hat der Quästor sie einmal geärgert.«

»Ja, vielleicht. Gleichgültig. Wo war ich? Die Tagesbefehle. Ihr drei geht nach dem Frühstück zum Haus des Quästors und löst Rondriager und seine Leute ab. Setzt euch irgendwo hin und beobachtet das Haus. Keine weiteren Unternehmungen. Nehmt euch einen Krug Wein mit und ruht euch aus, ich glaube nicht, dass etwas passiert. Falls der Quästor weggeht, vorsichtig verfolgen. Ich reite nur runter zum Kriegshafen und bin so schnell wie möglich zurück. Dann gehen wir rein. Ist alles geklärt?«

Praiodin salutierte wieder. »Jawohl, Euer Gnaden!«

Alrik murmelte ebenfalls: »Wird gemacht, Euer Gnaden.«

»Na schön. Dann gehen wir jetzt zum Frühstück. Schlagt zu, es gibt viel zu tun. Heute rächen wir die drei Toten.«

Bei den Worten wurde Zoltan fast schlecht. Aktina war tot. Zepperich war tot, wenn nicht noch schlimmer. Aktina, die sonst immer fröhlich, doch seit Provoleas Ende kaum noch zu Späßen aufgelegt war. Das Letzte, was Zoltan von ihr gehört hatte, war ein Scherz über Seiltanzen gewesen. Und jetzt war sie für Dere verloren.

Auch wenn Zoltan wusste, dass der Tod nur die Reise an einen besseren Ort war, spürte er jedes Mal doch mehr als Abschiedsschmerz, wenn einer seiner Freunde oder Mitstreiter seinen Körper verließ, um die Reise über das Nirgendmeer anzutreten. Hoffentlich war Aktina schon in Praios' strahlendem Himmelreich angekommen und konnte dort die Trauer über Provolea überwinden.

Aber Zepperich? Wo war er jetzt? War er wirklich tot oder war seine Seele dazu verdammt, in dieser Welt zu spuken und Menschen zu quälen? War er zu einem jener Wesen geworden, die die Inquisition zu bekämpfen geschworen hatte? Musste Zoltan eines Tages den Geist von Zepperich exorzieren? Er mochte nicht daran denken.

Als hätte Praiodin seine Gedanken gelesen, sprach er Zoltan an: »Wegen Zepperich, Euer Gnaden...«

»Ja. Lasst uns erst in die Tempelhalle gehen und für ihn beten. Und für unsere Errettung.«

Die drei bogen ab und gingen zum Zentrum des Tempels, wo die anderen Geweihten gerade die Morgenandacht beendet hatten und zum Essen hinaus strömten. Dann waren Zoltan, Praiodin und Alrik Wutkieser allein mit ihren Sorgen vor dem Heiligtum ihres Herrn.

In den Speiseraum kamen die vier erst, als die meisten anderen Geweihten und Novizen schon wieder gegangen waren, und so konnten sie sich ungestört am Ende eines Tisches zusammensetzen. Zoltan ignorierte die verstohlenen Blicke der vier Geweihten, die in einer anderen Ecke des Raumes ihren Brei löffelten.

»Also, Praiodin, Rapport. Was ist gestern noch passiert?«

»Euer Gnaden, von den Gegnern wurde gestern nichts mehr gesehen. Die Marinesoldaten haben die Leichen in den Fluss geworfen und die meisten Spuren beseitigt. Zepperich ist weiterhin verschollen. Obwohl ich Euch gestern berichtete... Aktina ist tot, ihr Körper ist von den Soldaten in den Borontempel gebracht worden und soll morgen beigesetzt werden. Mara-Lumea ist verletzt, sie wird wohl heute das Lager hüten müssen. Mal hören, was Frau Oldenport gleich sagt. Alrik kann nicht gut laufen, aber reiten kann er und natürlich schießen. Mir geht es recht gut.«

»Na schön. Wir sollten für Mara Heilkräuter finden. Ich brauche sie schnell wieder auf den Beinen, spätestens, wenn wir den Quästor hochnehmen. Ach ja, sagt Rondriager, wenn Ihr ihn nachher trefft, er soll seine Leute sammeln und sich im Hintergrund bereithalten. Ich brauche ihn in der Reserve, so etwa eine Stunde, nachdem Ihr den Posten übernommen habt.«

»Jawohl, Euer Gnaden!« Und, nach einer Pause: »Euer Gnaden? Wegen der Geißelung...«

»Schlagt Euch das aus dem Kopf!«, unterbrach Zoltan scharf. »Wir sind im Feld, da brauche ich Euch in bester Gesundheit! Wenn wir wieder in Beilunk sind, könnt Ihr Euch von mir aus den ganzen Tag lang geißeln lassen. Aber nicht hier und jetzt. Verstanden?«

»Jawohl, Euer Gnaden«, antwortete Praiodin mit steinerner Miene.

»Na gut. Oh, da ist Mara.«

Gestützt von der beleibten Heilerin, kam Mara-Lumea langsam auf Zoltan und die beiden Bannstrahler zu. Sie lächelte schwach, richtete sich dann auf, ließ Frau Oldenports Arm los und salutierte. »Melde mich zum Dienst, Euer Gnaden!«

»Rühren. Setz dich. Schon wieder bereit zum Herumlaufen? Das sah ziemlich übel aus.«

»Ja, Euer Gnaden, aber Frau Oldenport hat mir von diesen Heilbeeren gegeben. Jetzt kann ich schon wieder laufen und Dienst tun.«

»Ist dem so, Frau Medica?«, wandte sich Praiodin an die Heilerin.

»Na, eigentlich braucht Frau Mara noch einen Tag Bettruhe, aber wenn sie sich nicht anstrengt, wird es wohl gehen. Reiten allerdings kann sie bestimmt noch nicht.«

»Gut, Mara, du kommst heute mit, aber ohne Pferd«, bestimmte Praiodin. »Wir beide nehmen unsere Pferde vorsichtshalber mit. Danke, Frau Oldenport. Was sind wir Euch schuldig?«

»Nicht doch, Herr Praiodin!«, wehrte die Medica ab und hob ihre Hände. »Das ist für die Kirche.« Sie pausierte kurz. »Aber die Materialausgaben, also wenn man sich da einigen könnte…«

Praiodin nickte knapp. »Natürlich. – Meldet Euch wegen der Erstattung beim Quästor des Tempels…« Er unterbrach sich hastig. »Oder beim Verwalter, das ist besser. Der Verwalter ist, glaube ich, rechts beim Eingang. Fragt lieber die Geweihten dort drüben.«

Er zeigte auf die vier Geweihten am anderen Tisch, die gerade aufstanden.

»Vielen Dank, Herr Praiodin. Oh, Euer Gnaden, soll ich Euch auch noch neue Verbände anlegen?«

»Danke, Frau Oldenport«, lächelte Zoltan, »das macht einer meiner Leute, bemüht Euch nicht.«

Mit einem halben Knicks, mehr konnte Zoltan wegen

ihres Leibesumfangs auch kaum erwarten, trat die Medica vom Tisch zurück und hastete zu den Priestern.

Zoltan grinste. »Soso, der Tempel bezahlt. Gut gemacht, Praiodin.«

Der Weidener räusperte sich und starrte in seine Schüssel. Mara und Alrik gelang es ebenfalls nicht, ein Grinsen zu unterdrücken.

Zoltan begann schnell ein anderes Thema. »Mara, Alrik, was ist gestern bei euch passiert? Ich habe nichts von eurem Kampf mitbekommen.«

Mara antwortete zuerst.

»Na, wir waren Euch ja ein Stück voraus, und wir hatten gerade angehalten, um auf Euch zu warten. Als dann dieses Ungeheuer bei Euch über die Mauer kam, haben wir gleich unsere Waffen gezogen, und dann kam eins dieser Fischwesen bei uns aus dem Wasser, – aber ich konnte es gleich töten. Dann habe ich mich hinter die Mauer gelegt, und als der Nächste darüber springen wollte, habe ich ihn von unten her erwischt. Alrik wartete auf ein gutes Ziel. Inzwischen konnte ich dem Zweiten und Dritten auf die gleiche Weise den Garaus machen. Aber dann haben sie es gemerkt, und der Nächste kam an einer anderen Stelle über die Mauer und warf einen Speer auf mich, der meinen Kopf nur knapp verfehlte. Dann konnte Alrik schießen, und ich sprang auf und machte das Fischwesen fertig.

Als die Nächsten kamen, bin ich zu Alrik zurück, der stand ja mehr auf der Hafenseite, um laden und zielen zu können. Aber er ließ die Armbrust fallen und nahm den Streitkolben zur Hand. Wir haben um uns geschlagen, bis die meisten Gegner weg waren. Die letzten beiden haben wir verfolgt, aber dann habt Ihr gerufen und wir sind umgekehrt und wollten zu Euch.

Doch dann kam plötzlich diese zweite Horde der Ungeheuer von der Hafenseite, und wir mussten sie aufhalten, sonst hättet Ihr sie im Rücken gehabt. Ach ja,

Orik hat uns dabei geholfen. Ein tapferer Kerl. Dann hat mich irgendwann ein Speer getroffen, und wir sind zur Mauer auf der Seeseite zurück, weil immer mehr kamen. Wir dachten schon, gleich sei es vorbei. Einige Gegner rannten in Eure Richtung, die konnten wir nicht aufhalten und plötzlich waren dieser Rondriager, der Zwerg und Idra da. Zusammen mit denen haben wir diese Fischdinger vertrieben. Der Söldling mit seinem Trupp war unsere Rettung.«

Mara starrte grübelnd auf die Tischplatte.

»Wir haben wohl Glück, dass überhaupt noch jemand von uns übrig ist«, erklärte sie langsam.

Zoltan fühlte sich angesprochen. »Ja, in der Tat. Wir müssen schleunigst den finden, der diesen Fischkreaturen befiehlt, damit es nicht noch mehr Tote gibt.«

Nach dem Frühstück rückte die Inquisition aus, die Bannstrahler nach Mondwacht zum Haus des Quästors und Zoltan hinunter zum Kriegshafen. Der Inquisitor hatte neue Verbände angelegt, sich dann wieder in Panzer, rote Kutte, Greifengürtel und hastig gesäuberten goldenen Umhang gehüllt, das Schwert auf den Rücken gehängt und das rote Stirnband zurechtgerückt. Jetzt hoffte er, wieder so eindrucksvoll auszusehen wie vor dem fürchterlichen Gemetzel auf der Mole.

Nun hatte er schon die Hälfte seiner Truppe verloren. Wäre er noch Hauptmann gewesen, hätte man ihn längst degradiert. Aber das hier waren auch ganz andere Umstände als im Krieg. Der Feind war nicht sichtbar, sondern versteckte sich hinter Illusionen und Lügen – oder unter der Meeresoberfläche.

Auf dem Weg die Klippe hinauf bemerkte Zoltan die Vorbereitungen für das Fest der bunten Lichter. Überall wurden farbenfrohe Wimpel aus den Fenstern gehängt, die Straßen gekehrt, Bierfässer in die Schänken gerollt und Fackelhalter bestückt. Auf dem Alten Markt und auf dem Grafenplatz, in dessen Nähe der *Tanzende Ochse* lag, führten Gaukler Kunststücke auf und musizierten. Rund um den Rahjatempel wurde Wein ausgeschenkt und einige frühe Gäste stimmten die ersten Trinklieder an. Das Wetter war heiter, obwohl heute der Regenmonat begann – Glück für die fliegenden Händler und Gaukler. Den Tag über würden alle Bürger zum Gelingen der Straßenfeste beitragen; am Abend würde dann jeder ein Schiffchen mit einer Kerze darin auf dem Darpat aussetzen, und die leuchtende Flotte würde am Handelshafen und an Efferdgrund vorbei zum offenen Meer treiben, den Fischereihafen und dessen unselige Mole passieren und schließlich auch den Kriegshafen hinter sich lassen und am Horizont verschwinden. So war es zumindest immer gewesen, doch Zoltan hatte Bedenken, ob das verfluchte Meer auch dieses Jahr das Fest zu Ehren Efferds duldete oder ob es aus seinem Inneren unbekannte Schrecken aus dem Reich der Ersäuferin, der Erzdämonin der Meere, freiließe.

Zoltan ritt langsam an den Passanten vorbei, die auf die ersten Vergnügungen aus waren, und Orik trabte an seiner Seite. Je weiter er die Klippe nach Osten hinaufritt, desto mehr Soldaten kamen ihm entgegen, allesamt in Trinklaune, teils hatten sie schon Weinschläuche unter dem Arm. In den Kriegshafen vorzudringen war keine Schwierigkeit; ähnlich wie schon vor zwei Tagen wurde dem Inquisitor sofort geöffnet. Zoltan erkundigte sich nach der ›Pfeil von Perricum‹, auf der die gesuchte Nica von Taubenbusch als Geschützmaat Dienst tun sollte. Dann wanderte er durch den Hafen, wobei er sein Pferd am Zügel führte und die Namen der Schiffe las. Wegen des Feiertages traf er kaum Leute an. Da die Wache ihm den Liegeplatz genau beschrieben hatte, fand er die Galeere recht schnell; andernfalls hätte es wohl Stunden gedauert, da der Hafen bis zum Bersten gefüllt war und die Schiffe teilweise in zwei und drei Reihen gestaffelt an den Kais lagen.

Die ›Pfeil von Perricum‹ lag als äußeres Schiff hinter einem anderen, das ›Pfeil von Mendlicum‹ hieß. Beide Schiffe sahen für Zoltan ziemlich gleich aus. Zwei lange, hölzerne Konstruktionen mit elegant aufwärts geschwungenen Enden und Masten, die gen Himmel zeigten und mit diversen Tauen am Rest des Schiffes festgebunden waren. An den Enden der Schiffe steckten kleine Fahnenmasten mit schlaff herunter hängenden Reichsflaggen. Die Rümpfe schwankten langsam hin und her, das Wasser plätscherte an den Kai, das Holz knarrte, einige Möwen krächzten oder saßen auf Holzpfosten und starrten Zoltan missbilligend an. In einiger Entfernung hantierten Arbeiter mit Tuchen und Seilen, ein Soldat stand gelangweilt neben einer Planke mit Trittstufen, die an Bord der ›Pfeil von Mendlicum‹ führte.

Der Mann döste stehend in der Sonne, bis Zoltan näher kam und das Klappern von Hufen und Stiefeln seine Aufmerksamkeit erregte. Er richtete sich auf, fasste die Pike fester und sah den Novizen ehrfurchtsvoll an.

»Praios zum Gruße, Soldat. Inquisitor Zoltan Imfelde. Ich will zur ›Pfeil von Perricum‹, zu Geschützmaat von Taubenbusch.«

»Jawohl, Euer Gnaden. Ich sage es dem Offizier vom Dienst«, antwortete die Wache prompt. Der Mann drehte sich um und rief: »Ein Besucher an Bord!«

Hinter der hölzernen Seitenwand erschien kurz darauf eine blonde Frau mit Dreispitz auf dem Kopf. Sie erkannte den Ornat des Besuchers und winkte: »Euer Gnaden, bitte kommt an Bord!«

Zoltan drückte der Wache die Zügel in die Hand und schritt über die Planke hinüber auf das Schiff. Orik rannte hinterher und brachte das Brett gehörig ins Schwingen.

»Euer Gnaden.« Die Frau kniete kurz nieder. »Ich bin Euvinia von Darben-Dürsten. Was wünscht Ihr?«

»Ich will nach drüben, zur Pfeil von Perricum.«

»Sofort. Hier entlang.« Sie zeigte auf die andere Seite des Decks, wo ein weiteres Gehbrett zum anderen Schiff hinüberführte. Auch hier fiel dem Novizen wieder auf, dass nur eine Handvoll Leute zu sehen waren, die auf für Zoltan unverständliche Weise mit Seilen und Holzpflöcken hantierten. Die Ruderbänke waren verwaist, ebenso der Ruderstand. Zoltan folgte der Offizierin hinüber auf das andere Schiff. Drüben gab die Frau einem Offizier, der ähnlich gekleidet war, ein Winkzeichen und deutete auf Zoltan.

»Der Herr Inquisitor wünscht Euch zu besuchen.«

Der Offizier des anderen Schiffes kniete nieder. »Rondradan von Klippspringe, Offizier vom Dienst. Was ist Euer Begehr, Euer Gnaden?«

Zoltan wedelte mit der Hand, um den Mann zum Aufstehen zu veranlassen.

»Ich will mit Geschützmaat Nica von Taubenbusch sprechen.«

»Bitte folgt mir, sie ist auf dem Batteriedeck.«

Die beiden stiegen eine steile Treppe hinab und erreichten ein niedriges Zwischendeck, auf dem in Abständen komplizierte Geschütze aufgebaut waren. Die Schleudern zeigten nach außen und konnten durch kleine Fenster in der Wand feuern. Vor jedem Geschütz saßen oder standen zwei Matrosen und schauten gelangweilt drein. Als die beiden Besucher und Orik das Deck betraten, nahmen sie Haltung an.

Der Offizier fragte den nächsten Matrosen: »Wo ist Taubenbusch?«

Der Mann zeigte das Deck hinunter und die drei gingen los. Einige Geschütze weiter unterhielt sich eine Offizierin mit den zwei Geschützbedienungen, während ein bestimmt noch nicht volljähriges Mädchen in Uniform Notizen auf einer Schiefertafel machte. Die Frau, das musste die Taubenbusch sein, war stämmig, etwas älter als Zoltan, und trug ihre schwarzen Haare zu einem Knoten gebunden, der den Dreispitz stützte. Sie untersuchte den Laden des zum Geschütz gehörigen Fensters.

»Dann sollten wir den wohl besser ersetzen. Ich sage Rundbeckel, dass er die Pforte überholt. Hast du das, Donna?«

Taubenbusch drehte sich um und erblickte den Wachoffizier mit Zoltan. Ihr rundes Gesicht wurde plötzlich kreidebleich. Sie richtete sich auf.

»Ich wusste, dass Ihr kommen würdet. Bringen wir es hinter uns.«

Unter den überraschten Blicken der Mannschaft und der jungen Schreiberin trat sie auf Zoltan zu und kniete nieder.

Zoltan wandte sich an den Wachoffizier und raunte hastig: »Ich brauche ein Zimmer, ungestört!« Lauter fuhr er fort: »Folgt mir!«

Er zog die Frau am Arm auf die Beine und schob sie das Deck hinunter. »Hier entlang!«, murmelte Klippspringe und wies mit der Hand den Weg zum hinteren Ende des Schiffes.

Zoltan folgte schnellen Schrittes dem erschrockenen Wachoffizier und zerrte die taumelnde Taubenbusch mit. Auf dem Deck herrschte erschrockenes Schweigen, während die drei an den Geschützen vorbeigingen.

Schließlich wurde Zoltan in eine Art Messe geführt, die von einer Tafel mit zehn Stühlen fast ausgefüllt wurde. Zoltan schob die verwirrte Frau in einen Stuhl und wies Klippspringe an: »Keine Störungen. Raus.«

Dann drängte er den Mann aus dem Zimmer und erklärte Orik, der noch im Flur stand: »Sitz! Und lass keinen rein, hörst du? Du bleibst hier und passt auf.«

Orik setzte sich neben die Tür und Zoltan warf sie zu und schob den kleinen Riegel vor.

»Also schön. Ihr seid Nica von Taubenbusch. Und Ihr wisst auch, warum ich hier bin.«

Er ging zum Tisch und nahm sich einen Stuhl gegenüber der Delinquentin. Diese war nach wie vor schreckensbleich.

»Jetzt nehmt Euch zusammen. Ihr seid Offizierin der Reichsflotte. Atmet tief durch und sagt mir, was Ihr zu sagen habt.«

Die Frau hob die zitternden Hände vors Kinn und sah Zoltan an.

»In der *Bärenhöhle* vorgestern, da habe ich gesündigt und gespielt und getrunken. Ich bin weggelaufen, weil ich dachte, die Stadtwache wolle alle festnehmen; und Offiziere sollen ja nicht spielen. Aber gestern war ich wieder in der *Bärenhöhle*, um zu hören, was geschehen war, und der Wirt erzählte, dass die Inquisition gekommen sei. Und von da an habe ich auf Euch gewartet. Ich bin erst in der Stadt umhergelaufen, aber ich wusste, Ihr würdet mich finden. Dann bin ich zum Praiostempel gegangen, aber ich stand davor und konnte doch nicht hineingehen. Da hielten diese zwei Bannstrahl-Ritter vor dem Tempel Wache und die Geweihten in ihren goldenen Gewändern gingen ein und aus – und ich wagte es nicht, Euch vor die Augen zu treten. Dann bin ich wieder gegangen. Ich hoffte, dass wir auslaufen, bevor Ihr mich findet.«

»Aha. Ihr seht also Eure Schuld ein. Das ist gut. – Erzählt mir, wer noch mitgespielt hat.«

Hastig antwortete die Offizierin.

»Bergthann heißt der eine, Hafenmeister für Bewirtschaftung. Und dann war da Shellach Sheltek, Kapitän auf der ›Djanna‹. Die ist aber gestern ausgelaufen. Und

Rodianne von Rubens Teich, Hauptfrau bei den Grafentruppen. Und... äh...« Sie wurde immer leiser.

»Ja?«, fragte Zoltan scheinbar freundlich.

Ganz leise antwortete sie: »...und Seine Gnaden Solarian aus dem Praiostempel.«

»Ach«, stellte Zoltan nüchtern fest. »Findet Ihr das ungewöhnlich?«

»Naja. Hm.« Sie räusperte sich unsicher.

»Ist Solarian schon länger dabei?«

»Ja, schon eine Weile. Ungefähr vier oder fünf...«

Zoltan unterbrach sie ungeduldig. »Hat er sich in letzter Zeit anders benommen als früher?«

»Anders?«

»Ja, Dinge vergessen, Fragen gestellt, seltsame Sachen gesagt.«

»Seltsame Sachen... Ich weiß nicht. Ich kann mich nicht erinnern.«

»Ist er neugieriger geworden?«

»Also ich weiß nicht. Kann man nicht sagen.«

»Denkt genau nach!«

»Ich weiß wirklich nichts, Euer Gnaden.« Die Angst stieg ihr wieder in die Augen.

»Na gut. Wann trefft Ihr Euch wieder mit den anderen?«

»Nun, also... eigentlich hatten wir für morgen ein Treffen geplant. Heute ist ja das Fest. Aber ich werde natürlich nicht hingehen, Euer Gnaden. Nie wieder.«

»Hm. Angesichts der Umstände...«, überlegte Zoltan. »Also gut. Geht bis zum Ende des Jahres jeden freien Tag in den Praiostempel und betet oder spendet. Und kein Wort zu irgendjemandem über diese Sache. Ich werde die Angelegenheit auch auf sich beruhen lassen.«

Taubenbusch starrte Zoltan entgeistert an. »Ich kann gehen?«

»Ja. Und wie gesagt, kein Wort!«

»Nein, Euer Gnaden, bestimmt nicht. Der Herr Praios sei gepriesen!«

Sie sprang auf und kniete neben Zoltans Stuhl nieder. Als sie versuchte, den Umhang des Inquisitors zu küssen, stand dieser auf und wehrte ab.

»Genug davon. Geht wieder an Eure Arbeit.«

»Ja, Euer Gnaden, danke, Euer Gnaden.«

Zoltan öffnete die Tür und drängte Taubenbusch hinaus. Orik sprang auf und sah sich um, während die Offizierin davoneilte und eine Treppe hinabstieg. Zoltan suchte die nächste Treppe nach oben und stand nach kurzer Zeit wieder auf dem Oberdeck des Schiffes.

Dass sie so erschrocken war! Wegen einer derartigen Kleinigkeit. Zoltan verstand die Welt nicht mehr. Gestern hatte sich der Hafenmeister kaum darum gekümmert, dass die fünf zusammen um Geld gespielt hatten, und jetzt war eine Offizierin zu keinem vernünftigen Satz mehr fähig, wenn er erschien und nur ein paar harmlose Fragen stellen wollte. Wenigstens hatte sie ihm einige neue Kleinigkeiten verraten.

Zoltan schlenderte über das Deck auf die Planke zu und überlegte sich eine neue Taktik. Das Befragen von oberflächlichen Bekannten Solarians war wohl nicht so ergiebig, weil diese nichts Genaues über eine Veränderung im Verhalten des Quästors sagen konnten. Viel besser konnten da sicherlich die engen Freunde und Verwandten Solarians Auskunft geben. Also musste man sich den Leuten widmen, die in seinem Haus wohnten, und den anderen Geweihten im Tempel. An Letztere kam er so schnell nicht heran, denn Luminon würde sicher wieder Ausreden erfinden, um die Inquisition zu behindern. Außerdem hatte Zoltan bereits einige von ihnen ausgefragt. Also vielleicht zunächst die Bediensteten von Solarian.

Der Wachoffizier war inzwischen wieder aufgetaucht und begleitete Zoltan und Orik über das andere

Schiff bis zum Kai. Der Novize nahm das Pferd entgegen und machte sich auf zu Quästor Solarians Haus. Auf dem Weg hielt er jedoch noch bei der Hafenwache an. Er warnte in knappen Worten vor Feinden, die aus dem Meer steigen und den Hafen überfallen könnten, und riet dem Wachhabenden, diese Warnung weiterzugeben und Wachen aufstellen zu lassen, die besonders auf einzelne Schwimmer achten sollten. Nachdem dies auch erledigt war, ritt er aus dem Kriegshafen und durch eine Ansammlung von Hütten am Fuß der Klippe.

Einer Eingebung folgend, lenkte er sein Pferd nicht den Pfad entlang, der die Klippe hinauf in die Stadt führte, sondern bog ab auf die Mole. Nach etwa fünfzig Schritt hielt er an und saß ab. Orik sah sich unbehaglich um und schnüffelte unruhig umher.

Die Soldaten hatten nicht nur die Toten beseitigt, sondern auch das Blut abgewaschen. An einigen Stellen waren noch dunkle Flecken zu erkennen. Hier hatte Zoltan gestanden und dort war Zepperich verschwunden. Der Novize sah sich eingehend die Steine an, doch er konnte nichts erkennen, das auf das Schicksal des Bannstrahlers schließen ließ.

Der Inquisitor starrte auf den Boden und ging langsam über die Mole. Hier drüben hatten Praiodin und Aktina gestanden, hier irgendwo war sie gestorben. Die Dritte, die es traf. Gut gemacht, Zoltan. Nach und nach gehen alle deine Leute drauf. Keine Ketzer gefunden, aber drei Bannstrahler umgebracht. Krötendung! Warum lief alles so schlecht? Er hatte sich vorgestellt, nach und nach alle Priester auszufragen und dann, wenn alle Beweise vorlagen, gemeinsam mit den sechs Ordenskriegern den Verräter niederzumachen. Das wäre schon nicht einfach gewesen bei einem dämonischen Wesen.

Aber jetzt? Der Hochgeweihte war gegen ihn, aus

dem Nichts waren diese Fischwesen gekommen und der Hauptverdächtige lief immer noch frei herum, weil Zoltans Macht nicht über die des Tempelvorstehers reichte. Er musste schleunigst richtiger Inquisitor werden, so konnte das nicht lange weitergehen!

Schöne Wünsche. Das half ihm auch nicht weiter. Na gut, dachte er, betrachten wir die Lage einmal, wie sie ist. Keiner konnte ahnen, dass der Gegner diese Fischmonster rufen würde. Und dennoch... Den ganzen gestrigen Tag hatte Zoltan damit verschwendet, Luminon zu ärgern. Und eingebracht hatte es gar nichts. Dabei hätte er das Umfeld Solarians schon gestern erkunden können. Wenn der Quästor krank war oder Krankheit vortäuschte, dann konnte er Zoltan auch nicht in die Quere kommen und die Arbeit behindern. Denn ein Gestaltwandler konnte immer nur die Gestalt eines getöteten Opfers annehmen. Wenn er jemand anderen tötete, konnte er dessen Aussehen übernehmen, würde aber Solarians Gestalt für immer verlieren. Damit konnte der Dämon, wenn er weiterhin in der Kirche spionieren wollte, nur bei Solarians Aussehen bleiben und sich somit nicht frei in der Stadt bewegen. Denn der Quästor war ja offiziell krank. Immerhin.

Jetzt musste Zoltan vorsichtig vorgehen. Er wollte nicht noch mehr Leute verlieren. Den nächsten Schritt würde er allein tun und sich in das Haus des Quästors vorwagen. Er musste ja nur einen Hausdiener finden, diesen mitnehmen und befragen. Kunde vom Verhalten des Quästors in den letzten Tagen und einige Namen von Verwandten und Freunden, das war alles, was der Inquisitor brauchte. Dann würde er den Hausdiener wieder zurückschicken und die Bannstrahler mitnehmen, um alle Menschen aus Solarians Bekanntenkreis zu befragen. Nach genügend Zeugenaussagen würde er dann erst zu Luminon gehen und sich Verstärkung holen, vorzugsweise Kirchentruppen mit geweihten

Waffen. Eine Segnung der Waffen seiner Truppe wäre nützlich. Dann schließlich wäre die Zeit für das Finale im Haus des Quästors gekommen.

Und das alles, ohne Mara-Lumea, Alrik oder Praiodin begraben zu müssen.

Zoltan sprengte mit entschlossener Miene durch die Stadt. Jetzt hatte er genug, jetzt hatte er einen Plan, und noch bevor die Praiosscheibe versank, würde er in Perricum aufgeräumt haben. Ihn beeindruckten weder die auseinander hastende Menschenmenge vor ihm, noch das Gedränge und der Lärm hinter ihm. Zoltan hatte das Gefühl, nichts könne ihn aufhalten, denn wohin er sein Ross auch lenkte, die Menge teilte sich plötzlich und der Weg war frei, durch die Straßen zu jagen, mit wallendem Umhang, blinkendem Brustpanzer und wehendem Haar. Am liebsten wäre er stundenlang weitergeritten, doch schon nach kurzer Zeit gelangte er in den Stadtteil Mondwacht und in die Straße, in der der Quästor-Dämon Solarian seine scheinheilige Maske hinter Mauern und Vorhängen verbarg. Zoltan erkannte schon von weitem seine Truppe, drei weiße Gestalten mit Pferden, um die das bunte Treiben des Festes einen Bogen machte. Einige junge Leute hatten sich um ein Fass zusammengefunden und sangen unharmonisch, etwas weiter weg warf eine Frau Brötchen aus ihrem Geschäft in die Menschentraube rundherum, einige verkleidete Gaukler spielten eine novadische Familie mit Schellen, Tänzerin und Tambourin, doch in die Nähe von Praiodin, Alrik und Mara-Lumea wagte sich kaum ein Spaßmacher. Alrik versuchte gerade, sich in die Menge abzusetzen, doch scharfe Worte von Praiodin hielten ihn zurück. Der Anführer der Bannstrahler hob dann vorsichtig einen Weinschlauch und trank einen kleinen Schluck, bevor er ihn an Alrik weiterreichte, der dem Rebensaft herzhafter zusprach. Wenn es überhaupt

Wein war. Zoltan vermutete, dass Praiodin ihn vorher verdünnt hatte.

Der Inquisitor ritt im Schritt zu den dreien, die alsbald Haltung annahmen. Praiodin salutierte und berichtete: »Keine besonderen Vorkommnisse, Euer Gnaden. Zwei Leute sind hinaus- und später wieder hineingegangen, aber der Gesuchte war nicht dabei.«

»Welches Haus ist es?«

Praiodin zeigte die Straße hinunter. »Das dort, das Zweite hinter der Bäckerei, mit dem Weinlaub bis unters Dach.«

»Gut. Rondriager gesehen?«

»Er ist abmarschiert, nachdem wir ihm Eure Marschbefehle überbracht hatten, Herr H… Euer Gnaden. Sollte jeden Augenblick in Stellung sein, Euer Gnaden.«

»Na, dann warten wir noch kurz. Wie geht es dir, Alrik?«

Der Angesprochene hob wedelnd die Hand. »Es wird besser, Euer Gnaden. Ich sitze am liebsten hier auf der Kante, das geht dann schon.«

»Und Mara?«

Mara stand stramm. »Alles bestens, Euer Gnaden!«

Zoltan lächelte. »Rühren. Nun übertreibt mal nicht mit den Formalitäten.«

»Jawohl, Euer Gnaden!« Mara-Lumea hatte wohl zu viel Zeit mit Praiodin verbracht, nur von ihm konnte sie diese Strammsteherei haben. Zoltan wunderte sich über sich selbst. Warum störte ihn der Gedanke, dass Mara wahrscheinlich mit Praiodin irgendwelche Dinge tat? So ein Unsinn, sie hatten doch ohnehin keine Zeit gehabt. Zoltan hatte sie alle die letzten Tage hin und her kommandiert.

»Na schön, meine Befragung hat nichts Neues ergeben. Die Konfrontation wird sich also noch etwas hinauszögern. Mein Plan ist jetzt, die Freunde des Quästors auf sein ungewöhnliches Verhalten hin zu befragen. Als Erstes werde ich allein rübergehen und mit einem seiner Hausdiener sprechen, der wird mir dann Namen nennen können. Dann spähen wir diese Leute aus, will sagen, wir befragen sie. Und wenn wir genug Zeugen haben, rücken wir ein und greifen den Quästor gezielt an.«

Mara-Lumea blickte skeptisch drein.

»Mara?«

»Äh, Euer Gnaden, ist es nicht gefährlich, alleine in das Haus des Quästors zu gehen?«

»Ach was, mit dem werde ich schon fertig. Wenn er nicht seine Tarnung aufgeben will, dann muss er den kranken Quästor spielen.«

»Aber, Euer Gnaden«, bohrte Mara-Lumea nach, »wenn er Euch überfällt und sich dann für Euch ausgibt, um uns zu täuschen und noch mehr Unheil anzurichten?«

»Oh. Na gut, dann komm mit. Aber die anderen bleiben hier und beobachten. Wenn Rondriager kommt, soll er in Reserve bleiben und weitere Befehle abwarten.«

Praiodin nickte. »Jawohl, Euer Gnaden.«

»Gut, Mara, gehen wir. Mein Pferd bleibt hier. Orik, sitz, bleib schön hier bei Praiodin und Alrik!«

Orik setzte sich und gähnte.

Kaum waren Mara-Lumea und Zoltan einige Schritte auf das Haus des Quästors zugegangen, da bemerkte der Inquisitor am Ende der Straße Rupert Rondriager, dessen bullige Gestalt über die Menge aufragte. Er kam ebenfalls aus der Richtung, aus der Zoltan eingetroffen war. Der Inquisitor bog ab und drängte sich durch die Menge, bis er bei dem hünenhaften Söldner angekommen war.

»Ah, Rondriager. Bleibt einfach dort, wo Ihr seid, und wartet auf Befehle von meinen Leuten oder von mir. Oder von Orik.«

»Orik?«

»Mein Hund. Manchmal bringt er Nachrichten. Wenn er sie nicht auffrisst.«

»Ah, verstehe, Euer Gnaden. So einen Kerl hatten wir auch mal in der Truppe. Er kam aus Nostria.«

Zoltan blickte Rondriager ausdruckslos an.

»Äh, Verzeihung, Euer Gnaden.« Rondriagers Blick wanderte unbehaglich.

»Ach, wegen gestern«, wechselte Zoltan das Thema. »Das war gute Arbeit. Ich muss mich dafür bei Euch bedanken.«

»Das habt Ihr schon, Euer Gnaden, aber keine Ursache. Darin sind wir gut. Was übrigens die Bezahlung betrifft, könnten wir vielleicht jetzt schon...«

Zoltan starrte derweil auf Rondriagers rechten Arm.

»Hattet Ihr da nicht gestern noch eine üble Wunde?«, unterbrach er den Söldner.

»Wie? Ach, das. Äh, das war nur ein Kratzer, das...« Er seufzte und gab kleinlaut zu: »Das war Hilgerd. Er hat mich gesund gezaubert.« Dann versteckte er die Arme hinter dem Rücken.

Zoltan zog ein missmutiges Gesicht. »Wolltet Ihr eben noch etwas sagen?«

»Äh, also, wegen der Bezah... äh, nichts, schon gut.« Rondriager machte eine betrübte Miene.

»Ihr macht gute Arbeit, Rondriager«, versuchte Zoltan ihn aufzumuntern. »Ich brauche Euch heute den letzten Tag und dann sollt Ihr Eure Entlohnung bekommen. Aber bis dahin solltet Ihr Euch etwas benehmen.«

Rondriager atmete auf. »Aber ja, Euer Gnaden. Wir warten dann einfach um die Ecke.«

Er deutete hinter sich, drehte sich halb um und machte Anstalten zu gehen.

»Und feiert nicht zu viel.«

Rondriager nickte kurz und ging.

Zoltan schüttelte den Kopf, zuckte mit den Schultern und wandte sich wieder zum Haus des Quästors. Seine selbst ernannte Beschützerin folgte langsam.

Der Inquisitor hob den Türklopfer, der das freistehende Haus des Quästors zierte. Es war unmittelbar an die Straße gebaut, wie üblich lag der Eingang einige Stufen höher und über dem Erdgeschoss erhoben sich zwei weitere Stockwerke. Die Front war mit Weinlaub überwuchert, sodass sich die gelben Fensterläden kaum noch richtig öffnen ließen. Ein kleiner geschnitzter Sinnspruch über der Eingangstür rief Praios' Segen auf das Haus herab, darüber war eine handtellergroße Sonnenscheibe aus Gold angebracht.

Das Pochen des Klopfers hallte durchs Haus. Zoltan stellte sich vor, wie drinnen ein gehörntes, von Geifer triefendes Monster aufschreckte, sich umdrehte und dem Pochen lauschte. Seine grünen Klauenhände ergriffen einen weißen, geblümten Vorhang, der anfing zu rauchen, wo die Krallen des Dämons den Stoff berührten. Mit gelben, glühenden Augen starrte das Ungeheuer auf die Straße. Als es Zoltan erblickte, begann es vor Wut zu zittern, und das Maul öffnete sich und offenbarte gelbe Zahnreihen, zwischen denen ein Pesthauch aus dem Schlund des Bösen entströmte. Das Monster ließ den Vorhang fallen, und mit großen Sprüngen auf dürren, grünen Beinen hastete es durchs Haus zur Eingangstür. Dort blieb es stehen, schüttelte den missgestalteten Kopf, und schon verwandelte es sich in das kleine reizbare Männchen, das alle als den Quästor Solarian kannten. Der Quästor-Dämon ging langsam zur Tür und öffnete...

»Ja?« fragte eine zittrige Stimme. Zoltan zuckte zusammen.

In der Tür stand ein magerer alter Herr in der altmodischen Livree eines Dienstboten. Kurzsichtig beugte er sich vor und sah den Inquisitor und die Bannstrahlerin an.

»Was wünschen die Damen?«

»Ich bin Zoltan, guter Mann, das ist Mara-Lumea. Darf ich ihn kurz etwas fragen?«

»Ich weiß nicht, ob das dem Herrn Recht ist, verehrter Herr. Der Herr fühlt sich nicht wohl und möchte nicht gestört werden.«

»Aber ich will doch mit ihm reden, nicht mit seinem Herrn. Folge er mir für einen Augenblick.«

»Aber verehrter Herr, das geht nicht, ich muss hier bleiben…«

»Schön. Also schön. Dann gehe ich eben rein, stelle einige kurze Fragen, das dauert kaum zehn Herzschläge. Er soll auch ein Silberstück für seine Mühen erhalten.«

»Naja, aber…«

»Mache er sich keine Gedanken. Wir müssen nicht einmal den Hausherrn stören.«

Zoltan machte einen Schritt durch die Tür, den mit den Händen wedelnden Alten nicht achtend.

»So, machen wir kurz die Tür zu… Mara… danke, es geht ganz schnell.« Er suchte in seiner Geldbörse nach einem Silberstück, während Mara-Lumea den Raum betrachtete und der Alte »Aber es geht nicht!« rief.

Dann schien er sich plötzlich umzuentscheiden. Er schlug vor: »Hier entlang, bitte, die Herrschaften«, und öffnete eine Tür.

»Na also, es geht doch«, murmelte Zoltan. Er trat an dem alten Diener vorbei in einen Salon, der gemütlich eingerichtet war: mit einem niedrigen Tisch und bequemen Sesseln, einem Schreibtisch an einer Wand, einer Kommode, Bildern, einem Kamin. Auf dem niedrigen Tisch lagen Papiere verstreut, auf dem Schreibtisch kleinere Stapel Papier, auf einer Kommode dicke Stapel von gebündelten Schriftstücken. Mehrere halbvolle Becher und zwei Krüge waren über den Raum verstreut. An einem der Sessel neben dem kleinen Tisch lehnte ein Gehstock mit silbernem Knauf.

Neben dem Kamin stand ein Mann mit kurzen grauen Haaren, der sich mit einem Ellenbogen leicht auf den Sims stützte. Er trug edle Kleidung mit bestickter Weste und goldenen Schuhspangen. Als Zoltan eintrat, ließ er ein Blatt Papier sinken, das er gerade studiert hatte, und sah den Inquisitor mit einem durchdringenden, harten Blick aus seinen eisblauen Augen an.

»Ich sollte Euch für die nächsten Monate einsperren«, begrüßte er Zoltan kalt.

Der Baron.

DER Baron.

Der Leiter der Kaiserlich-Garethischen Informationsagentur, Dexter Nemrod, Herr über ein riesiges Netz aus Spionen, Zuträgern, Informanten und Agenten. Der Mann, der alles wusste. Der Mann, der Königen befahl und mit dem Wink eines Fingers Herzöge und Grafen erhob und vernichtete.

Und er war hier. In Perricum.

Stand vor Zoltan.

»Was macht Ihr denn hier, Hochgeboren?«, fragte der Novize völlig verwirrt. »Ich dachte…«

»Was für eine Frage«, murmelte Nemrod verächtlich, wie zu sich selbst. Er wandte sich ab und hinkte durch das Zimmer zu einem der Sessel. Zoltan spürte, wie er in den Raum geschoben wurde, und bemerkte bei einem kurzen Blick über die Schulter mehrere Leute, die ihn und Mara-Lumea vorwärts drängten. Der alte Hausdiener war verschwunden. Zoltan wurde zu einem Sessel geschoben und hineingesetzt, was er ohne Widerstand über sich ergehen ließ. Mara erging es ebenso. Das Schwert drückte ins Kreuz. Wenigstens hatte ihn niemand entwaffnet.

Nemrod sah Zoltan schweigend an. Dann beugte er sich vor und flüsterte Zoltan abgehackte Worte entgegen: »Sommerfrische in Perricum!«

Er fuhr fort und wurde lauter, schleuderte Zoltan die Worte wie Anklagen entgegen.

»Ich schütze das Reich vor Verrätern, wie Ihr wissen solltet. Aber das interessiert Euch wohl nicht. Ihr habt ja nichts Besseres zu tun als meine Operationen zu stören.«

Zoltan sah Dexter Nemrod verblüfft an. »Was?«

Nemrod lehnte sich wieder zurück und legte ganz langsam beide Unterarme auf die Sessellehnen, wobei er seine linke Hand ansah. Dann blickte er wieder auf, immer noch ganz ruhig und gefasst. Doch sein Tonfall verriet, dass er ganz und gar nicht freundlich gelaunt war.

»Mein lieber Herr Inquisitor. Ich entlarve für das Reich Verräter. Ihr kümmert Euch um Hexenjagd, Ketzerei und so weiter. Jeder geht seiner Wege. Ihr platzt nicht in mein Hauptquartier, ich stelle nicht Euren Tempel auf den Kopf. Ist das verständlich genug für Euch?«

Zoltan wusste noch immer nicht, wovon Nemrod sprach. »Woher sollte ich denn wissen, dass Ihr hier seid? Der KGIA-Turm steht doch im Kriegshafen. Wenn überhaupt…«

Der Baron schnitt ihm verärgert das Wort ab.

»Haltet mich nicht für einen Narren. Eure Leute waren mehr als auffällig, wie sie seit gestern um das Haus herumstehen. Gestern die Priesterin Illumara, heute eure Bannstrahler. Das ist doch lächerlich offensichtlich.«

»Aber ich wusste doch gar nichts von Euch!« Zoltan wurde langsam ärgerlich. »Es ging mir um den Quästor, woher soll ich denn wissen, dass Ihr hier…«

Nemrod unterbrach ihn wieder.

»Um den Quästor kümmert Ihr Euch nicht. Solarian,

übrigens ein alter Freund von mir, liegt krank im Bett, weil Ihr ihn vorgestern mitten in der Nacht durch den Regen geschleppt habt.«

»Aber er ist...«

»Schluss damit. Es reicht.« Nemrod beugte sich vor und durchbohrte Zoltan mit Blicken.

»Kümmert Euch um die Aufgaben der Inquisition und besinnt Euch auf Eure Kompetenzen. Auch Ihr seid ein Bürger des Reiches und damit nicht im Geringsten befugt, die Arbeit der Reichsagenturen zu hintertreiben.«

Zoltan war eingeschüchtert. Nemrod riss gerade alle Hypothesen ein, sowohl durch seine Anwesenheit als auch mit seinen Worten über Solarian.

Der Baron ergänzte kalt: »Und jetzt solltet Ihr wieder Hexen jagen. Ich hoffe, dass ich Euch nicht wiedersehe.«

Dann nahm er einen Zettel vom Tisch und vertiefte sich in dessen Lektüre. Zoltan sah Mara-Lumea mit einem enttäuschten Blick an, erhob sich aus dem Sessel und ging zur Tür. Auch Mara erhob sich langsam, um ihre Verletzungen zu schonen.

Nemrod hob seinen Blick vom Papier. »Ach, eins noch. Wer von Euch hat den Zauberer aus Rashdul beseitigt, vor zwei Wochen?«

Zoltan stutzte. »Zauberer aus Rashdul? Von dem weiß ich nichts.«

»Ein Elementarist. Spurlos verschwunden. Die Magier von den ›Grauen Stäben‹ sind seitdem in heller Aufregung. Wir nahmen an, einer von euch habe ihn aus dem Weg geräumt.«

Zoltan hob die Schultern. Die linke schmerzte stechend. Er verzog das Gesicht und antwortete abweisend: »Ich weiß davon nichts. Tut mir Leid. Ich gehe dann wieder Hexen jagen.«

Der Baron las in seinem Papier schon weiter und gab

keine Antwort. Zoltan und Mara-Lumea gingen unbeachtet aus dem Raum. Draußen im Eingangsflur standen vier Leute zusammen und beäugten die beiden. Einer von ihnen war der Metzgergeselle vom Vortag, der bei der ›Belagerung‹ so neugierige Gegenfragen gestellt hatte. Der ehemalige Hauptmann warf ihm und den anderen einen finsteren Blick zu und stürmte wütend aus dem Haus.

Missmutig ging Zoltan über die Straße. Die Passanten machten einen großen Bogen um den Inquisitor mit der düsteren Miene, als er die fünfzig Schritt zu seinen Leuten zurücklegte. Um sich herum sah Zoltan ängstliche Gesichter und verstohlene Blicke, hörte Getuschel und Flüstern aus der Musik und dem Lärm der feiernden Bürger heraus. Als er bei den beiden wartenden Bannstrahlern ankam, gab er nur einen Befehl: »Wir rücken ab!« Er lief weiter, ohne auf seine Truppe zu warten. Praiodin half Alrik hastig in den Sattel und ergriff die Zügel der anderen Pferde, während Mara-Lumea hinterherhinkte. Orik sprang auf und lief Zoltan nach, der weiterhin finster auf den Boden starrte und fieberhaft überlegte.

Die KGIA war hier, auf einer geheimen und hoch wichtigen Mission. Nemrod selbst war hier, aber das war auch wieder nicht so ungewöhnlich. Bei schwierigen Fällen pflegte er oft höchstpersönlich ins Feld zu gehen, so sagte man wenigstens. Er war nicht im KGIA-Turm am Hafen, also ging es um eine Angelegenheit, die selbst vor der örtlichen KGIA-Kommandantur geheim war. Andererseits – wahrscheinlich wohnte der Baron einfach hier, weil er im Kriegshafen zuviel Aufmerksamkeit erregt hätte. Die Wachen und Soldaten hätten ihn sicher erkannt und jeden Gang in die Stadt hätte die Torwache verzeichnet.

Als Zoltan darüber nachdachte, fiel ihm auf, dass der

KGIA-Turm im Hafen nicht gut zur Geheimniskrämerei der Informationsagentur passte. Die Marine beobachtete selbst jede Bewegung, also auch die der Agenten, geheimen Kundschafter und verdeckten Ermittler. Man konnte davon ausgehen, dass jede wichtige Operation von einem anderen Ort aus geleitet wurde und der KGIA-Turm im Kriegshafen nichts als Fassade war.

Nun gut. Der Baron leitete also eine wichtige Ermittlung in Perricum. Warum hatte er gerade Solarians Haus als Quartier gewählt? Nemrod hatte erwähnt, dass der Quästor ein ›alter Freund‹ war. Wenn das stimmte, dann wäre es dem Baron sicherlich schnell aufgefallen, falls Solarians Benehmen sich verändert hätte. Aber wenn Nemrod einfach nur eine verschwiegene Unterkunft benötigte, dann war es naheliegend, sich an einen Praios-Geweihten zu wenden, denn schließlich war Nemrod einst selbst der oberste Inquisitor gewesen. Nur zwei Geweihte wohnten außerhalb des Tempels, das hatte Rondriager oder Illumara berichtet. Wenn der Baron also einfach nur eine Unterkunft bei einem Praiosgeweihten gesucht hatte, dann war ihm möglicherweise nicht einmal aufgefallen, dass er im Haus eines Gestaltwandlers residierte. Der Gestaltwandler würde den Baron, der sich freiwillig in die Hände seines Gegners begab, gewiss mit Freuden bei sich aufnehmen. Er würde dann Nemrods Untersuchungen genau beobachten, möglichst viel über dessen Agenten lernen und auch über den Baron selbst. Schließlich würde er im geeigneten Augenblick die Operation der KGIA verhindern. Dieser Dämon war schon sehr schlau.

Zoltan hielt inne. Es war noch viel gefährlicher, als er dachte. Was, wenn der Gestaltwandler beschloss, dass der Baron ein viel lohnenderes Opfer sei als der Quästor? Wenn er Dexter Nemrod tötete und sich fortan für den Reichsgeheimrat ausgab? Das wäre eine Katastrophe für das Reich und für ganz Aventurien.

Der Inquisitor hob die Hände vor das Gesicht. O nein! Der Quästor war seit über einem Tag nicht gesehen worden. Alles schien sonnenklar. Bestimmt hatte der Quitslinga Solarians Gestalt bereits aufgegeben, den echten Nemrod getötet und dessen Aussehen angenommen. Und jetzt studierte er die KGIA-Akten, um sich möglichst schnell Nemrods Wissen anzueignen. Der Dämon hatte vor Zoltans Augen ein Schauspiel vorgeführt, ihm eine Standpauke gehalten und ihn aufgefordert, die Sache fallenzulassen. Zoltan musste sofort umkehren, den falschen Nemrod enttarnen und das Reich retten.

Er machte auf dem Absatz kehrt und rannte los. Den überraschten Bannstrahlern rief er entgegen: »Schnell, mir nach!«

Als er die Stelle wieder erreicht hatte, an der Praiodin vorhin seinen Posten bezogen hatte, hielt Zoltan plötzlich inne und spähte voraus. Gerade verließ der alte Diener des Quästors das weinberankte Haus. Mit einem Papier in der Hand wankte er die Straße hinab, auf Zoltan zu. Dieser bedeutete den Bannstrahlern zu warten, und trat auf den Alten zu.

»Guter Mann, eine Frage mal eben.«

»Jaa? Ach, Ihr seid es! Hört, Euer Gnaden, ich hatte von meinem Herrn und von den Gästen den Auftrag, alle abzuweisen, außer wenn Ihr es seid. Ich sollte auf keinen Fall etwas verraten…«

»Jaja, egal, das ist nicht so wichtig. Sag Er mir: Wann hat Er seinen Herrn zuletzt gesehen?«

»Gesehen? Aber er liegt doch krank im Bett, da sehe ich ihn andauernd, weil ich ihn doch pflege und bediene.«

»Aber wann zuletzt?«, fragte Zoltan ungeduldig nach.

»Ach, Herr, das war wohl vor… tja…«

»Ja?«

»Ach, ich sage mal, vor einer halben Stunde, als ich ihm seinen heißen…«

»Vor einer halben Stunde?« Zoltan schrie beinahe.

»Es könnte auch etwas weniger gewesen sein, Herr«, antwortete der Alte verschüchtert.

Zoltan atmete aus. »Vor einer halben Stunde.«

»Oder etwas weniger, Herr.«

»Na schön. Geh er seines Wegs.«

»Ja, Herr, danke, Herr.« Der Alte ging mit vorsichtigen Schritten weiter und verschwand in der feiernden Menge. Zoltan atmete aus und trat langsam zu Praiodin und den anderen, die auf der gegenüber liegenden Straßenseite warteten; Alrik zu Pferd mit gespannter Armbrust, die anderen zu Fuß neben ihren Reittieren.

»Falscher Alarm. Ich dachte einen Augenblick lang, das...« Er sah sich um und wurde leiser. »...das Ungeheuer hätte inzwischen die Gestalt des Barons übernommen.«

»Des Barons?« Praiodin schob das Schwert zurück in die Scheide und sah Zoltan fragend an.

»Nemrod. Er ist hier und wohnt im Haus des Quästors.«

Praiodin hob verwundert die Brauen, ließ sich aber sonst nichts anmerken. »Ausgerechnet im Haus unseres Hauptverdächtigen, Euer Gnaden?«

»Ganz genau. Das macht mich auch stutzig.«

Mara-Lumea mischte sich ein.

»Das kann doch kein Zufall sein, Euer Gnaden. Vielleicht hat er einen ähnlichen Verdacht und will den Quästor überführen.«

»Ja, möglich. Vielleicht weiß er aber auch gar nichts davon. Ich denke, er suchte nur eine Unterkunft und hat einen der beiden Praiosgeweihten angesprochen, die nicht im Tempel wohnen. Er behauptete, Solarian sei ein Freund. Das wäre durchaus möglich. Um das zu klären, könnten wir einen anderen Freund Solarians fragen. Das hatte ich ohnehin vor. Wenn Nemrod den Quästor tatsächlich schon länger kennt, dann kann der Gestaltwandler seine Maske nicht lange aufrecht erhalten.«

Mara-Lumea machte ein nachdenkliches Gesicht. »Solarians angebliche Verkühlung passt dazu. Wenn der Quästor den Kranken spielt, dann gibt es weniger Gelegenheiten für den Baron, ihn zu enttarnen.«

»Stimmt. Sehr scharfsinnig, Mara. Wenn die beiden Freunde waren, dann spielt der Dämon aus Vorsicht krank, und der Baron weiß wahrscheinlich nichts über seinen wahren Gastgeber. Womöglich kennt Nemrod den Quästor nicht und sucht auch nicht nur ein sicheres Quartier, sondern hat den richtigen Verdacht. Um das feststellen zu können, müssen wir erst herausfinden, ob die beiden wirklich befreundet sind. Es führt kein Weg daran vorbei. Aber wie finden wir Freunde Solarians?«

»Euer Gnaden, fragen wir doch die Geweihte Illumara. Die war doch bisher sehr hilfsbereit«, schlug Praiodin vor.

»Gute Idee. Also auf zum Tempel. Sie ist wahrscheinlich die Einzige, die nicht sofort Luminon Rapport erstattet. Auf geht's!«

Mit forschem Schritt ging Zoltan zum zweiten Mal in Richtung Stadtzentrum, bog um die Ecke in eine ruhigere Straße und begrüßte Rupert Rondriager und seine drei Freunde, die auf dem Rand einer Pferdetränke in der Sonne saßen, einen Weinschlauch herumreichten und Idra lauschten, die eine fröhliche Melodie auf ihrer Laute klimperte. Die Medica fragte gerade grinsend die anderen: »Es geht noch weiter: Was passiert, wenn der Schwertkönig ein Dorf zum *zweiten* Mal besucht?«

Als Zoltan sich näherte, unterbrach Idra ihr Spiel, und Rondriager erhob sich.

»Ah, Rondriager. Vielen Dank für die Bereitschaft. Ich werde mit meinen Leuten einige Ermittlungen durchführen; Ihr behaltet das Haus des Quästors im Auge, so wie zuvor. Nur Ausspähen, keine Eigenmächtigkeiten. Wenn alles gut läuft, ist Euer Auftrag heute Abend abgeschlossen und Ihr sollt Euren letzten Sold erhalten. Alles klar?«

Rondriager nickte. »Jawohl, Euer Gnaden.«

»Ach ja. Wo steckt eigentlich Euer Zauberer?«

»Er ist meistens im Haus seines Magierordens zu finden, Euer Gnaden«, antwortete Rondriager kühl. »Die ›Grauen Stäbe‹ haben ihr Haus gleich beim Grafenpalast.«

»Aha. Danke. An die Arbeit!«

Zoltan trat zu Praiodin und nahm die Zügel seines Pferdes entgegen. Er saß schwungvoll auf, dass der Umhang durch die Luft flatterte, hob grüßend in Richtung der beiden Frauen zwei Finger an die Schläfe und trieb sein Pferd an, um wieder in die Menschenmenge des Straßenfestes einzutauchen. Orik lief schon wieder neben Mara-Lumea her, vermerkte Zoltan mit leichter Verwunderung.

Es war fast Mittagszeit, als Zoltan mit seinen Leuten wieder am Praiostempel ankam. Er befahl Mara-Lumea und Alrik, draußen zu warten, und betrat mit Orik und Praiodin das Gotteshaus. Alrik und Mara wollte er heute etwas schonen.

Schnell war Illumara gefunden, die in der Schreibstube über Gesetzestexten brütete. Als Zoltan, Praiodin und Orik eintraten, klappte sie das Buch zu und ging auf den Inquisitor zu, verfolgt von den finsteren Blicken der drei anderen Geweihten, die sich auch in der Stube aufhielten. Die vier Novizen, die Bücher kopierten, wagten nicht aufzusehen, doch Zoltan blieb nicht verborgen, dass Illumara bei den Anwesenden kein hohes Ansehen genoss.

Zoltan eröffnete Illumara: »Ich muss Euch kurz sprechen.« Die Geweihte schlug daraufhin vor: »Vielleicht im Innenhof, Bruder.«

Zoltan war es eins, und so gingen sie einige Schritte bis zum nächsten Tor in den Garten, das wegen der Wärme des heutigen Tages offenstand. Der verwinkelte Innenhof war einer der vier Hofteile, die sich zwischen dem Hauptgebäude und dem Andachtssaal erstreckten und durch die Verbindungsgänge voneinander getrennt waren. Hier wuchsen einige Kräuter, Tomaten und Beeren und es gab weder Rundwege noch Bänke, weshalb nur selten ein Priester diesen Teil des Gartens betrat. Nach einigen Schritten zwischen Beerensträuchern blieb Zoltan stehen.

»Schwester Illumara, ich brauche noch mehr Kenntnisse über den Quästor von Euch. Es haben sich einige… äh… unerwartete… Enthüllungen ergeben, weshalb ich einige Freunde des Quästors befragen muss. Freunde oder Verwandte, gleichgültig, jedenfalls Leute, die ihn gut kennen.«

Illumara nickte wissend.

»Wieder die Frage, ob er sich verändert hat, stimmt's? Ja, Bruder Zoltan, da kann ich Euch einige nennen. Er hat einmal von seiner Schwester erzählt, Soundso Bärenfang, die unten am Hafen Fernhandel treibt, und er hat noch eine zweite Schwester, die Laienpredigerin im Borontempel ist. Und Freunde… tja… Na, von seinen Zechkumpanen wisst Ihr ja schon. Ansonsten vielleicht der Medicus Acolon Steinbecker in der Tuchstraße, der kommt öfter her und besucht Solarian. Aber sonst fällt mir niemand ein, außer den Geweihten.«

»Na, das ist doch schon ein Anfang«, nickte Zoltan zufrieden. »Sehen wir uns mal diese Schwestern und den Medicus an. Danke, Illumara.«

»Ach, Bruder Zoltan? Da ist noch eine persönliche Sache.« Illumara sah Praiodin kurz an.

»Praiodin, geht schon einmal vor zu den anderen.«

»Jawohl, Euer Gnaden.« Praiodin salutierte und verschwand.

»Nun, was gibt es?«

»Euch ist vielleicht aufgefallen, dass es mir hier nicht besonders gefällt. In Beilunk hätte ich viel mehr Möglichkeiten, meine theologischen und juristischen Studien zu betreiben. Es gibt zahlreichere Schriften und Ailich von Beilunk ist eine große Kapazität auf dem Gebiet, mit dem ich mich beschäftige. Glaubt Ihr, dass es eine Möglichkeit gibt, mich nach Beilunk zu versetzen? Könnt Ihr Euren Einfluss bei Luminon geltend machen und mich vielleicht mitnehmen?«

Zoltan überlegte. »Ich verstehe. Wenn die Sache hier ausgestanden ist, werde ich mal sehen, was sich machen lässt. Aber Luminon ist für die meisten meiner Anliegen nicht sehr aufgeschlossen. Große Hoffnungen kann ich Euch da nicht machen.«

»Danke, Bruder.« Illumara deutete eine Verbeugung an.

»Praios mit Euch«, beschloss Zoltan die Unterhaltung.

»Und Praios mit Euch«, erwiderte Illumara. Dann packte Zoltan Orik im Nacken und durchquerte den Tempel erneut, bis er aus dem Haupteingang wieder auf die Straße trat.

Im Hafenviertel war kein Durchkommen. Stände fliegender Händler, Vorführungen von Musikanten und Akrobaten, herumstehende Zecher und Zuschauer, einige Karren, von denen herunter Wein verkauft wurde, dazwischen Bettler, die von der Festtagslaune der Bürger profitieren wollten, und Kinder, die spielend durch die Menge rannten. Das Publikum bestand aus Bürgern, Seeleuten und Soldaten, die allesamt das schöne Wetter nutzten und noch einmal einen schönen Spätsommertag genossen. Doch immer wieder entdeckte Zoltan bedrückte Gesichter, die kurz der Schatten aus dem Osten getroffen hatte. Eben waren sie an einem

Haus vorbeigekommen, aus dem eine Familie auszog und Hab und Gut auf zwei Wagen verlud. Nach Westen sollte es gehen, hatten sie gesagt, nach Rommilys, weg von den Kämpfen. Und unter den Seesoldaten gab es sicher so manchen, der einen Augenblick lang daran dachte, dass dies wohl das letzte große Fest war, bevor es gegen die Dämonenschiffe und die maraskanischen Rebellen ging, die unter der Fahne Borbarads die Küste Tobriens berannten. Zoltan hoffte, dass Perricum noch lange von Kaiserlichen gehalten werden würde, schließlich war es die heilige Stadt der Rondra. Ebenso wie Beilunk durfte Perricum nicht fallen, sonst würde das Vertrauen in die Kirchen schwinden und der Sieg wäre dem Bethanier sicher.

Nun, immerhin wimmelte es in der Stadt von Soldaten, die Perlenmeerflotte war riesig und gut ausgebildet durch die jahrelangen Kämpfe mit Piraten und Rebellen, und im Hafen lagen Schiffe für einen großen Gegenschlag bereit. Wäre erst einmal die Seehoheit zurückgewonnen, dann wären die tobrischen Invasoren vom Söldner-Nachschub aus dem Süden abgeschnitten und könnten ausgehungert werden.

Nach einer ganzen Weile erreichten Zoltan und seine drei verbliebenen Bannstrahler das Kontor Bärenfang. Dabei hatte der Duft von geräuchertem Fisch und warmen Pasteten den Inquisitor schon mehrfach fast von seinem Ziel abgebracht, doch er wollte erst Frau Bärenfang befragen und dann den Verlockungen der vielen kleinen Garküchen nachgeben. Also stand Zoltan nun vor einem großen Fachwerkhaus mit drei Stockwerken, an dem ein hölzernes Schild mit einem aufgemalten bunten Avesvogel hing. Das Schild kündete von der

Reederei Bärenfang
Fahrten ins Tulamidische und Bornische
Wir fahren Waren ohne Unterlass
sei'n sie in Kiste, Käfig oder Fass.

In der linken Hälfte der Hausfront fand sich eine kleine Tür mit einem Schild ›Praiostags & Erdstags geschlossen‹, daneben zwei Fenster mit Butzenscheiben und schweren Läden. Im rechten Teil der Hausfront gab es ein großes Tor. Die zwei oberen Geschosse waren mit vergitterten Fensteröffnungen versehen, die teilweise von innen mit Läden verschlossen waren. Im Haus war es ruhig, wie in den meisten der Handwerker- und Handelshäuser heute, an denen Zoltan vorbeigekommen war.

Der Inquisitor saß ab, gab Praiodin einen Wink und klopfte an die Tür, dann trat er ohne Warten ein. Er stand in einer Schreibstube, in der ein einsamer, kaum dem Knabenalter entwachsener Schreiber an einem Pult stand und lange Zahlenreihen in ein Buch schrieb. Die anderen vier Pulte waren verwaist. Bis auf ein Regal mit Papieren und Mappen stand nur noch eine kleine hölzerne Bank neben einer Tür, und damit war die Stube auch schon voll. Durch eine zweite, offene Tür gelangte man, wie es schien, ins Innere des Gebäudes.

Der junge Schreiber sah von seinen Büchern auf, und als er Zoltan in der Tür stehen sah, in goldenem Umhang, mit rotem Stirnband und der goldenen Gürtelschnalle über der roten Kutte, stellte er hastig seine Feder ins Tintenfass, wobei er fast dessen Inhalt über das Pult vergoss. Hastig stammelte er: »Praios zum Gruße, Euer Gnaden!« Dann trat er vor Zoltan und kniete nieder.

»Steh auf, Junge. Und Praios zum Gruße.«

Während der Schreiber sich erhob, befahl Zoltan: »Bring mich zu Frau Bärenfang.«

»Ja, Euer Gnaden«, flüsterte der Junge und ging zur Tür mit der Bank. Er klopfte kurz, öffnete dann und rief ins Zimmer hinein: »Frau Mutter, hier will Euch ein hoher Herr sprechen.« Dann trat er zur Seite.

Zoltan und Praiodin traten in eine kleine Schreibstube, die von einem schweren Schreibtisch in der Mitte des Raumes fast ganz ausgefüllt wurde. Die Wände waren mit Regalen zugestellt, die hier und dort mit Papieren und einigen Flaschenschiffen ›dekoriert‹ waren – gefüllt konnte man dies bei bestem Willen nicht nennen. Entweder schrieben die Bärenfangs nur wenig auf oder sie hatten sich gerade neue Regale tischlern lassen.

Die Bärenfangs selbst saßen am Schreibtisch, wo sie sich wohl gerade gemeinsam über Schriftstücke gebeugt hatten. Jetzt blickten sie auf, erkannten Zoltans Inquisitorentracht und erhoben sich hastig. Herr Bärenfang war ein großer, stattlicher Mann in den Fünfzigern, glatt rasiert und mit nur noch spärlicher Kopfbehaarung. An seinem Stuhl hing eine graue Perücke und der dekorierte Gehrock nebst der bunten Weste deuteten darauf hin, dass er entweder viel Wert auf ein gepflegtes Äußeres legte oder sich für das Stadtfest bereits fein gemacht hatte. Seine Frau trug ein feines grünes Kleid mit hochstehendem darpatischem Kragen. Ihren kleinen Wuchs versuchte die grimmig aussehende Frau durch eine hohe Turmfrisur auszugleichen. Sie blickte mit heruntergezogenen Mundwinkeln zur Tür und mühte sich trotzdem zu einem mehr oder weniger freundlichen Lächeln, während ihr Mann leicht erschrocken wirkte.

»Euer Gnaden. Praios zum Gruße. Bitte, setzt Euch.« Sie deutete auf einen von zwei gepolsterten Stühlen, die dem Schreibtisch gegenüberstanden.

Zoltan nickte. »Ihr seid Frau Bärenfang? Ich muss Euch allein sprechen.«

Ihr Mann griff seine Perücke, umrundete hastig den Schreibtisch, murmelte »Euer Gnaden«, als er mit besorgter Miene an Zoltan vorbeikam, und verließ den Raum. Hinter ihm schloss Praiodin die Tür und blieb daneben stehen, die Hand am Schwertknauf.

Frau Bärenfang setzte sich wieder, anscheinend ungerührt ob der Anwesenheit der Inquisition, und sah Zoltan ruhig an. Dieser erklärte:

»Ich muss Euch einige Fragen stellen, die in einer Kirchenangelegenheit wichtig sind. Aber von dieser Unterredung dringt nichts, kein Wort, nach außen, auch nicht zu Eurem Gemahl.«

Frau Bärenfang nickte.

»Es geht um Euren Bruder Solarian, der Quästor im Tempel ist. Wann habt Ihr ihn zuletzt gesehen?«

Nach einem kurzen Augenblick antwortete sie: »Letzte Woche, am Markttag. Ich war nach meinen Einkäufen im Tempel zur Andacht und um Solarian kurz zu besuchen. Was ist denn mit ihm?«

»Das tut nichts zur Sache. Seht Ihr ihn oft?«

»Etwa einmal in der Woche, aber dann nicht sehr lange. Wir haben uns nicht sehr viel zu sagen.«

»War das schon immer so?«

Die Händlerin ahmte wieder ein Lächeln nach. »Fast. Seit dreißig Jahren, als er die Kirchenlaufbahn einschlug und ich nicht. Er trägt mir immer noch nach, dass manche Menschen nicht zum Priester berufen sind. So ist die Ordnung der Welt. Es gibt Handwerker, Händler, Soldaten und Geweihte. Und jeder hat sein Daseinsrecht.«

»Wohl wahr. Ihr kennt ihn also nicht sehr gut?«

»Er ist immerhin mein Bruder.«

»Hat er sich in der letzten Zeit, sagen wir, im letzten Vierteljahr, anders benommen als sonst? Ist Euch irgendetwas aufgefallen?«

»Aufgefallen? Mal überlegen.«

In diesem Augenblick klopfte es an die Tür. Praiodin warf einen prüfenden Blick zu Zoltan, der zustimmend nickte, und öffnete dann die Tür für den jungen Schreiber, der mit gequälter Miene verkündete: »Frau Mutter, hier ist noch ein hoher Herr, der Euch dringend sprechen möchte.«

Zoltan trat ein wenig zur Seite, um an dem Jungen vorbei in die Schreibstube zu sehen, und erkannte mit Entsetzen die Gesichter der Agenten aus Solarians KGIA-Herberge. Er verdrehte die Augen und wandte sich hastig an die Bärenfang: »Also, schnell! Ja oder nein?«

Frau Bärenfang zögerte. »Ich weiß es nicht. Vielleicht. Ich kann es so genau nicht sagen, er schien etwas abwesender in letzter Zeit.«

»Danke«, erwiderte der Inquisitor leise, trat an dem Jungen vorbei durch die Tür und schob diesen in Bärenfangs Stube. Mit den Worten: »Ihr schon wieder!« trat er den Neuankömmlingen entgegen.

Einer der KGIA-Leute baute sich vor Zoltan auf. Er war Mitte Vierzig, hatte kleine Augen und eine schmale, spitze Nase. Der dünne Schnurrbart und der schmale Mund trugen ebenfalls dazu bei, dass das Gesicht dem eines Geiers ähnelte. Der Mann trug einen dunklen Mantel, unter dem Zoltan die Umrisse eines Schwertes erkannte, und einen weichen Lederhut.

Die Arme verschränkt, warf er Zoltan höhnisch vor: »Ah, die Inquisition. Hat man Euch heute nicht klar gesagt, was hier los ist?«

Zoltan wandte sich kurz an Praiodin. »Die Tür zu.«

Der Ritter schloss die Tür zum Zimmer der Bärenfangs, woraufhin die beiden mit den drei KGIA-Agenten alleine in der Schreibstube standen. Zoltan holte gereizt Luft.

»Meine Herren, meine Dame. Die Angelegenheiten der Inquisition sind nichts und niemandem unterzuordnen außer dem Herrn Praios selbst. Wenn ich es für richtig halte, hierher zu kommen, dann tue ich das auch, selbst wenn Ihr, mein Herr, zufällig die gleiche Idee habt.«

Der Mantelträger grinste spöttisch. »Oh, verzeiht mein Benehmen. Ich habe mich nicht vorgestellt. Marnion, Osterbert Marnion. Und das hier«, er deutete mit einem Daumen über die Schulter zu seinen beiden Begleitern, die zu unauffälliger Kleidung unauffällige Gesichter zur Schau trugen, »sind Alrike Fuxfell und Kenrod Sturmfels.«

Zoltan starrte Marnion ungläubig an. Dieser fuhr ungerührt fort.

»Na, jedenfalls, wir sind natürlich nur hier, weil der Herr Sturmfels eine Fracht nach Khunchom zu senden hat und wir das mit Frau Bärenfang bereden wollen.« Er grinste kühl. »Ihr seid ja sicherlich schon fertig. Ansonsten müssten wir dem Baron sehr unerfreuliche Nachrichten überbringen, die natürlich ebenso unerfreuliche Folgen hätten. Es könnte sein, dass sich herumspricht, wie damals der Paradedegen von Oberst Atrappico ins Schlafgemach der Frau seines Generals gelangte und welcher Offiziersanwärter dafür verantwortlich war.«

Zoltan schluckte. Damals auf der Kriegerschule hatte er sich mit Mühe aus der Affäre gezogen. Aber wenn Berglund davon erfuhr... Er wandte sich mit gekünstelter Fröhlichkeit an seinen Bannstrahler.

»Ach, Praiodin, jetzt fällt es mir wieder ein. Osterbert Marnion, das ist doch der, der damals diesen Damotil verfolgte, als der noch Erzkanzler in Brabak war. Damotil ist ihm entwischt, genau hier in Perricum, nachdem er die halbe Flotte in Schutt und Asche gelegt hatte.«

Marnion antwortete wütend: »Ein einziges Schiff war das! Na und? Das tut nichts zur Sache! Das ist nicht Eure Angelegenheit. Genauso wenig wie diese hier. Ihr solltet uns lieber aus dem Weg gehen, sonst gibt es wirklich Schwierigkeiten.«

»Das glaube ich auch«, erwiderte Zoltan ruhig. »Aber für wen? Ich schlage vor, dass wir uns darauf einigen, uns gegenseitig aus dem Weg zu gehen. Ich lege nämlich meinerseits auch keinen großen Wert darauf, Euch noch einmal zu begegnen. Es gibt erfreulichere Gesellschaft.«

»Dann verschwindet am Besten!«, gab Marnion hitzig zurück.

»In der Tat bin ich hier fertig. Eure Zeugin, Marnion.« Zoltan verbeugte sich übertrieben und deutete wie ein Gaukler mit ausladender Geste auf die Tür hinter sich.

Marnion warf ihm einen misstrauischen Blick zu, bevor er auf die Tür zu marschierte. ›Fuxfell‹ und ›Sturmfels‹, die während des Gespräches keine Miene verzogen hatten, blickten Zoltan noch eine Weile nach, als dieser mit Praiodin das Kontor verließ.

Draußen seufzte der Novize. »Was für hochnäsige Tölpel. Die denken wohl, sie hätten alle eine Kaiserkrone auf. Aber ich frage mich schon, was sie hier wollen.«

Praiodin schlug vor: »Vielleicht sind sie auch misstrauisch geworden wegen des Quästors?«

»Könnte sein. Oder vielleicht verfolgen sie uns. Um sicherzugehen, dass ich nichts tue, was ihre Operation stört. Andererseits, warum platzen sie dann ins Kontor? Wollen die mich reizen und zu etwas verleiten? Schon eigenartig. Ich weiß auch nicht. Na, Orik, brav gewesen?«

Bei den Wartenden angekommen, kraulte Zoltan den Olporter, der hechelnd neben Mara-Lumea saß und sich suchend nach Futter umsah. Mara blickte besorgt drein.

»Habt Ihr Nemrods Leute getroffen?«

»O ja, das habe ich. Stolz wie der Hahn auf dem Mist. Ich hoffe, wir treffen sie heute nicht mehr allzu häufig. Dieser Marnion ist eine sehr anstrengende Gesellschaft.«

»Was war denn das mit dem Erzkanzler von Brabak vorhin, Euer Gnaden?«

»Ach, das habe ich in Beilunk aufgeschnappt. In der Inquisition ist die Geschichte recht bekannt. Es ist ja nicht allzu häufig, dass der Anführer einer Dämonen-Akademie verkleidet durchs Mittelreich reist. Das ist aber auch schon drei oder vier Jahre her.«

»Euer Gnaden?«, fragte Mara dazwischen. »Glaubt Ihr, die Agenten suchen nach diesem verschwundenen Zauberer, nach dem der Baron vorhin fragte?«

»Ach ja, richtig, dieser Zauberer aus Rashdul!«, fiel es Zoltan wieder ein. »Das kann natürlich sein. Aber warum dann hier?«

»Vielleicht ist er mit einem Bärenfang-Schiff gekommen?«

»Möglich. Aber das ist Spekulation. Kann uns auch gleich sein, wir haben andere Sachen zu tun. Aber erst wird gegessen, schlage ich vor. Diese Verhöre machen mich immer hungrig. Eine Ecke zurück gab's leckere Pasteten, ich denke, wir versuchen es da.«

Unter zustimmenden Kommentaren der Bannstrahler saß Zoltan auf.

Gestärkt mit warmen Pasteten und verdünntem Wein (und in Oriks Fall mit Schlachtabfällen von einem Metzger), begab sich die Inquisition auf den Weg zur nächsten Befragung. Der Inquisitor war beim Essen mit Mühe und Not den Fragen Mara-Lumeas ausgewichen, die mehr über Oberst Atrappico wissen wollte.

Die zweite Schwester Solarians im Borontempel ausfindig zu machen, war nicht weiter schwierig. Allerdings konnte auch diese Dame nicht viel zur Aufklärung der Sache beitragen, denn sie traf sich ebenfalls kaum mit ihrem Bruder. Die Geweihte erklärte Zoltan in vorsichtigen Worten, dass sie den Lebenswandel Solarians nicht für vereinbar mit seiner Kirche hielt, aber was sie damit meinte, konnte Zoltan ihr nicht entlocken.

Zumindest nannte sie dem Inquisitor noch drei weitere Bekannte des Quästors. Damit hatte er jetzt vier Namen auf seiner Liste: die drei, die man ihm eben aufgezählt hatte, und den Medicus, den Illumara bereits erwähnt hatte. Also machte sich Zoltan an die Arbeit. Als er sich erneut durch die Menge des Volksfestes drängte, das ihm nach dem Besuch im Borontempel besonders laut und heiter erschien, fühlte er sich so manches Mal verlockt, sich den allgemeinen Feierlichkeiten anzuschließen. Doch die Aussicht, mit genügend Zeugenaussagen endlich den Quästor als Gestaltwandler überführen zu können, war noch besser. Außerdem war er schließlich ein Mann der Kirche und kein Soldat mehr... nun ja. Er hatte gewusst, worauf er sich einließ. Für den Dienst am Herrn musste man eben andere Dinge aufgeben.

Der erste Zeuge, ein Tischlermeister, war gerade dabei, seinen Laden zuzusperren. So hatte der Inquisitor Ruhe, ihm einige Fragen zu stellen. Zoltan legte besonderen Wert darauf, sich freundlich von dem Tischler zu verabschieden, sodass die Nachbarn nicht denken mochten, die Inquisition habe ihn im Blick. Die Befragung selbst war recht ergiebig, denn der Tischler erwähnte einige Situationen, in denen Solarian ihm ungewöhnlich vergesslich oder durcheinander erschien. Außerdem war der Quästor in letzter Zeit weniger sittenstreng aufgetreten als zuvor, was Zoltan als ein Indiz dafür deutete, dass der Gestaltwandler die Kirche als moralisches Vorbild zerstören wollte. Vielleicht war die ganze Angelegenheit mit dem Trinken im Hinterzimmer ohnehin Teil des Planes, die Gemeinschaft des Lichts zu diskreditieren? Nicht nur, dass eines Tages mehrere Offiziere korrumpiert wären, nein, auch ein Geweihter des Herrn Praios würde als Trinker und Spieler an den Pranger gestellt werden. Listig, listig. Solche Ränke hätte Zoltan dem Gestaltwandler gar nicht zugetraut, er stellte sich als ein immer gefährlicherer Gegner heraus.

Mit einigen vollgeschriebenen Blättern unter dem Arm verließ der Inquisitor den Tischler, um den zweiten Zeugen zu befragen. Dieser jedoch war auf dem Fest unterwegs, wie Zoltan gesagt wurde, der ihn daraufhin ganz von der Liste strich. Es war hoffnungslos, in dem Trubel jemanden zu finden.

Der dritte Zeuge, ein Händler oben in Leuingen, war zum Glück anwesend. Zoltan, die drei Ordenskrieger und Orik fanden eine große Villa am Hang vor, von der aus der Blick über den Darpat im Norden, die Felder im Westen und die Magierschule sowie den Kriegshafen an den Klippen im Osten schweifen konnte. Die Gruppe wurde nach einer kurzen Wartezeit mit dem Hausherrn bekannt gemacht, der etwas unruhig war, als er Zoltans Fragen beantwortete, aber dem ersten Zeugen, dem Tischler, komplett widersprach. Nach einigem Nachfragen stellte sich dann heraus, dass der Händler ein schlechtes Gewissen hatte, weil er eine Mohafrau in Diensten hatte, die offensichtlich nichts von den Zwölfgöttern hielt, sondern seltsame Geister anbetete. Der Inquisitor erklärte dem Händler, dass dies nicht ginge, in Sichtweite des wichtigsten Rondratempels und des Schwertes der Schwerter. Der Händler solle morgen einen Geweihten holen, der die Dienerin zum richtigen Glauben bekehre, ansonsten müsse er, Zoltan, noch einmal wiederkommen und drastischere Maßnahmen bezüglich dieser Wilden ergreifen.

Der Händler beteuerte alles Mögliche, aber als Zoltan wieder zum eigentlichen Gesprächsgegenstand zurückkehrte, nämlich Solarians Benehmen, konnte der Mann immer noch keine weiteren Angaben machen. Er widersprach sogar einigen Aussagen des Tischlers; so habe Solarian immer schon eine freizügige Auslegung der Gebote der Kirche gepflegt, habe auch schon immer gerne Radieschen verzehrt und so weiter. Zoltan hakte mehrfach nach, ging in die Einzelheiten, wiederholte Fragen, überraschte mit Themenwechseln und Anschuldigungen, zitierte den Verhörten falsch, um einen Widerspruch herauszufordern. Kurz: Er erprobte alle gängigen Techniken des Verhörs, wie man sie ihm in Gareth und Beilunk beigebracht hatte.

Derweil führte Mara-Lumea unermüdlich Protokoll, während Praiodin und Alrik vor den zwei Türen des Salons Wache hielten. Orik hatte wie immer den einfachsten Teil übernommen, nämlich das Schlafen unter dem Tisch. Zoltan dachte mehrmals daran, dass er gerne für eine Weile mit dem Hund tauschen würde: Unter dem Tisch auf dem Teppich zu dösen, an Mara-Lumeas schlanke Beine gelehnt, während Orik um den Hausherrn herumlief und in Abständen bellte. Aber da war leider nichts zu machen, auch wenn ein Platz zu Maras Füßen gewiss seinen Reiz hatte.

Das war wohl vorerst außer Reichweite. Vielleicht ergab sich auf der Rückreise ja noch die Gelegenheit zu einem etwas angenehmeren Zwischenspiel mit einer Dame. Aber jetzt musste er erst dieses Verhör fortsetzen.

Nach geraumer Zeit, während der die Schatten ein gutes Stück auf dem Boden zurückgelegt hatten, beschloss Zoltan, dass hier nichts mehr zu holen war. Die Einzelheiten des Verhaltens Solarians hatten sich nur zu einem Teil aufgeklärt, anderes hingegen war noch verworrener geworden. Der Inquisitor ließ die Papiere einpacken und befahl den Abmarsch. Bei den Pferden steckte Mara-Lumea die Seiten mit dem jüngsten Verhörprotokoll zu den bisherigen Aufzeichnungen, die bereits ein Bündel von einer halben Handbreit Höhe ergaben. Zoltan graute es schon davor, alles zu prüfen, zu sortieren und einzuordnen. Die Erklärung des Ablage- und Kennzeichnungsverfahrens der Inquisition hatte mit Übungen rund drei Tage beansprucht, ohne das Auswendiglernen der Abkürzungen und Kategorisierungen. Aber wer wusste schon, wozu all diese Pergamente dereinst gut sein würden? Einer von Zoltans Mitschülern hatte ihm damals zugeraunt, dass er einige Zeit zuvor geholfen habe, hundert Jahre alte Protokolle zusammenzutragen, um über die Heiligsprechung eines längst verstorbenen Inquisitors zu befinden. Also, wer konnte schon wissen, wer diese Papiere einmal lesen würde? Vielleicht schriebe sogar jemand seine Lebensgeschichte, wenn er ein berühmter Inquisitor im Dienst der Kirche gegen die Schwarzen Horden geworden war.

Beim Aufbruch von der Villa des Händlers überprüfte Zoltan noch einmal sein Gepäck. Die Verhörprotokolle, die Praioskrause und Handschellen, ach, hier war die Halsgerichtsordnung gelandet, hier drüben das Wurfbeil, das er schon ewig nicht mehr gebraucht hatte, Handschuhe und noch ein rotes Stirnband, der neue Regenumhang, den er neulich gebraucht hätte, und ein Knochen für Orik. Alles in Ordnung, alles vorhanden, also konnten sie fortreiten. Als sie die Klippe hinabritten, tauchten Zoltan und seine Begleiter langsam wieder in den Trubel des Volksfestes ein. Gegen Abend würden dann fast alle Gaukler, Musikanten und Straßenverkäufer nach Efferdgrund ziehen, um dort die Teilnehmer der ›Flottenparade‹ der bunten Lichter zu beköstigen und zu unterhalten. Und er, Zoltan, musste unbestimmten Hinweisen nachgehen und langwierig Leute nach halb vergessenen Kleinigkeiten ausquetschen. Wie einfach wäre es doch gewesen, den Quästor gleich festzunehmen und im Tempel seine Verderbtheit zu offenbaren! Aber da war Luminon vor.

Jetzt hätte Zoltan gerne seine kleinen Strategiefiguren gehabt. Langsam schwirrte ihm der Kopf vor lauter Theorien. Wenn er die KGIA draußen ließ, dann war das Bild klar und Solarian der Täter. Keine Frage! Es fehlte nur noch ein Zeuge mit entsprechendem Leumund, um den Hochgeweihten Luminon von der Handfestigkeit des Verdachtes zu überzeugen und das Verfahren zu beginnen. Wenn allerdings der Baron ins Spiel kam und damit dessen unbekannte Beweggründe und Unternehmungen, dann fühlte Zoltan sich im Nebel verloren. Es kam immer wieder alles auf die Frage zurück: Warum wohnte der Baron ausgerechnet beim Quästor?

Hoppla! So etwas Dummes. Jetzt hatte er die ganze Zeit völlig vergessen, einen der Bekannten des Quästors zu fragen, ob Solarian mit Nemrod bekannt war. Das war doch die entscheidende Frage gewesen, um herauszufinden, ob der Baron einen Verdacht hatte oder nicht.

Zoltan rief sich noch einmal alle Theorien in Erinnerung, die er sich über das Auftauchen Nemrods und dessen Verhältnis zum Quästor zurechtgelegt hatte. Wieder und wieder überdachte er seine Vermutungen. Der Quästor, die Glücksspieler, der Baron und seine Leute... Augenblick, da stimmte etwas nicht.

Zoltan drehte sich im Sattel um. Er war froh, die Bannstrahlritter bei sich zu haben, mit denen er seine Vermutungen besprechen konnte. Auf sich allein gestellt, hätte er schon längst den Überblick verloren.

»Mara?« Er winkte die schöne Kämpferin heran.

Mara-Lumea sah auf und hinkte neben Zoltans Pferd. Dieser beugte sich hinab und sagte leise zu ihr: »Mara, da ist ein Haken an der Theorie über den Baron und den Quästor.«

Er sah sich um, saß ab und führte sein Pferd einige Schritte in eine ruhige Seitenstraße. Praiodin bedeutete Alrik, am Anfang der Gasse zu warten, während er selbst sein Pferd an Zoltan und Mara vorbeilenkte und von der anderen Seite her sicherte. Die Geschäfte in dieser Straße waren geschlossen, die Läden verriegelt, und nur am anderen Ende der Gasse waren Menschen zu sehen, die gerade ein Haus verließen. Auf den Dächern gurrten die Tauben, wurden aber von der Musik aus der Hauptstraße fast übertönt.

»Folgendes: Der Baron muss doch spätestens seit neulich abend gewusst haben, dass wir den Quästor verdächtigen. Wir haben so viel Aufruhr in der *Bärenhöhle* verursacht, dass er davon Wind bekommen haben muss. Also, warum hat er nicht schon selbst Solarian untersucht und ihn als Dämon enttarnt?«

Mara machte ein grübelndes Gesicht, fasste sich dann tastend mit der Hand an den Verband über der Stirn.

»Oh, das ist doch klar, Euer Gnaden. Nehmen wir an, es ist so, wie der Baron sagt, und sie sind befreundet. Dann wird Nemrod den Verdacht als lächerlich verwerfen.

Und wenn Nemrod nur zufällig bei Solarian wohnt, wie Ihr glaubt, dann ist er vielleicht wirklich misstrauisch geworden, aber vor dem falschen Quästor darf er sich nichts anmerken lassen. Er hat so getan, als fände er den Verdacht lächerlich, um den Dämon in Sicherheit zu wiegen. Und dann hat er seine Leute auf Nachforschungen ausgeschickt, deshalb treffen wir sie dort, wo wir uns auch umhören. Sie suchen ebenfalls nach Beweisen, um den Quästor zu überführen.«

»Ah! Sehr gut mitgedacht, Mara. Das heißt, wir müssen schneller sein als er. Ziemlich mutig von ihm, den ganzen Tag lang Tür an Tür mit diesem Ungeheuer zu warten, bis seine Leute zurück sind, ich muss schon sagen.«

»Vielleicht hat er ja einen Zauberer dabei«, meinte Mara-Lumea, wobei sie ›Zauberer‹ mit verächtlichem Unterton aussprach.

»Unklug von ihm. Also, dann los. Wir sind ein gutes Gespann, Mara, ich arbeite gerne mit dir zusammen.«

Mara erwiderte Zoltans Lächeln. Ermutigt streckte er die Hand aus, verharrte aber auf halber Strecke.

»Wie geht es deiner Nase?«

»Oh, es ist nicht schlimm, Euer Gnaden. Ich sehe schrecklich aus, aber es schmerzt kaum noch.«

»Nicht doch, du bist bezaubernd wie immer.«

Mara-Lumea lächelte, es war ein hinreißendes Lächeln, trotz Kopfverband und geschwollener Nase.

»Sollten wir nicht den nächsten Zeugen vernehmen, Euer Gnaden?«

Zoltan wachte aus seinen Gedanken auf: »Äh, ja.« Dann, lauter: »Es geht weiter!«

Nun ging es dem letzten Verhörkandidaten auf der Liste entgegen. Die vier umrundeten den Rahjatempel, ritten fast am Praiostempel vorbei und drängten sich durch die Menge langsam dem Hafen zu. Die Sonne stand schon tief und würde bald hinter der Stadtmauer und den Häusern im Westen verschwunden sein. Langsam wurde es Zeit, die Angelegenheit zu beenden. Ein wenig ungeduldig und die gute Laune der Feiernden nicht beachtend, ritt der Novize durch das Gedränge, in dem die ersten Laternen aufschienen.

Die Tuchstraße war eine kleine Gasse zwischen Ingerimmtempel und der alten Fasanerie. Nur wenige Menschen verirrten sich hierher, die meisten drängten die Hauptstraßen hinunter, wo mehr Zerstreuung geboten wurde. Zoltan hielt vor dem Haus des Medicus an und befahl Alrik Wutkieser, die Pferde neben dem Haus festzubinden, wo ein Unterstand mit Tränke und Heukrippe zu finden war. Dann klopfte der Inquisitor an die Tür des alten, schmalen Fachwerkhauses, aber ohne große Hoffnung, denn die meisten Fensterläden waren geschlossen. Vermutlich wegen des Feiertags.

Als sich nichts tat, drückte Zoltan gegen die Tür, die sich öffnen ließ. Er warf einen vorsichtigen Blick hinein und betrat dann das Haus.

Der erste Raum hinter der Tür war ein Wartezimmer mit ein paar Bänken und Stühlen, die mit geschnitzten Störchen verziert waren. Steinbecker schien ein guter Heiler zu sein, denn an der Wand prangte ein großes, detailreiches Gemälde, ein Panorama. Es zeigte kranke Menschen, die, mit Geschwüren übersät, an Krücken oder auf Bahren getragen, von links aus einem Wald ins Bild kamen. In der Mitte saß ein Heiliger an einem Teich, in dem mehrere Störche standen, und nahm den Kranken durch Handauflegen ihre Gebrechen. Die rechte Hälfte des Bildes zeigte tanzende, ballspielende und musizierende Leute auf einer Blumenwiese, die sich ihrer wundersamen Genesung freuten.

Der Medicus schien am heutigen Feiertag niemanden zu empfangen, denn der Raum war leer. Auch das folgende Zimmer, wo die Patienten behandelt wurden, schien verwaist, nicht einmal die Fensterläden waren geöffnet, sodass nur einzelne Sonnenstrahlen hineinfielen und metallische Gerätschaften aufblinkten. Zangen, Schröpfköpfe, Kräutertiegel und Verbände warteten still auf ihren Einsatz, der Behandlungsstuhl mit den Hand- und Fußfesseln stand einladend bereit. Zoltan schloss die Tür wieder und überließ die Geräte der Dunkelheit und Stille.

Mara-Lumea hatte derweil eine andere Tür geöffnet, die in einen kurzen Gang führte. Mit gezogenem Schwert trat sie ein Stück in den Flur hinein und sagte leise nach hinten: »Hier geht es weiter, Euer Gnaden.« Orik war ihr vorsichtig gefolgt, und sein leises Knurren alarmierte Zoltan. Er zog leise, leise sein Schwert aus der Scheide. Als Alrik Wutkieser den Warteraum von draußen betrat, wies er ihn flüsternd an: »Mach die Tür zu, Alrik, und spann deine Armbrust. Hier ist etwas im Argen.«

Alrik schloss die Tür und sperrte den entfernten Festlärm aus. Praiodin, der auf ein Zeichen Zoltans gewartet hatte, zog nun auch seine Waffe. Er folgte Mara und Orik in den Gang, Zoltan schloss hastig auf. Die Kriegerin und der Hund erklommen langsam die Treppe, das einzige Geräusch im Haus war das Knarren der hölzernen Stufen.

Oben angekommen, ließ Mara-Lumea ihr Schwert sinken und rief hinunter: »Ich habe den Medicus gefunden. Fragen können wir ihn nichts mehr.«

Praiodin und Zoltan eilten die Treppe hinauf, der bedrückt dreinschauenden Mara entgegen, die Orik mit der linken Hand festhielt und sich mit der Rechten auf das Treppengeländer stützte. Dann standen die drei um die Leiche eines Mannes in Nachtmütze und Nachthemd herum. Unter der Mütze schaute leicht ergrautes Haar hervor, die bloßen, dürren Beine schienen abgewinkelt, daneben lag ein Paar Hausschuhe. Mit aufgerissenen Augen und aus dem Mund hängender Zunge starrte der tote Medicus in die Luft. Zoltan kniete neben dem Toten nieder, verscheuchte einige Fliegen und schloss ihm die Augen.

»Lasst uns für ihn beten«, befahl der Inquisitor. Die beiden und Alrik, der inzwischen die Stufen erklommen hatte, knieten ebenfalls nieder.

»Herr Boron, schweigender Hirte der Seelen. Geleite diesen Mann, Acolon Steinbecker, sicher über das Nirgendmeer und weise ihm das Paradies der Herrin Peraine, so er es verdient hat. Möge er Frieden und Seligkeit finden.«

Schon hob Zoltan den Blick wieder und erklärte: »Also, sehen wir mal, ob wir Hinweise finden können. Wie ist er gestorben? Ich sehe hier am Hals rote Male. Außerdem liegen seine Schuhe nicht so, als wäre er zum Beispiel gestolpert. Alles deutet darauf hin, dass er erwürgt wurde.«

»Und hier, Euer Gnaden,« ergänzte Mara-Lumea, »liegt ein Kerzenhalter auf dem Teppich. Da sind schwarze Brandspuren, also hat die Kerze wohl eine kurze Zeit brennend auf dem Boden gelegen. Die Kerze selbst ist zerquetscht. Der Mörder hat wohl erst den Medicus erwürgt und dann das Feuer ausgetreten.«

Praiodin fügte hinzu: »Und es muss in der letzten Nacht passiert sein. Wenn er seit gestern Nacht hier läge, also fast zwei Tage, dann wäre die Verwesung weiter fortgeschritten. Außerdem liegt er hier im Flur. Wahrscheinlich ist der Mörder ins Haus eingebrochen. Dabei wurde Steinbecker wach und ist aufgestanden, um nachzusehen, was vor sich ging.«

»Stimmt. Wir sollten uns unten die Türen und Fenster ansehen, ob sie aufgebrochen worden sind. Aber das erklärt immer noch nicht… Leise!«

Zoltan hob einen Finger an die Lippen. Orik sah auf und knurrte leise. Unten war ein Geräusch zu hören gewesen. Womöglich Schritte. Der Inquisitor flüsterte Anweisungen: »Praiodin, Alrik, dort ins Zimmer. Mara, wir hier hinein. Wenn jemand die Treppe heraufkommt, abwarten und Ruhe bewahren.«

Sie standen leise auf und schlichen in die zwei nächstgelegenen Zimmer. Zoltan zog Orik hinter sich her und schärfte ihm flüsternd ein: »Kein Ton, Orik, still!«

Dann lehnte er die Tür an, um noch einen Teil des Flures sehen zu können. Zum Glück war das Zimmer, in dem sie sich versteckten, ebenfalls dunkel.

Um auch durch den Türspalt sehen zu können, rückte Mara näher an Zoltan heran. Dabei legte sie die linke Hand auf seine rechte Schulter. Der Inquisitor bewegte sich keinen Fingerbreit.

Jemand kam die Treppe hinauf. Zoltan zählte mit, wie oft die Stufen knarrten. Achtmal, dann gab es eine längere Pause, danach ein metallisches Scharren. Das Knarren setzte wieder ein, aber jetzt mit einem Echo. Eine zweite Person hatte die Treppe betreten.

Schließlich waren die zwei Eindringlinge im oberen Stockwerk angekommen und jemand flüsterte kühl: »Tja, den können wir wohl nichts mehr fragen.«

Einer der beiden trat an der Leiche vorbei und damit in Zoltans Blickfeld. Er erkannte eine große Gestalt in Lederhut und dunklem Mantel. Daraufhin konnte er ein leises Seufzen nicht unterdrücken.

Die Gestalt im Mantel wirbelte herum, ein Schwert in der Hand, und sprang neben die Tür. Noch mehr hastige Schritte und Poltern verkündeten allgemeinen Alarm.

Zoltan öffnete die Tür und rief laut: »Praios zum Gruße, Marnion!«

Osterbert Marnion ließ sein Schwert sinken, die sogenannte Alrike Fuxfell, die neben der anderen Tür stand, tat es ihm gleich. Kenrod Sturmfels, der auf halber Treppe stand und mit einer kleinen Armbrust nach oben gezielt hatte, verließ seine Deckung und brachte die letzten Stufen hinter sich. Auch Praiodin und Alrik verließen den anderen Raum und stellten sich neben Zoltan.

Marnion steckte sein Schwert ein. »Langsam reicht es mir aber! Was tut Ihr schon wieder hier? Seid froh, dass wir Euch nicht diesen Mord hier anlasten!«

»Oh, wie entgegenkommend von Euch!«, giftete Zoltan zurück. »Leider sind wir immer noch bei unseren Ermittlungen, und wir waren schon wieder als Erste hier. Ich sollte lieber Euch fragen, was Ihr hier macht.«

»Das ist der Heiler des Quästors Solarian, unseres Gastgebers«, gab Marnion gelangweilt zurück. »Oder war es einmal. Wir tun nur unserem Gastgeber den Gefallen, nach seinem Medicus zu suchen. War ja auch…«

»Eurem Gastgeber!«, lachte Zoltan auf. »Das hier ist der letzte Beweis, der noch fehlte. Euer feiner Gastgeber, der Quästor und Praiosgeweihte Solarian, ist ein Gestaltwandler im Dienst des Dämonenmeisters!«

Marnion, Fuxfell und Sturmfels sahen sich ungläubig und mitleidig an.

»Ja, gafft Euch nur nicht so an! Es ist doch alles klar! Er hat Angst, von Euch enttarnt zu werden. Deshalb hat er eine Erkrankung vorgetäuscht. So muss er nicht so viel mit Euch reden und kann sich auch nicht so schnell verplappern. Natürlich muss ihn dann sein Heiler besuchen. Und damit der nicht feststellt, dass Solarian gar nicht krank ist, hat er ihn in der letzten Nacht beseitigt! So gibt es niemanden mehr, der ihn entlarven kann.«

Marnion seufzte und stützte sich mit einer Hand an der Wand ab.

»Welch ein Unfug! Solarian kann gar kein Dämon sein. Ihr von der Inquisition seht doch überall Hexen und Dämonen. Ihr habt Euch sehr schnell bei diesen Leuten eingelebt, Zoltan, das muss ich zugeben.«

»Das glaube ich aber nicht!«, gab Zoltan scharf zurück. »Ihr solltet Euch lieber darüber Gedanken machen, wie Ihr diese Bedrohung in Eurer Mitte bekämpft, und da ist die Inquisition Eure beste Hilfe. Ich kann Euch dieses Monster vom Hals schaffen, aber Ihr behindert mich andauernd. Es ist in Eurem eigenen Interesse, mit mir zusammenzuarbeiten, seht das doch endlich ein! Solarian ist eine Kreatur der Niederhöllen!«

Müde erklärte Marnion: »Das ist er nicht. Alrike?«

Die Frau, die sich Alrike Sturmfels nannte, trat vor und zeigte ihre rechte Handfläche, auf der ein verschlungenes Wappen eingebrannt war. »Akademie der Magischen Rüstung. Ich habe nicht die geringsten Spuren von Dämonen in Solarians Haus gefunden.«

Marnion ergänzte: »Wir sind doch auch keine Anfänger. Glaubt Ihr, wir würden in jede Falle tappen?«

Zoltan schwieg verblüfft.

Selbstgefällig fuhr der Agent fort: »Übrigens glauben wir Euch jetzt, dass Ihr weder Dämon noch Paktierer seid. Im Kontor vorhin hat Alrike Euch auch untersucht.«

In Zoltan loderte die Wut auf. Diese Schlampe von einer verkleideten Hexerin hatte ihn angezaubert! Ihn, einen Inquisitor! Nicht genug, dass Marnion ihm ständig in die Quere kam, jetzt beschuldigten sie ihn, ein Verräter zu sein! Jetzt reichte es!

»Das darf doch nicht wahr sein!«, brüllte Zoltan mit rotem Kopf. Er ließ sein Schwert fallen und sprang vor, um die Sturmfels am Kragen zu packen. Hastig hielten Praiodin und Mara ihn an den Armen fest.

Marnion trat einen Schritt zurück. »Ihr macht es uns wirklich nicht leicht, Euch zu glauben, dass Ihr nicht auf der Seite des Gegners steht.«

Er tippte sich mit dem Finger an die Stirn und wurde lauter.

»Bei Hesinde, denkt doch einmal nach! Ihr, der Ihr nach dem Gestaltwandler sucht, seid doch das nächste Opfer für Euren Gegner! Und genau von Euch hätte sich der Quästor vorgestern auch die Duglumspest holen können!«

Der Inquisitor war verblüfft. Er schüttelte Praiodins und Maras Hände ab und fragte entgeistert: »Duglumspest?«

»Ja.« Marnion setzte sich auf eine Kommode. »Die ersten Anzeichen. Es weiß nur noch niemand, nicht einmal sein Diener. Alrike hat es bemerkt. In ein paar Wochen wird er unter Qualen sterben und in der Seelenmühle gemartert werden. Wir müssen ihn wohl bald töten und geweiht begraben.«

Er sah auf und blickte Zoltan mit düsterer Miene an. »Aber genau deshalb befragen wir seine Nachbarn und Bekannten. Um herauszufinden, woher er die Krankheit hat und wen er noch ansteckte. Euch jedenfalls nicht.«

Zoltan zog sich einen Schemel heran und setzte sich niedergeschlagen neben den toten Medicus.

»Augenblick mal. Der Quästor ist gar nicht der Schuldige, er ist überhaupt kein Gestaltwandler, sondern ein ganz gewöhnlicher Mensch?«

»Ja. Ganz genau. Ihr seid hinter dem Falschen her. Ich weiß zwar nicht, wie Ihr darauf gekommen seid, aber Solarian ist ganz bestimmt nicht der, den Ihr sucht.«

Zoltan starrte eine Weile auf den Brandfleck im Teppich.

»Dann habe ich hier nichts mehr verloren. Kommt, Leute, wir gehen.«

Er erhob sich, nahm sein Schwert auf und ging bedrückt die Treppe hinunter. Hinter ihm murmelte Mara-Lumea feindselig: »Euer Zeuge, Marnion.«

Unten, im Halbdunkel des Vorraums, hielt Zoltan inne und schüttelte langsam den Kopf. Dann stützte er die Spitze des Anderthalbhänders, den er immer noch in der rechten Hand trug, auf einen Stuhl, biss die Zähne zusammen und strich mit dem linken Unterarm vorsichtig über die Schneide. Eine rote Spur blieb auf dem Metall und auf Zoltans Unterarm zurück.

»Jetzt hast du deinen Teil, Shilasir«, flüsterte Zoltan. »Diesmal ist es nicht so viel, wie du gewohnt bist. Aber vielleicht bekommst du schon bald mehr.«

Während seine Soldaten betreten an der Tür warteten, griff sich der ehemalige Soldat ein Stück Verband aus dem Behandlungszimmer und wischte schnell über die Waffe und seinen Arm. Dann steckte er Shilasir wieder in die Scheide auf dem Rücken und wickelte im Hinausgehen einen langen Streifen Verbandsstoff um den linken Unterarm.

6.

Verräter

*Perricum, 1. Efferd, im 27. Jahr
nach Kaiser Hals Krönung. Abends*

Ohne ein Wort zu sagen, holten der Inquisitor und die Bannstrahler ihre Pferde aus dem Unterstand hervor und gingen langsam die Straße hinunter. Zoltan bemerkte, dass seine Leute unbehagliche Blicke wechselten, achtete aber nicht weiter auf sie und ging wütend voran.

Warum passte das alles nicht zusammen? Warum war Solarian kein Gestaltwandler? Alles, aber auch alles hatte darauf hingedeutet. Solarians Spielleidenschaft, seine Erkrankung, die Berichte der anderen Geweihten, die Aussagen der Bekannten über seltsames Verhalten.

Mara-Lumea holte Zoltan ein. »Euer Gnaden? Euer Gnaden, ich glaube, ich weiß, warum wir auf eine falsche Spur gelenkt wurden.«

»Ach ja?«, fragte Zoltan lustlos nach.

»Ich glaube, Solarian arbeitete für die Informationsagentur. Deshalb hat er sich mit den Offizieren auf Spielen und Trinken eingelassen, und deshalb war er etwas seltsam. Oder die Agentur hat herausgefunden, dass er gerne heimlich ins Hafenviertel geht, und hat ihn erpresst, für sie zu arbeiten. Erinnert Ihr Euch, der Hafenmeister erzählte doch, dass Solarian irgendwann viel neugieriger wurde. Das dürfte zu dem Zeitpunkt gewesen sein, als die KGIA ihn angeworben hat. Was haltet Ihr davon?«

Zoltan hatte mit wachsendem Interesse zugehört und war dabei immer langsamer gegangen.

»Das klingt einleuchtend, ist aber nur ein schwacher Trost. Jetzt stehe ich wieder ganz am Anfang.«

Er blieb plötzlich stehen und zeigte auf Mara.

»Warte! Irgendetwas haben wir richtig gemacht! Warum sonst der Überfall gestern? Der ist doch nur erklärbar, wenn wir dem Übeltäter schon auf der Spur waren! Warum sollten diese Fischkreaturen sonst plötzlich aus dem Meer auftauchen, uns angreifen und wieder verschwinden? Noch dazu war dies das erste Mal, dass sie sich in der Stadt gezeigt haben, und ab sofort sind wir vor ihren Angriffen gewarnt. Das Überraschungsmoment haben sie bestimmt nicht nur wegen einer Kleinigkeit aufgegeben, sondern weil der Dämon sie zur Hilfe gerufen hat. Stimmt's?«

Mara überlegte. »Das stimmt. Gestern müssen wir dem Übeltäter noch auf der Spur gewesen sein, zumindest hat er das gedacht. Wenn ihm klar gewesen wäre, dass wir die ganze Zeit Solarian verfolgen, dann hätte er ja ganz beruhigt sein können und gar nicht eingreifen müssen. Aber er muss Angst bekommen haben, weil wir ihm unabsichtlich nahe gekommen sind.«

»Das passt!«, rief Zoltan. »Dann hat er uns letzte Nacht überfallen lassen, um uns aus dem Weg zu räumen oder wenigstens Zeit zu gewinnen. Und anschließend hat der Verräter selbst den Medicus getötet, um den Verdacht gegen den Quästor zu verstärken! Nur wusste er nichts von der Informationsagentur und davon, dass diese für den Quästor bürgen würde oder ihn sogar in ihren Diensten hatte. Langsam fügt sich alles zusammen.«

Praiodin trat dazu, nachdem er sich soeben eine Fackel angezündet hatte.

»Es wird dunkel, Euer Gnaden. Wir müssen bald Rondriager ablösen.«

»Einen Augenblick noch, Praiodin. Ich habe es gleich durchschaut. Da fehlt noch etwas. Ich glaube, dass wir gestern schon dem Verräter auf der Spur waren, sodass der Gegner erst diese Fischwesen auf uns gehetzt hat und danach Medicus Steinbecker umbrachte, um Solarian in Verdacht zu bringen und von sich selbst abzulenken.«

Mara ergänzte: »Und Solarian arbeitete für die Informationsagentur, glaube ich. Deshalb vertraut der Baron ihm, deshalb sind sie bei ihm einquartiert.«

Praiodin runzelte die Stirn. »Meinst du, er trieb sich im Auftrag der Agentur im Hafen bei diesen zwielichtigen Gesellen herum? Was wollten die denn über die spielfreudigen Offiziere der Flotte herausfinden?«

»Natürlich«, sagte Zoltan leise. »Sonnenklar. Sie haben genau denselben Verdacht. Sie suchen auch nach Verrätern, aber nicht unter den Geweihten, sondern in der Flotte. Und da sie niemandem trauen, auch nicht der hiesigen KGIA, denn die hat ihr Quartier schließlich selbst im Kriegshafen, haben sie ortsfremde Agenten hierher geholt und einheimische Zuträger angeworben. Solarian war einer von diesen Zuträgern. Der Baron sucht genau wie wir nach Verrätern.«

Alrik, Mara und Praiodin nickten. Letzterer hob ratlos die Schultern.

»Aber wer ist der Verräter? Es muss doch jemand sein, der wusste, dass wir uns gestern im Hafen befanden. Da gibt es nicht viele, allen voran dieser Rondriager.«

Zoltan winkte ab. »Rondriager? Er hätte gestern nichts weiter tun müssen, als einige Minuten später auf der Mole aufzutauchen. Dann wäre es mit uns zu Ende gewesen. Nein, er hat uns aus dem Schlamassel gerettet, da besteht kein Zweifel. Ich wüsste auch nicht, was er für einen Vorteil hätte, wenn er sich uns gegenüber als der große Retter aufspielte, indem er seine Verbündeten, die Fischmenschen, massakrierte. Nein, er kann es nicht sein, das glaube ich nicht.«

»Und Illumara?«, schlug der Bannstrahler vor.

»Nein, sie ist kein lohnendes Opfer für den Gegner, sie ist in keiner Machtposition.«

Mara-Lumea grübelte: »Solarian muss den Dämon ja schon persönlich getroffen haben. Schließlich ist er erkrankt...«

Plötzlich passte alles. Die ungeordneten Fakten fügten sich zusammen, das Bild aus tausend Bruchstücken verwob sich zu einem Muster, das komplex und verwirrend war und doch ganz offensichtlich eine Figur im Zentrum hatte. Diese Figur hatte alles in der Hand, war das Ziel der KGIA-Ermittlungen, der Ursprung der grauenhaften Erkrankung Solarians, eine tödliche Bedrohung für die Perlenmeerflotte und ein geschickter Blender, der selbst Zoltan getäuscht hatte.

»Der Hafenmeister«, flüsterte Zoltan. »Bergthann.«

Eine eisige Stille legte sich über die Gruppe. Eine Straßenecke weiter zogen festlich gekleidete Menschen mit Laternen durch die Straßen, sangen, musizierten, tranken, feierten.

Zoltan fuhr leise und sinnierend fort: »Einleuchtend. Solarian hat sich beim Hafenmeister die Dämonenpest geholt, als die beiden zusammen spielten. Vielleicht hat der Dämon es sogar darauf angelegt, weil ihm Solarian zu neugierig wurde. Er ist derjenige, den der Gegner getötet und dessen Gestalt er angenommen hat, um im richtigen Augenblick die Flotte zu verraten. Die KGIA und wir waren ihm schon dicht auf den Fersen, aber er hat uns mit freundlichem Auftreten und anderem Blendwerk getäuscht.«

Mara sah grimmig auf. Ihre braunen Augen funkelten im Fackelschein.

»Deshalb ist er gestern Nacht zu spät gekommen.

Nur Ausreden. Er selbst hat diese Monster gerufen, kaum dass wir den Turm verlassen hatten.«

»Und als wir dann das Gefecht überlebten«, ergänzte Praiodin zornig, »hat er den Medicus ermordet, damit wir auch sicher auf Solarian losgehen.«

»Bei allen Heiligen!«, rief Mara. »Als Hafenmeister hat er tausend Möglichkeiten, im Kriegshafen Schaden anzurichten, noch dazu, wenn diese Fischungeheuer seine Verbündeten sind und er sie jederzeit rufen kann.«

»Heißt das«, fragte Alrik aus dem Hintergrund mit vor Zorn bebender Stimme, »dass dieser zuvorkommende junge Mann von gestern Provolea auf dem Gewissen hat und Aktina und Zepperich auch?«

»Ja«, antwortete Zoltan knapp. »Heute haben fast alle Soldaten Ausgang. Ich fürchte fast, er nutzt den Festtag, um irgendein Unheil zu anzurichten. Schnell zum Kriegshafen! Der Bursche wird unter unseren Hieben fallen! Aufsitzen!«

Vier Reiter und ein Hund jagten durch Perricum, durchpflügten die Menschenmassen und scheuchten Gaukler zur Seite, in der Hoffnung, weiteres Unheil verhindern zu können.

Als sie den Klippenweg hinabgaloppierten, konnte Zoltan nichts Beunruhigendes erkennen. Die Schiffe lagen ruhig vor Anker, an den Toren und Wachttürmen flackerten die Lichter, kaum eine Bewegung war zu erkennen. Ein einzelnes Segelschiff wurde mit einem Ruderboot von der Einfahrt ins Hafeninnere geschleppt. Ansonsten war alles ruhig. In der *Glänzenden Münze* gab es Licht, Lärm und Bewegung. Da sich das Stadtfest um den Efferdtempel herum abspielte und nicht am Fuß der Klippe, waren nur vereinzelte Passanten zu sehen.

Während des Rittes hatte Zoltan nachgedacht. Wenn

der Hafenmeister die Sabotage der Flotte plante, dann war dies wohl genau der richtige Zeitpunkt. Kaum ein Mensch war im Hafen, um die üblen Machenschaften zu entdecken. Er musste sich dem falschen Bergthann alleine stellen. Soldaten hatten gegen Wesenheiten der Niederhöllen keine Handhabe, da alle üblichen Waffen gegen Dämonen keine Wirkung zeigten. Zoltans Schwert war im Beilunker Tempel gesegnet worden, ebenso wie die Waffen der Sonnenlegionäre und Bannstrahler, die die Stadt des Herrn gegen die dunklen Horden der Untoten und Dämonen verteidigen sollten. Auch seine Ritter trugen gesegnete Waffen. Dennoch musste er den Bergthann-Dämon allein besiegen. Von seinen Bannstrahlern hatte er schon zu viele Opfer verlangt.

Die vier Reiter und Orik ließen den schmalen Klippenweg hinter sich und donnerten zwischen den Fischerhütten hindurch, die sich zwischen Klippe und Kriegshafen zwängten. Vor dem Südtor riss Zoltan an den Zügeln und rief: »Heda, aufmachen, schnell! Im Namen des Herrn Praios!«

Neben dem verschlossenen Tor, das von zwei Fackeln beleuchtet wurde, erschien eine Wache vor dem Schilderhäuschen. Sie rief die Reiter an: »Wer da und was wollt Ihr?«

Zoltan holte Luft.

»Dankt dem Herrn Alverans! Die Heilige Inquisition ist eingetroffen, um Verrat und Unheil zu verhindern! Öffnet schnell, bei den Göttern!«

Der Gardist, dem offenbar nicht klar war, mit wem er sprach, antwortete gelangweilt: »Wir sind eine Garnison, Euer Gnaden, wir wissen uns zu schützen. Es gibt keine Angriffe, alles ist ruhig.«

»Das glaubt Ihr, aber nur die Diener der Gemeinschaft des Lichts können Heimtücke und Verrat an den Zwölfen erkennen und die Ketzer zerschmettern! So öffnet doch endlich, wenn Ihr eine Katastrophe verhindern wollt!«, rief Zoltan ungeduldig zurück.

Praiodin hatte derweil vom Pferd herunter seine eigenen Fackeln an der Torbeleuchtung angezündet und reichte sie an Alrik und Mara weiter. Der Wachposten sah sich die vier, die in weißer und goldener Gewandung im Lichtschein vor dem Tor standen, einen Augenblick lang an. Dann kam er zu einem Entschluss und antwortete: »Sofort, einen Augenblick!«

»Öffnet für die Inquisition!«, rief er und hämmerte gegen das Tor.

Zoltan seufzte und tastete nach seinem Schwert auf dem Rücken. Zu seinen drei Kriegern sagte er leise, damit die Wache nicht mithören konnte: »Denkt daran, Gestaltwandler sind Meister der Täuschung. Mit dem Beistand des Herrn wird es uns gelingen, das Blendwerk zu durchschauen, aber seid Euch nicht zu sicher. Er hat uns schon einmal getäuscht.«

Die drei nickten. Mara-Lumea hielt sich mit einer Hand die Hüfte. Praiodin und Alrik machten finstere Gesichter, entschlossen, wütend, ungeduldig, grimmig. Endlich konnten sie dem Verursacher des Unheils seine Schandtaten heimzahlen.

Schließlich öffnete sich ein Torflügel und zwei weitere Gardisten mit Hellebarden traten neben die Toröffnung. Ein Offizier in Begleitung eines Laternenträgers schritt vor das Tor und verbeugte sich.

»Euer Gnaden, dies ist eine ungewöhnliche Stunde, zu der Ihr Zutritt verlangt. Was ist Euer Wunsch?«

Zoltan ließ sein Pferd ein Stück vortreten.

»Ich bin Zoltan Imfelde von der Heiligen Inquisition. In euren Mauern verbergen sich Verrat und Paktierer mit den Mächten des Chaos. Wir allein können die widernatürlichen Wesen vernichten und er sollte uns jetzt ohne längeres Reden passieren lassen, damit wir retten können, was zu retten ist! Wenn wir nicht rechtzeitig zur Stelle sind, dann droht eurer Flotte die Vernichtung durch die Schergen des Feindes!«

Zoltans Ton war immer lauter und theatralischer geworden, während der Offizier mehr und mehr erblasste.

»Was geht denn bloß vor sich, Euer Gnaden, wer ist ein Verräter?«

»Sagt mir zuerst: Habt Ihr Posten ans Meer gestellt, um auf schwimmende Angreifer zu achten, wie ich heute Morgen anwies?«

»Posten am Meer? Ja, ich glaube, da war was. Ja, Euer Gnaden, heute in der Messe hörte ich jemanden davon reden.«

Der Fackelträger neben dem Offizier trat unbehaglich von einem Bein aufs andere und sah zu Boden.

»Äh...«

»Ja?«, fragte Zoltan sofort.

»Äh, Euer Gnaden, bis Sonnenuntergang waren wir noch auf Ausguck. Aber dann bekamen wir den neuen Befehl, die Posten an der Mauer zu verstärken. Weil heute viele auf Landgang sind und damit keine Betrunkenen über die Mauer klettern. Letztes Jahr haben ein paar aranische Matrosen eine Leiter genommen und sind mit...«

Zoltan unterbrach in scharfem Ton: »Wer hat den Befehl gegeben?«

»Äh, Euer Gnaden, der kam von Leutnant von Bergthann, dem Hafen...«

»Wusste ich's doch! Wahrscheinlich ist für heute Nacht ein Überfall geplant! Wo ist Bergthann jetzt?«

Der Offizier trat zur Seite.

»Die Hafenmeisterei ist das erste Haus nach der Seilerwerkstatt, das ist der lange Schuppen links an der Mauer. Aber Ihr werdet wohl kaum jemanden finden, heute sind alle auf dem Fest der bunten Lichter, Euer Gnaden.«

Der Inquisitor trieb sein Pferd an, dass es einen Satz ins Tor machte.

»Jetzt gebe er sofort Alarm, dass jederzeit ein Überfall von Angreifern aus dem Meer droht. Keine Schiffe, keine Boote, einzelne Schwimmer, aber dafür viele. Rufe er alle zusammen, die er finden kann, und besetze er die seewärtigen Mauern. Wir kümmern uns um die Verräter.«

»Das ist nicht so einfach, Euer Gnaden. Wenn es nur ein falscher Alarm ist und wir…«

»Es ist kein falscher Alarm!«, schrie Zoltan den Soldaten an. »Es gibt eine Katastrophe, wenn Er nicht schnell handelt!«

»Naja, aber es könnte…«

»Praiodin!«, rief Zoltan nach hinten. Der Weidener trieb sein Pferd an, kam näher und salutierte.

»Euer Gnaden?«

»Praiodin, sorgt dafür, dass alle verfügbaren Truppen auf die Seemauern geschickt werden. Dann kommt zur Hafenmeisterei.«

Praiodin nickte. »Jawohl, Euer Gnaden.« Dann saß er ab und baute sich vor dem Torwächter auf.

Zoltan nahm die Zügel auf und ritt durch das Torgewölbe. Orik sprang neben dem Pferd seines Herrn durch den Tunnel.

Der Kriegshafen war genauso ausgestorben wie neulich, als es wie aus Efferds Badezuber gegossen hatte. Ein oder zwei Hafenarbeiter waren hier und dort zu sehen, aber die meisten Schiffe wirkten verlassen, einzig die Möwen und hier und dort eine Wache auf einem Deck widersprachen dem Eindruck, als habe eine Seuche alle Schiffsbesatzungen und Soldaten hinweggerafft.

Neben dem Seilerschuppen hielt Zoltan sein Pferd an. Er hob die Hand, saß ab und führte das Tier zur Seilerbahn, einen hundert Schritt langen Unterstand längs des Schuppens, an dessen beiden Enden große Winden standen. Er warf die Zügel über einen Haken. Mara hatte Schwierigkeiten, aus dem Sattel zu kommen, sodass Zoltan ihr zur Hand gehen musste. Als sie dann auf den Beinen stand, sah die Ordensritterin jedoch gleich wieder fest entschlossen aus, neben Zoltan in den Kampf zu ziehen.

Der Inquisitor verteilte in sachlichem Ton letzte Anweisungen für die kommende Schlacht.

»Da drüben liegt die Hafenmeisterei. Wahrscheinlich zwei Eingänge. Mara, du nimmst die Hintertür. Steh nur Posten, falls jemand herauskommt. Nicht vorrücken. Ich nehme deine Fackel, Alrik und ich gehen durch die Vordertür. Und Orik natürlich auch. Wir sollten den Dämon besiegen können. In den Fenstern rechts neben der Tür ist Licht, also wird er dort sein und arbeiten.

Sobald er seine Gestalt aufgibt, haben wir schon fast gewonnen. Aber er kann sein Aussehen verändern, denkt daran. Gleichgültig wie er aussieht, er ist der Gegner. Lasst Euch nicht täuschen.«

Mara und Alrik nickten. Alrik setzte seine Armbrust auf den Fußboden und kurbelte sie auf.

»Also, passt auf euch auf. Mara, sei vorsichtig. Und der Beistand des Herrn Praios sei mit euch. Praios, mein Fels, auf den ich traue, mein Schild und Berg meines Heiles und mein Schutz. In deinem Namen liegt die Erlösung, ich will deine Hand sein, die Götterlosen zu vernichten. Gloria Praioni in Alverane!«

»Gloria Praioni in Alverane«, wiederholten die beiden Bannstrahler murmelnd.

»Mara, los.« Zoltan legte ihr die Hand auf die Schulter und schob sie leicht an. Mara ging leise an der Mauer entlang und verschwand hinter der Hafenmeisterei.

Zoltan richtete sich auf. »Na gut. Los geht es. Alrik,

erst auf meinen Befehl hin schießen. Wer weiß, welche Trugbilder der falsche Bergthann herbeihext, um uns zu verwirren.«

Alrik nickte. »Jawohl.«

Zoltan kramte sein Wurfbeil aus der Satteltasche hervor und schob es in den Gürtel, sodass es von seinem goldenen Umhang verdeckt wurde. Man konnte ja nie wissen. Dann wandte er sich zum Haus des Hafenmeisters und marschierte los. Er bemühte sich, die linke Hand mit der Fackel ruhig zu halten, obwohl ihm das Herz bis zum Hals schlug.

Die Hafenmeisterei war ein einstöckiges Holzgebäude, etwa dreißig Schritt breit und mit allen Anbauten ebenso tief. Nur rechts neben der Tür schien Kerzenlicht auf den Platz, alle anderen Fenster waren dunkel.

»Orik, bleib hinten, lauf nicht vor!«

Zoltan riss die Tür auf. Ein Flur, rechts eine Tür. Ohne zu zögern griff der Inquisitor nach dem Knauf und öffnete. Bergthann sprang von einem Schreibtisch auf. Rasch das Schwert ziehen, Vorsicht wegen der etwas zu niedrigen Decke. Die Einrichtung war spärlich, noch ein Tisch, zwei Schränke, ein Stuhl, viel freier Raum. Bergthann sah den Eindringling verärgert an, machte aber keine Anstalten zu fliehen.

»Gib auf, Dämonenbrut!«, rief der Inquisitor und zeichnete das heilige Zeichen der Sonnenscheibe in die Luft. »Das Licht des Herrn Praios möge dich vernichten! Per Duce Deorum, per Domine Alveranis, abvenite ad obscurum!«

»Was?«, fragte Bergthann irritiert. »Was ist denn los, Euer Gnaden?«

»Du kannst mich nicht mehr blenden, niederhöllische Kreatur, du hast Solarian mit der Dämonenpest angesteckt und den Medicus getötet! Du hast den Angriff gestern Nacht befohlen!«

Leutnant von Bergthann breitete hilflos die Arme aus. Der silberne Kürass blinkte im Fackelschein. »Euer Gnaden, ich weiß nicht, wovon Ihr redet. Man muss Euch irregeführt haben, dass Ihr mich verdächtigt. Wie kommt Ihr nur auf solche Gedanken?«

Zoltan ließ das Schwert halb sinken. Was war jetzt schon wieder los? War er erneut auf der falschen Spur? Nein! Nein! Diesmal nicht! Alles deutete auf den Hafenmeister hin. Dies war die einzige Möglichkeit. Rondriager zum Beispiel war es bestimmt nicht, weil er…

Aus dem Augenwinkel nahm Zoltan links neben sich eine Bewegung wahr. Instinktiv hob er die Fackel, um zu parieren, und machte einen halben Schritt rückwärts. Bergthann stand dort, aus dem Nichts aufgetaucht, und blickte den Inquisitor mit vor Wut verzerrtem Gesicht an. Das Schwert konnte Zoltan gerade noch abwehren. Aber Bergthann stand gleichzeitig immer noch vor ihm und lächelte freundlich! Ein Trugbild!

Ohne auszuholen führte der ehemalige Hauptmann einen schnellen Schlag mit der Rechten in Richtung Bergthann, um Platz zu gewinnen.

»Alrik! Los!«

Neben Zoltan erklang ein hölzernes Pochen und der angreifende Bergthann wurde von einem Bolzen zurückgeworfen, der metallisch auf die Rüstung schlug. Der Dämon in Menschengestalt stolperte zwei Schritte zurück, jetzt mit einer Beule im Kürass. Auch der zweite Bergthann, der eben noch freundlich mit Zoltan gesprochen hatte, hob jetzt sein Schwert und griff den Inquisitor an. Dieser ließ die Fackel fallen, packte seinen Anderthalbhänder mit beiden Händen und schwang den blanken Stahl in Bergthanns Weg, als der Gegner für seinen Angriff noch zu weit entfernt war.

Der Inquisitor traf, aber Bergthann schien den Hieb gar nicht zu spüren, stürmte weiter und schwang das

Schwert auf Zoltans Kopf zu. Dieser biss die Zähne zusammen und starrte auf den heranrasenden Stahl.

Das Schwert traf, fuhr in einem silbernen Blitz an Zoltans Augen vorbei und durch seinen Kopf hindurch. Doch es passierte gar nichts. Kein Schmerz, kein Blut, nichts. Dieser Angreifer war nur ein Blendwerk des Dämons und völlig harmlos.

Als Zoltan sich wieder dem richtigen Hafenmeister zuwandte, zwinkerte er und schüttelte den Kopf. An der Stelle, wo Bergthann sich gerade wieder aufrichtete und sein Schwert fester packte, verschwamm die Gestalt des Offiziers in Blau und Silber, teilte sich in zwei oder drei Bergthanns, die sich im nächsten Augenblick wieder vereinten, dann erneut spalteten und auseinander traten. Drei Schwertspitzen zeigten auf Zoltan, drei Bergthann-Gestaltwandler starrten wütend auf den Inquisitor. Dabei wechselten sie ständig den Ort, tanzten vor und zurück, hin und her.

Der andere Bergthann, die Illusion, schlug erneut auf Zoltan ein. Das kümmerte den Inquisitor aber nicht mehr, er hatte das Spiel durchschaut. Er hob das Schwert und führte einen gewaltigen Hieb auf die drei verschwimmenden Hafenmeister. Diese parierten den Angriff und holten ihrerseits zu einem Schlag aus. Welches der drei Schwerter sollte er jetzt parieren? Er sprang einen Schritt zurück. Die drei Waffen zerteilten die Luft, das rechte Schwert erzeugte dabei aber ein deutlich hörbares Pfeifen, als es vor Zoltans Brust vorbei sauste.

Der Angegriffene versuchte erneut eine Attacke, wobei er die rechte der drei Gestalten anvisierte. Diese teilten sich wieder und vereinten sich, dann wanderte eine nach hinten, eine zur Seite. Alle drei hoben das Schwert, doch Zoltan wechselte im Schwung die Richtung, um die Parade zu umgehen.

Das Schwert traf! Der linke Arm des falschen Hafenmeisters war verletzt und begann zu bluten. In diesem Augenblick schoss Alrik erneut und traf das Bein des Gestaltwandlers. Bergthann machte einen Schritt rückwärts und hob eine kleine Metallröhre, die um seinen Hals hing. Er hob sie an den Mund, wie um darauf zu pfeifen, doch kein Ton war zu hören.

Er rief die Fischwesen! Er brauchte ihre Hilfe! Jetzt musste der Inquisitor den Dämon schnell vernichten, damit nicht diese Kreaturen dem falschen Bergthann Gelegenheit gaben, doch noch zu entkommen.

Zu spät! Durch den zweiten Eingang liefen die ersten Fischmenschen. Zoltan und Alrik mussten sich bis zur Tür zurückziehen, um nicht umzingelt zu werden. Der Ritter schoss auf den ersten Eindringling, doch er verfehlte sein Ziel. Fischgestank füllte die Luft.

Jetzt waren die ersten Meeresungeheuer heran, und Zoltan hielt zwei von ihnen gleichzeitig auf Abstand, während er auf eine Lücke in der Deckung wartete. Attacke, verfehlt. Schnell parieren und zur Seite. Neue Attacke – wieder verfehlt, wie verhext!

»Alrik, schieß doch!«, keuchte Zoltan in die Stille. Stille? Warum machten die Angreifer keine Geräusche? Kein Keuchen, Gurgeln, Platschen der nassen Füße auf den Dielen. Zoltan griff erneut eins der Fischwesen an und achtete auf seine Waffe. Der Fischmensch wich aus, aber nicht weit genug. Eigentlich hätte Zoltans Schwertspitze treffen müssen. Aber das Ungeheuer trug nicht den kleinsten Kratzer davon.

»Ein Trugbild! Herr Praios, erleuchte uns, vertreibe diese Spukgestalten!«

War es die eigene Erkenntnis oder göttlicher Beistand? Die Fischmenschen verschwammen und lösten sich auf. Am anderen Ende des Zimmers öffnete der falsche Hafenmeister gerade die zweite Tür. Der Inquisitor zog sein Beil aus dem Gürtel und legte alle Kraft in den Wurf. Treffer! Bergthann taumelte. In diesem

Augenblick flog die Tür auf und stieß den Gestaltwandler zur Seite. Mara-Lumea stand mit gezogenem Schwert in der Tür und sah sich um. Bergthann rappelte sich gerade wieder auf, Zoltan und Alrik liefen durch das Zimmer auf den Hafenmeister zu. Orik, der im Flur gewartet hatte, sprang jetzt quer durch den Raum zu Mara.

In diesem Moment begann ein Schrank, der neben der hinteren Tür stand, zu kippen, genau auf die Ritterin zu. Diese sprang keuchend zur Seite, in Bergthanns Richtung, der gerade sein Schwert aufhob.

»Mara!«, rief Zoltan. Die Kriegerin wandte sich zum falschen Hafenmeister um und griff an, während dieser sich noch aufrichtete. Bergthann machte keine Anstalten, sich zu verteidigen. Er fiel, vom Schwerthieb getroffen, zu Boden und blieb in der Ecke liegen. Mara hielt ihm den Stahl an die Kehle und Alrik und Zoltan näherten sich vorsichtig.

»Ist er tot?«, fragte der Inquisitor. »Das ging schnell. Seltsam. Orik, ruhig. Was ist denn, Orik?«

Langsam und mit böser Vorahnung drehte Zoltan sich um.

Der schwarze Olporter stand mit gesträubtem Fell und angelegten Ohren vor Alrik Wutkieser und knurrte den alten Bannstrahler an. Der Alte ging einige Schritte rückwärts in den Raum, von Zoltan, Mara und dem Leichnam des Hafenmeisters weg. Er hob die Repetierarmbrust und zielte auf den Kopf des Inquisitors.

Zoltan sagte langsam: »Orik, ruhig. Ganz ruhig.«

Alrik stieß rückwärts gehend mit dem Stiefelabsatz gegen etwas. Er blieb stehen und lachte kurz auf.

»Jetzt ist es ja ganz gleich.«

Genau hinter dem Bannstrahler verschwamm der Boden und weiße Schemen erschienen. Dann verschwanden die Schleier und auf den Dielen hinter Alrik lag Alrik Wutkieser regungslos auf dem Bauch. Der falsche

Bannstrahler mit der Armbrust hob den Fuß und machte einen großen Schritt rückwärts über die Leiche des Alten hinweg.

»Du kannst dich nicht ewig verstecken. Ich finde dich eines Tages«, drohte Zoltan wütend. Schon wieder hatte dieses Monster einen seiner Bannstrahler ermordet! Dieses Ungeheuer durfte nicht weiter über Dere wandeln!

»Mag sein.« Wutkieser grinste. »Aber vielleicht kommt auch auch jener Tag, an dem unser Meister Borbarad über den ganzen Kontinent herrscht und jeden Mittag einem gefangenen Priester das Herz herausreißt.«

Er schwenkte die Armbrust auf Mara.

»Oder eine hübsche Ordenskriegerin häutet, um…«

»Was willst du?«, unterbrach Zoltan ihn. »Was hast du vor?«

Der falsche Wutkieser blickte kurz zu Zoltan hinüber, ohne Mara-Lumea aus dem Ziel zu lassen.

»Möchtest du das gerne wissen, du Narr? Ich bin das Werkzeug seines Willens, und um ihn zu verstehen, bist du ja doch zu einfältig. Aber eins begreifst du vielleicht, Schwertschwinger. Ein Bolzen im Kopf bekommt auch einem Inquisitor schlecht. Das wirst du gleich selbst erleben.«

Der Gestaltwandler-Wutkieser stand inzwischen neben dem Tisch, an dem Bergthann vorhin gesessen hatte. Mit einer Hand ergriff er den Kerzenständer, der den Schreibtisch erhellt hatte.

»Orik, fass!«, rief Zoltan verzweifelt.

Der Hund sprang vor, auf den falschen Bannstrahler zu. Der schwenkte die Armbrust auf den Olporter und feuerte. Orik jaulte auf, wurde zurück geworfen und blieb hechelnd auf der Seite liegen. Zoltan und Mara waren schon vorwärts gestürzt, auf den Gestaltwandler zu, und dieser warf ihnen die Armbrust entgegen, dann verschwamm er und teilte sich in drei Alrik-

Gestalten, die wieder ineinander verliefen, miteinander verschmolzen und erneut auseinander glitten.

Zoltan und Mara schlugen zu, die Ordensritterin über den halben Schreibtisch hinweg, der Inquisitor aus der Mitte des Raumes, um freien Platz zum Ausholen zu haben. Die drei Alriks duckten sich unter den Tisch und rollten zur Seite, um Zoltans Schwerthieb zu entgehen. Dann sprangen sie wieder auf, jetzt nahe der Tür zum Haupteingang, und zogen ihre Streitkolben aus den Gürteln, wobei sie teilweise miteinander verschmolzen.

»Weiche, Finsternis, dem Lichte«, begann Zoltan zu singen. Der Alrik-Dämon zuckte zusammen, ließ den Streitkolben fallen und hielt sich mit entsetztem Gesichtsausdruck die Ohren zu. Mara fiel mit klarer Stimme in den Gesang ein.

»Praios, Schrecknisse vernichte.

Licht und Herrlichkeit erstrahlen

Gottlose winden sich in Qualen

wo Praios, Licht und Maß der Welt

Gericht über die Frevler hält.«

Der Gestaltwandler taumelte durch das Zimmer, orientierungslos, ziellos. Seine Umrisse verschwammen kurz, und plötzlich sah er aus wie Marschall Haffax, dann wieder wie eine junge Frau, dann wie ein südländischer Mann. Zoltan hob das Schwert, trat langsam näher und begann die nächste Strophe.

»Weiche, Finsternis, dem Lichte.

Praios, Schrecknisse vernichte.

Dunkle Mächte werden fallen

auf Befehl aus Praios' Hallen,

und zu Praios' höh'ren Ehren

wollen wir dem Bösen wehren.«

Von draußen erklang eine Männerstimme, die in die nächste Strophe einfiel. In der Tür erschien Praiodin mit dem Schwert in der Hand. Die drei umzingelten singend den Gestaltwandler und kamen immer näher auf den Dämon zu, der fortlaufend sein Aussehen veränderte, von jung zu alt, von dunkelhäutig zu blass, von blond zu schwarzhaarig, von klein zu groß.

»Weiche, Finsternis, dem Lichte.

Praios, Schrecknisse vernichte.

Alveranische Gewalten

uns in sich'ren Händen halten.«

Zoltan holte mit seinem Schwert aus, den Blick fest auf den sich verwandelnden Dämon gerichtet.

»Mit des Götterfürsten Hand

wird die Finsternis verbannt!«

Dann schlug er zu.

Zoltan kniete neben Orik, redete beruhigend auf ihn ein und untersuchte die Wunde, während der Olporter winselnd dalag. Der Bolzen hatte Orik an einem Vorderlauf getroffen. Mara und Praiodin hielten den großen Hund fest, während Zoltan den Bolzen herauszog. Anschließend verband er die Wunde mit einem Fetzen Stoff. Dann drückte er Oriks Kopf an sich.

»Braver Hund, hast als Erster gemerkt, wer der Dämon ist. Kluger Hund.«

Dann stand Zoltan auf und sah sich um. Zwei Tote lagen in der Schreibstube, der Hafenmeister und der alte Bannstrahler Alrik.

»Beten wir für die beiden«, ordnete der Inquisitor an und kniete nieder. Praiodin und Mara-Lumea beugten ein Knie und senkten die Köpfe.

»Ich preise dich, Praios; denn Du hast uns aus dem Dunkel geführt und hast uns den Feinden entrissen. Herr, Du hast uns am Leben erhalten, aber sie mussten in die Finsternis fahren. Preiset den Namen des Götterfürsten und lobsinget seinen Heiligen Scharen.

Herr Praios, nimm diesen Mann Alrik Wutkieser in deine Arme auf und weise ihm Dein herrliches Paradies. Er kämpfte in Deinem Namen und stritt gegen den Dunkelsinn und die Finsternis, Dir zu Ehren und zu Deinem großen Lob. Du führtest ihn gegen Deine Feinde, gabst ihm Mut und Kraft, zu bestehen wider die Mächte des Bösen. Jetzt, da seine Zeit auf Dere abgelaufen ist, halte Deine beschirmende Hand über ihn in alle Ewigkeit. Praios, so sei es!«

Nach einer kurzen Pause fuhr Zoltan fort.

»Und du, schweigender Herr, Hüter der Seelen, Boron – nimm dich des Almin von Bergthann an, der durch schrecklichste Zauberei aus dem Leben gerissen wurde. Geleite ihn durch Deine Hallen des Vergessens, auf dass alle Last und aller Schmerz des Lebens von ihm abfalle und er die ewige Ruhe erfahre und, so die Götter wollen, in Ihre Paradiese Einzug halte und verweile in Alveran in Ewigkeit. Praios, so sei es.«

Beide Männer, Wutkieser und Bergthann, hatte der Dämon vernichtet. Dann war er selbst in die Niederhöllen gefahren, so wie es der göttliche Wille war. Diese beiden waren seine letzten Opfer gewesen. Die Aufgabe war vollbracht. Der Gestaltwandler, der Verräter der kaiserlichen Flotte, war zur Strecke gebracht, so wie Inquisitor von Berglund es befohlen hatte.

Zoltan stand auf.

»Es ist vorbei. Der Dämon ist vernichtet. Unsere Aufgabe ist beendet. Ich lobe dich, Herr Praios!«

Er seufzte. Vier Mann verloren. Wenn er das gewusst hätte, als er die sechs in Beilunk rekrutiert hatte, dann wäre er womöglich alleine gegangen. Jetzt waren Provolea, Aktina, Zepperich und Alrik gestorben, um den Quitslinga zur Strecke zu bringen.

Andererseits hätte er, wäre er ganz allein gegangen, schon im ersten Scharmützel den Todesstoß erhalten. Jetzt war dem Treiben des Gestaltwandler-Dämons wenigstens ein Ende gesetzt.

»Euer Gnaden?«, fragte Praiodin, der sich die Papiere

auf dem Schreibtisch ansah. »Glaubt Ihr, dass dies hier mit einer Schandtat zu tun hat?«

Er tippte auf einen Zettel, der in der Mitte des Tisches lag.

Zoltan trat neben den Krieger. Auf dem Papier stand eine lange Liste von Schiffsnamen. Auch die ›Pfeil von Perricum‹ und die ›Pfeil von Mendlicum‹ waren darunter. Fast alle waren mit einem Häkchen versehen, nur neben dem Namen ›Leuin von Misamund‹ gab es noch eine Lücke.

Auf dem Tisch waren noch verschiedene weitere Mappen, Bücher und Briefe gestapelt. Zoltan öffnete das oberste Buch, ein Schiffsregister. Dies war das Verzeichnis aller ein- und auslaufenden Schiffe mit Daten der An- und Abreise, Liegeort, Herkunftsort und Provinz. Zoltan blätterte weiter zu den letzten beschriebenen Seiten.

»Hier, Praiodin, die Liste ist eine Aufzählung aller Schiffe, die gerade im Hafen liegen. In diesem Buch stehen sie verzeichnet. Zum Beispiel die ›Pfeil von Mendlicum‹, eingelaufen am 17., noch kein Abfahrtsdatum. Dagegen hier zum Beispiel die ›Löwenschwert‹, Abfahrt vorgestern am 28., die ist auch nicht auf der Liste. Irgendetwas hat er mit den Schiffen vor, die hier im Hafen liegen.«

Zoltan starrte die Listen an. Praiodin und Mara sahen sich die anderen Notizen auf dem Tisch an.

»Euer Gnaden.« Mara-Lumea zeigte auf einen Notizzettel. »Erwartete Schiffe. Da ist die ›Leuin von Misamund‹ drauf, erwartet am 1. Efferd abends. Wahrscheinlich hat er darauf gewartet, dass sie ankommt. Deshalb ist sie noch nicht abgehakt.«

Praiodin rief aufgeregt: »Sie liegen alle im Binnenhafen! Seht nur, hier. ›Binnen 2‹, ›Binnen 5‹, ›Binnen 5‹. Hier sind sogar einige geändert. ›Außen 2‹ durchgestrichen, und jetzt ›Binnen 3‹. Hier auch. Binnen statt Außen. Das soll doch wohl bedeuten, dass die Schiffe alle statt im Außenbecken jetzt hier im inneren Becken liegen. Er hat sie alle auf einem Fleck versammelt. Wahrscheinlich will er einen Dämon oder so etwas rufen, der die ganze Flotte auf einen Schlag versenkt!«

Zoltan schüttelte den Kopf. »Das kann er nicht. Dämonen können keine Dämonen rufen, der eine gehorcht dem anderen nicht. Nur diesseitige Dämonologen können den Kreaturen jenseits der Schöpfung Befehle erteilen. Sobald der Gestaltwandler einen Dämon riefe, würde dieser sich gegen seinen Beschwörer wenden.«

»Dann hat er menschliche Verbündete«, folgerte Mara-Lumea. »Sobald alle Schiffe bereit liegen, gibt er ihnen ein Zeichen, dass das Chaoswesen gerufen werden soll. Es ist nur die Frage, wo die Paktierer sich aufhalten. Wahrscheinlich nicht im Kriegshafen, der ist zu gut überwacht. Ich glaube nicht, dass man hier unbeobachtet ein dämonisches Ritual vorbereiten kann. Außerdem ist es für die Beschwörer zu gefährlich, sich so nahe am Wirkungsort des Dämons zu befinden.«

»Dämonen sind für alle gefährlich, die Beschwörer merken nur nicht so schnell, dass ihre Seelen schon verdammt sind«, kommentierte Zoltan. Dann winkte er ab.

»Gut, also vermuten wir Verbündete, denen er ein Signal gibt. Wir sollten uns mal umsehen und herausfinden, wie das Signal aussieht. Aber unauffällig und vorsichtig, nicht dass wir aus Versehen selbst das Zeichen geben und plötzlich einem Dämonen gegenüberstehen. Ach, Praiodin? Wie steht es um die Mobilmachung?«

»Die Torwache hat sich überzeugen lassen, Euer Gnaden. Die Leute versammeln sich gerade am Tor.«

»Gut. Schnell das Haus durchsuchen, dann geben wir den Befehl, die Schiffe zu zerstreuen. Selbst wenn wir zu spät kommen, können wir wenigstens einige

Schiffe retten. Also los, schnell, ohne Licht und vorsichtig!«

Die drei durchstöberten hastig die Hafenmeisterei und fanden schließlich in einem nach Süden weisenden Fenster eine Laterne: Die Seite, die aus dem Fenster wies, war mit einem Holzbrett abgedeckt, in das zwei Schlitze geschnitzt waren. Ein Lichtkreuz in der Nacht, das war wohl das verabredete Zeichen. Er schaute an der Laterne vorbei aus dem Fenster, dorthin, von wo man das Zeichen sehen konnte, irgendwo im Südwesten.

»Also gut. Was jetzt?«, fragte Zoltan. »Draußen wartet irgendwo ein Beschwörer. Sobald das Zeichen kommt, wird er den Dämonen rufen. Wir müssen ihn besiegen, aber ich fürchte, dass er sofort alle Niederhöllen entfesselt, wenn er bemerkt, dass wir seinen Plan entdeckt haben. Also machen wir Folgendes: Keinen Alarm, sondern die Schiffe legen in aller Stille ab und laufen aus. Dann sind sie in Sicherheit. Wenn das geschafft ist, haben wir Zeit, den Beschwörer zu finden. Er muss ja irgendwo auf einer Klippe südlich von hier stehen, denn nur von dort kann man das Lichtzeichen sehen. Ist das ein guter Plan?«

Praiodin und Mara-Lumea nickten.

»Mara, kümmere dich um Orik. Praiodin, wir geben die Befehle aus.« Zoltan nahm sein Wurfbeil wieder auf, ging schnellen Schrittes zum Haupteingang und weiter zu den Pferden. Dort saß er auf, Praiodin ebenso, und die beiden galoppierten zurück zum Südtor. Dort standen etwa dreißig Seesoldaten, mit Kusliker Säbeln bewaffnet, und warteten unschlüssig auf Befehle. Zoltan hielt vor dem Trupp an und stellte sich in den Steigbügeln auf, während Praiodin neben ihm hielt und seine Fackel hob. Zoltan sah sich suchend um.

»Wer hat hier das Kommando?«

Ein älterer, dicklicher Mann trat vor. »Ich bin der Wachoffizier, Euer Gnaden. Mein Name...«

»Wo ist der Hafenkommandant?«

»Beim Fest der bunten Lichter, Euer Gnaden, wir haben einen Boten...«

Zoltan unterbrach sofort. »Dauert zu lange. Ich übernehme hier. Wir haben es mit einem Frevel gegen die praiosgefällige Ordnung der Welt zu tun. Das fällt in meine Befehlsgewalt. Sobald die Ketzer festgesetzt sind, gebe ich wieder ab.«

In diesem Befehlston fuhr er fort, ohne dem Mann Gelegenheit zur Widerrede zu geben.

»Wer weiß, wann die ›Leuin von Misamund‹ anlegt?«

Einer der Soldaten hob die Hand und meldete: »Euer Gnaden – hat soeben angelegt, Euer Gnaden!«

»Das ist schlecht. Alle Schiffe müssen sofort auslaufen! Hört mir alle gut zu! Ihr überbringt jetzt den Schiffen den Befehl, sofort – und damit meine ich: noch im gleichen Herzschlag – abzulegen und auszulaufen. Sie sollen vor dem Hafen einen Verteidigungsring bilden und weitere Befehle über Lichtsignal abwarten. Männer und Frauen, an euch liegt es jetzt, eine Katastrophe abzuwenden. Wir brauchen jedes Kriegsschiff vor dem Hafen, und zwar so schnell wie möglich. Jeder Augenblick kann Leben retten. Also, Leute, ich zähle auf euch.«

Zoltan machte eine kurze Pause. Dann zeigte er nacheinander auf verschiedene Gruppen.

»Ihr da drüben, lauft zum Steg Eins, ihr vier da zum Steg zwei, ihr zu Steg drei. Steg vier, ihr dort, bis zu der Blonden da. Und Ihr Steg fünf. Wie viele gibt es, Praiodin? Sieben? Gut, ihr da, sechs, und ihr lauft nach sieben. Der Rest zum Außenhafen. Sie sollen sofort ablegen, sofort! Aber ohne Aufsehen, möglichst ohne Licht. Unauffällig, aber schnell! Und jetzt Abmarsch, los los los!«

Soldaten befolgten Befehle, besonders wenn sie im richtigen Ton gegeben wurden. Das war Zoltan sehr genau bewusst. Da der Wachoffizier nicht widersprach, sondern nur hilflos daneben stand und Zoltans Pferd ansah, rannten die Seesoldaten zügig in alle Richtungen davon, um ihre Botschaft zu übermitteln.

Zoltan saß ab und tätschelte den Kopf seines Pferdes. Puh, das hatte geklappt. Wenn er auf den Hafenkommandanten gewartet hätte, dann wäre in den nächsten zwei Stunden nichts passiert.

Zoltan trat auf den Offizier zu, der verlegen in der Gegend stand.

»So, jetzt das Wichtigste. Das ist Eure Aufgabe. Gebt schnell ein Signal, dass die Hafenkette gesenkt wird, damit die Schiffe auslaufen können.«

Der dicke Offizier zögerte. Zoltan entschied sich für Offenheit.

»Wir rechnen in jedem Augenblick mit einem widernatürlichen Angriff auf die Flotte. Wenn die Schiffe sich auf dem Meer zerstreuen, bis wir die Bedrohung bekämpft haben, dann ist dieser Angriff sinnlos. Wenn die Schiffe aber im Hafen bleiben, werden sie vernichtet. Verstanden?«

Der Wachoffizier riss die Augen auf. »Meint Ihr etwa… Dämonen?«

»Ihr könnt die gesamte Perlenmeerflotte vor dem Untergang bewahren. Also gebt jetzt endlich ein Signal!«

Der Mann machte auf dem Absatz kehrt, rief: »Sofort, Euer Gnaden« über die Schulter und verschwand im rechten Torturm. Zoltan und Praiodin warteten und sahen an der Turmwand hinauf. Zwei Stockwerke höher öffnete sich ein Fensterladen und die Stimme des Wachoffiziers ertönte: »Ich gebe jetzt das Signal, Euer Gnaden.«

»Gut, gut«, rief Zoltan zurück. Oben erschien der

Umriss eines Kopfes im Lichtschein von drinnen. Dann streckte der Offizier eine Laterne aus dem Fenster. Er öffnete und schloss die Abdeckung der Laterne in bestimmten Abständen, wobei er laut mitzählte. Nach einigen Wechseln von Hell zu Dunkel machte er eine kurze Pause und wiederholte die Folge. Er brummelte vor sich hin und begann von vorne.

Zoltan rief hinauf: »War's das?«

»Einen Augenblick, Euer Gnaden, manchmal brauchen sie eine Weile zum Bestätigen… Zwei, drei, vier, fünf. Eins, zwei…«

Während Zoltan zunehmend ungeduldiger wurde, wiederholte der Wachoffizier das Signal noch zweimal. Der Inquisitor versuchte inzwischen, ohne großen Erfolg, zu erkennen, ob sich an Bord der Schiffe etwas tat. Dummerweise war die Durchfahrt zum äußeren Hafenbecken sehr eng, und durch die Staffelung der Schiffe in mehreren Reihen an den Kais war es auch nicht einfach, schnell abzulegen.

»Warum tut sich da nichts, Soldat?«

»Ich weiß auch nicht, Euer Gnaden. Sie hätten längst bestätigen müssen.«

Zoltan stöhnte und ballte die Faust. »Krötendung. Krötendung.« Dann fragte er laut: »Welcher Turm ist es denn?«

»Der Linke an der äußeren Durchfahrt, Euer Gnaden!«

»Wie viele Soldaten könnt Ihr noch rufen?«

»Wir haben noch Wachen draußen in der Burg für Galeerensträflinge, Euer Gnaden, die liegt aber auf der anderen Seite!«

Zoltan nahm die Zügel seines Pferdes auf und murmelte leise zu Praiodin: »Das wird nichts. Ich habe da einen bösen Verdacht. Nehmt Euer Pferd, wir reiten hin und sehen uns das an.«

Der Ordensritter runzelte die Stirn. »Die Fischwesen?«

»Ja, möglich. Aber vielleicht irre ich mich.« Zoltan

grinste humorlos. »Wäre ja nicht das erste Mal. Aufsitzen!«

Die beiden ritten los, an den Stegen, Lagerhäusern und Schiffen vorbei, die im nördlichen Teil des Kriegshafens standen. Es ging über eine kleine Brücke, die einen Kanal vom Binnenhafen zum Meer überspannte. Wahrscheinlich war dies eine der alten Befestigungsanlagen gewesen, bevor man den Hafen vor gut sechzig Jahren erweitert hatte, um die gewachsene Perlenmeerflotte aufnehmen zu können.

Die beiden donnerten durch ein zweites, offen stehendes Tor. Es war wesentlich älter und kleiner als das Außentor, und die beiden Wachen, die an der Wand daneben lehnten, machten auch keine Anstalten, die Reiter aufzuhalten. Wahrscheinlich dachten sie, dass der, der so weit gekommen war, kein Eindringling sein konnte.

Weiter ging es durch das Dunkel des verwaisten Kriegshafens. Hier draußen waren die Kais viel leerer als im Binnenhafen. Ein weiteres Anzeichen für das Wirken des falschen Hafenmeisters.

Bald erreichten die beiden Reiter den Turm, der ein Ende der Zyklopenkette hielt, mit der die Ausfahrt versperrt war. Das dreistöckige Gebäude war dunkel. Auf der anderen Seite der Ausfahrt leuchtete ein einsames Licht aus einem der Fenster des Zwillingsturms, hier jedoch war kein Licht zu sehen und kein Laut zu vernehmen.

Zwanzig Schritt vom Turm entfernt saß Zoltan ab und wickelte die Zügel um einen der Pflöcke am Kai. Praiodin tat es ihm nach und zog den Streitkolben aus seiner Satteltasche. Der Inquisitor griff nach dem Anderthalbhänder auf dem Rücken, ließ dann aber die Hand wieder sinken. Leise murmelte er: »Jetzt hattest du mich schon fast so weit, Shilasir. Du wirst gierig.«

Er gab Praiodin einen Wink und die beiden näherten

sich leise dem Turm. Schnell bemerkten sie einen leblosen Körper, der am Eingang des Turmes lag. Die Tür war verschlossen, keine Fackel im Halter daneben. Noch zehn Schritte waren es bis zum Turm. Dem ehemaligen Offizier lief plötzlich ein kalter Schauer über den Rücken. Er sprang zur Seite und rannte los, bis zur Wand. Praiodin lief hinterher. Von oben kam ein schnappendes Geräusch und etwas prallte auf den Boden, etwa einen Schritt entfernt. Praiodin schrie leise auf. Noch zwei Schritte, dann stand er neben Zoltan an der Turmwand, gleich neben der Eingangstür.

»Praiodin?«

»Ein unbedeutender Kratzer, Euer Gnaden. Was nun?«

»Wir müssen hinein und die Kette absenken, sonst können die Schiffe nicht aufs Meer fliehen. Es sind bestimmt nicht viele Gegner, sie müssen ja nur so lange den Turm halten, bis der Dämon gerufen ist. Wir müssen die Tür aufbrechen. Beim Alter dieses Turms sind die Scharniere sicher leicht zu sprengen.«

»Jawohl, Euer Gnaden.«

Praiodin hob den Streitkolben und schob sich an Zoltan vorbei, immer dicht an die Wand gedrückt. Dann holte er aus und schlug mit der Waffe gegen die eisenverstärkte Eingangstür. Es dröhnte, aber das Holz hielt stand.

»Gebt *mir* mal, Praiodin. Am Besten gegen die Seiten schlagen, wo die Scharniere oder Riegel sind.«

Zoltan nahm den Streitkolben, tauschte den Platz mit Praiodin und hieb mit aller Gewalt gegen die Tür. Es rummste heftig, aber auch er hatte keinen Erfolg.

»Na schön. Wir versuchen es beide. Mit etwas Anlauf, aber nicht zu viel. Sonst kommen wir wieder ins Schussfeld.«

Zoltan schob sich vor die Tür und trat dann einen Schritt zurück. Praiodin stellte sich daneben auf.

»Und... los!«

Beide Männer warfen sich vorwärts. Mit einem Krachen prallten sie auf die Tür, die zwar bebte und wackelte, aber immer noch hielt.

»Das hat etwas gebracht. Noch einen Versuch. Und… los!«

Ein zweites Mal rannten die beiden auf die Tür los. Wieder ein lautes Poltern, doch die Tür blieb noch immer verschlossen.

»Einen noch. Und… los!«

Mit einem Knall brach etwas aus der Wand, die Tür gab nach und fiel zu Boden, Zoltan hinterher. Praiodin blieb wankend auf den Beinen, stolperte vorwärts und konnte um Haaresbreite einem Schwert ausweichen, das ein Fischmensch nach ihm schwang. Zoltan rollte sich von der Tür hinunter in die Beine eines anderen Unwesens, das ihn gerade aufspießen wollte. Der Speer bohrte sich in die Tür, Zoltan riss die Kreatur von den Füßen und verpasste ihr einen Fausthieb dorthin, wo sich auch bei diesen Fischwesen womöglich der Magen befand. Dann sprang er auf, nahm den Speer und stach damit nach dem Ungeheuer, das Praiodin gerade aus der Tür hinaus drängte, während dieser seinen Streitkolben aus dem Gürtel zog. Der Speer traf nicht, aber Praiodins Gegner war abgelenkt, was dem Bannstrahler Zeit zum Ziehen seiner Waffe verschaffte. Zoltan warf den Speer weg und zog Shilasir. »Aber jetzt!«, flüsterte er seinem Schwert zu und hieb auf den nächsten Fischmenschen ein.

Zum Glück wurde der größte Teil des Erdgeschosses von der Treppe und der Kettenwinde eingenommen, sodass nur drei Gegner gleichzeitig mit Zoltan und Praiodin kämpfen konnten. Der Liegende fiel schnell Shilasir zum Opfer, und Praiodin und Zoltan erschlugen nacheinander einen nach dem anderen. Als vier Fischwesen am Boden lagen, wichen die anderen ein Stück zurück. Aus halber Höhe der Treppe schoss einer der Gegner mit einer Armbrust auf den Inquisitor. Dieser hatte die Gefahr aber geahnt und wich in den toten Winkel hinter der Treppe zurück. Dann griff er wieder die Besatzer des Turmes an.

Nach kurzer Zeit lagen zehn Fischmenschen tot an der Treppe und um die Kettenwinde herum. Zoltan und Praiodin waren außer Atem, aber bis auf einige Kratzer unverletzt.

»Na also«, keuchte der Inquisitor. »Wenn wir einen Angriff mit Entschlossenheit vorbringen, dann siegen wir. Im Namen des Herrn. Gloria Praioni!«

»Gloria Praioni«, stimmte Praiodin zu. Er schüttelte seinen Streitkolben, von dem sich einige zähe dunkle Tropfen lösten. »Jetzt die Kette?«

»Jetzt die Kette«, bestätigte Zoltan. »Also, woran müssen wir wohl drehen?«

Die beiden standen ratlos um die Apparatur herum. Eine große Achse wickelte anscheinend die Kette auf. An der Achse jedoch befanden sich einige Räder, die über Seile mit Blöcken und anderen Achsen verbunden waren. Auffällig war ein großes, senkrecht stehendes Holzrad, das aus der Maschinerie herausragte. Auf jeder Seite gab es einen Griff, sodass anscheinend zwei Leute an diesem Rad drehen konnten. Damit wurde eine Kette bewegt, die eine Achse antrieb, welche wiederum… dann verlor sich die Angelegenheit im Wirrwarr von Tauen, Ketten und Rädern.

Der Inquisitor trat neben das Rad und packte einen der Griffe. Das Rad bewegte sich ein Stück, es knarrte und klirrte, die Kette spannte sich, aber dann tat sich nichts mehr. Auch nicht auf stärkeren Druck hin.

»Euer Gnaden, ich glaube, man muss hier diesen Riegel lösen.«

Praiodin zog an einem Holzgriff, der aus der Winde herausragte. Die Achsen und Seilzüge ruckten, dann konnte Zoltan langsam die Winde bewegen.

»Praiodin, seht doch mal nach, ob das die Richtung ist. Hier wickelt sich zwar eine Kette auf, aber da drüben wickelt sich eine andere Kette ab. Ich habe keine Vorstellung, welche die Richtige ist.«

»Sofort, Euer Gnaden. Kurbelt langsam weiter, ich sehe draußen nach.«

Praiodin verschwand durch die Tür, Zoltan drehte langsam das Rad weiter. Die Hafenkette hatte etwas durchgehangen, also war es möglich, dass er in die falsche Richtung kurbelte. Er hatte gehört, dass Zugbrücken mit bestimmten mechanischen Kunstgriffen ebenso leicht herauf- wie heruntergezogen werden konnten. Wahrscheinlich war auch die Kettenwinde ähnlich gebaut. Aber wie so etwas funktionierte, wusste Zoltan nicht.

Eigentlich war das hier eine Aufgabe für Leute wie Rondriager. Wo blieb der Söldner eigentlich? Ach, Zoltan hatte ihn ja schon längst von der Beobachtung des Quästor-Hauses zurückrufen wollen. Das hatte er ganz vergessen in der Hast, die die Entlarvung des Hafenmeisters mit sich gebracht hatte.

Der Bannstrahler kehrte zurück.

»Genau richtig, Euer Gnaden. Sie senkt sich langsam. Ich helfe Euch, dann geht es schneller.«

»Die haben wahrscheinlich etwas eingebaut, damit man die Kette leicht hochziehen kann, Praiodin. Ihr wisst schon, wie bei Zugbrücken. Das ist, als ob ich die linke Satteltasche ganz voll packe, aber die rechte leer lasse oder aber meine Sachen auf beide Taschen verteile. Die haben hier die Arbeit des Drehens gleichmäßig auf das Hoch- und das Runterlassen verteilt.«

»Aha«, antwortete Praiodin und kurbelte.

Nach einer Weile schickte Zoltan Praiodin erneut um den Turm, um den Kettenstand zu prüfen. Der Krieger berichtete, dass die Kette inzwischen wahrscheinlich tief genug war, um Schiffe passieren zu lassen, aber

Zoltan kurbelte vorsichtshalber noch einige Umdrehungen weiter. Dann ließ er Praiodin den Hebel wieder in die Maschine drücken und schließlich stiegen die beiden über die toten Gegner hinweg und verließen den Turm.

Auf dem Rückweg erklärten Zoltan und Praiodin allen Soldaten, die ihnen über den Weg liefen, dass Eindringlinge im Kriegshafen waren, man aber trotzdem keinen allgemeinen Alarm geben, sondern die Feinde still und heimlich ausfindig machen solle. Der Inquisitor fürchtete, dass der Dämonenbeschwörer sonst überhastet eine der Wesenheiten von außerhalb der Schöpfung riefe, bevor die Schiffe in Sicherheit waren.

Schließlich gelangten die beiden Reiter wieder zum Südtor. Auf dem Ritt waren sie schon an mehreren Schiffen vorbeigekommen, die die Seile lösten oder bereits von den Hafenanlagen weg die Ausfahrt ansteuerten. Zumindest dieser Teil des Plans schien erfolgreich zu verlaufen. Allerdings waren dies erst eine Handvoll Schiffe, die meisten lagen noch miteinander verbunden am Kai.

Am Tor wurden der Inquisitor und sein Bannstrahler vom Wachoffizier erwartet.

»Ah, Euer Gnaden. Ich habe noch immer kein Signal erhalten. Ich habe jemanden ausgesandt, um nach dem Rechten zu sehen.«

»Ist erledigt. Der Feind hatte den Turm besetzt.«

Der Wachoffizier ließ seine Laterne sinken. »Oh.«

»Schon in Ordnung, es war nicht Eure Schuld. Die Angreifer kamen aus dem Meer, wie ich gesagt hatte.«

»Dann werde ich sofort Leute rübersenden, die...«

»Jaja, macht nur. Ich muss jetzt den Ketzer suchen. Sorgt Euch nur darum, dass die Boote alle auslaufen. Ich hoffe, ich bin schnell genug.«

Dann trieb Zoltan sein Pferd an. Als er mit Praiodin

durch das Torgewölbe ritt und den Kriegshafen verließ, erklang hinter den beiden Hufgetrappel. Mara-Lumea schloss zu ihnen auf.

»Mara! Wo ist Orik?«

»Er ist gut aufgehoben, Euer Gnaden. Ein Flottenmedicus verbindet ihn gerade. Aber ich kann Euch doch nicht allein lassen, wenn Ihr gegen Dämonen kämpft.«

»Soso. Na, dann los. Wir haben nicht viel Zeit. Ich hoffe, wir finden ihn schnell auf den Klippen. Praios mit uns!«

Zoltan begann wieder einen Galopp durch die Fischerhütten. Als die drei auf den Klippenpfad einbogen, erschienen die ersten leuchtenden Schiffchen auf dem Darpat. Es gab Lichter in verschiedenen Farben, die meisten waren gelblich, die reichen Leute konnten sich jedoch alchimistische Zutaten kaufen, damit die Flammen grün, blau oder rot erstrahlten. Sie trieben aus der Stadt den Fluss hinunter, immer mehr tauchten hinter der Klippe auf, tanzten auf den Wogen und fuhren langsam dem offenen Meer zu. Oben auf der Klippe waren vereinzelt Menschen zu erkennen, die von dort aus ansehen wollten, wie die ›Bunten Lichter‹ durch die Nacht trieben.

Zoltan erreichte mit seinen Rittern das Ende des Pfades und konnte noch einen Blick nach unten werfen. Im Kriegshafen wirkte von hier oben alles ruhig. Einzelne Bewegungen waren zu erkennen, einzelne Lichter, aber es war nicht auszumachen, dass die ganze Flotte auslief. Zum Glück war das Madamal noch schmal und der Himmel leicht bewölkt. Die hellste Lichtquelle waren die bunten Lichter, die sich in der Darpatmündung verteilten. Zoltan meinte zu erkennen, dass die gelben, blauen und grünen schon recht früh untergingen. Die Schiffchen, die am weitesten fuhren, trugen rote Lichter durch die Schwärze der Nacht.

Zoltan, Praiodin und Mara-Lumea verließen die Stadt durch das südöstliche Tor und ritten, so schnell die Lichtverhältnisse es erlaubten, gen Praios. Sie ließen die mächtige Löwenburg links hinter sich und bogen nach einer Meile in einen Weg ein, der an ein paar Gehöften vorbei zur Küste führte.

Zoltan glaubte, die Übeltäter schnell finden zu können. In Contra-Dämonologie hatte er gut aufgepasst. Um Feuerdämonen wie den Azzitai zu rufen, war ein offenes Feuer nötig. Die Anwesenheit von Flammen würde den Dämon besänftigen, damit er nicht sofort den Beschwörer in Stücke riss. Oft genug passierte dies dennoch und eine Kreatur aus der Siebten Sphäre tötete ihren Rufer, um dann ungebändigt Tod und Vernichtung zu säen. Man musste schon wissen, wie man einen Dämon besänftigte und zähmte, erst dann konnte man ihm Befehle erteilen, wie zum Beispiel loszuziehen und alle Schiffe im Kriegshafen in Brand zu stecken. Also mussten der Inquisitor und seine Ordensritter auf Licht und Feuer achten.

Vermutlich wäre der Beschwörungsort auch nicht gerade auf einer Klippe zu suchen. Der Beschwörer musste zwar das Signal abwarten und somit freie Sicht auf den Kriegshafen haben. Aber der direkte Anblick von Wasser würde sich nachteilig auf das Rufen eines Feuerdämons auswirken. Also war der Inquisitor auf der Suche nach einer Senke oder einem ähnlich geschützten Platz in unmittelbarer Nähe der Küste.

Nachdem er Praiodin und Mara entsprechend eingeführt hatte, ritten sie langsam durch das Dunkel und suchten nach Licht oder Brandgeruch. Der Weg schlängelte sich durch die Hügel, bald zwanzig, bald hundert Schritt von der Abbruchkante der Klippen entfernt. Die Küste war nur an der Wetterseite karg und felsig, schon ein kleines Stück in Richtung Binnenland wuchsen Büsche und Bäume, was die Suche erschwerte. Nachdem die drei Reiter eine Viertelstunde dem Weg gefolgt waren, bog Zoltan ab und erklomm einen kleinen Hügel, von wo aus er einen guten Rundblick hatte.

Links war Meeresrauschen zu hören und am Horizont ein silbernes Glitzern zu erkennen, darüber Sterne, teilweise von Wolken verdeckt. Dann die dunkle Kante der Klippen, weiter rechts Büsche, Bäume, Hügel. Und dort, ein Licht! Ein Schimmern wie von einem Lagerfeuer auf einer Lichtung. Hell wie ein Leuchtturm, ein Signal über hundert Meilen, ein verräterisches Zeichen, das den finsteren Frevel weithin ankündigte. Keine Tat wider die Zwölfgötter konnte schließlich unerkannt bestehen bleiben, die Inquisition würde alle Ketzer finden und vernichten, wie es dem Willen des Herrn Praios entsprach.

Zoltan zwinkerte, und das Licht war verschwunden. Da draußen gab es nichts als Schwärze. Doch nein: Der Inquisitor sah genau in der Mitte seines Blickfeldes das Lagerfeuer weiter leuchten. Als er nach rechts blickte, wanderte das Leuchten mit und blieb immer im Zentrum seiner Aufmerksamkeit. Es hatte sich in seine Wahrnehmung klar und deutlich eingebrannt und zeigte einige Felsen zur Linken sowie zwei hohe windschiefe Bäume weiter rechts, landeinwärts. Auf den Felsen waren die Überreste eines hölzernen Bauwerkes zu erkennen, vielleicht eine alte Aussichtsplattform oder Signalstation. War das ein Mensch, der vom Felsen herabeilte, eine alte hölzerne Treppe herunter? Das konnte doch nicht sein. Zoltan schloss die Augen, das Bild blieb bestehen. Die Gestalt hatte jetzt die Hälfte der Treppe zurückgelegt und begann, vorsichtig über die Felsen zu klettern. Wahrscheinlich war die Treppe zum Teil schon zusammengebrochen.

Das war kein einfaches Nachbild des Lichtes, das Zoltan dort draußen gesehen hatte, es war mehr. Er konnte über eine Meile hinweg die Untaten der Ketzer erkennen, so wie sie gerade geschahen. Ein Zeichen des Herrn wies ihm den Weg. Er fiel tief berührt auf die Knie.

»Praios, imperator mundi, imperator omniae, duce me. Praios, dominus veritatis, dominus pacis, salva me.* Mein Herr, Praios, ich danke Dir für die Führung und Erleuchtung. Ich werde in Deinem Namen Deinem Willen zum Sieg verhelfen. Ich preise Dich, Praios.«

Jetzt hatte Zoltan die Gewissheit, dass er auf der richtigen Spur war. Gleichzeitig trug er die Verpflichtung, die Aufgabe, die Praios ihm übertragen hatte, auszuführen. Kein weiteres Zögern, sondern schnelles Handeln war nötig. Er hastete den Berg hinunter, wobei er sich mehrfach in Büschen verfing. Er raffte den Umhang vor der Brust zusammen, um nicht festzuhängen, und bahnte sich mit dem rechten Arm den Weg durch die Zweige. Das Nachbild war schon längst verschwunden, doch er sah die Szene immer noch klar vor sich. Die Klippe mit der alten Plattform, die zwei landeinwärts gebogenen Bäume, in der Mitte ein Feuer.

Endlich erreichte Zoltan wieder die wartenden Bannstrahler. »Schnell, aufsitzen, es ist nicht mehr weit!«, keuchte er und sprang auf sein Pferd. Er trieb das verdutzte Tier heftig zum schnellsten Galopp an, obwohl der Weg kaum zu erkennen war. Mit halsbrecherischer Geschwindigkeit jagte er den Pfad entlang. Wahrscheinlich hatten es Praiodin und Mara leichter, da sie ihm nur noch folgen mussten.

Zweige peitschten Zoltan ins Gesicht und wie durch ein Wunder brach sich keines der drei Pferde ein Bein. Endlich tauchte vor dem halbdunklen Sternenhimmel der Umriss jener Felsformation auf, die das Ziel des hastigen Rittes war. Weiter rechts schienen mehrere

---

* Praios, Herrscher der Welt, Herrscher über alles, führe mich. Praios, Herr der Wahrheit, Herr des Friedens, errette mich.

Bäume zu stehen, aber Licht war nicht zu erkennen. Waren sie schon zu spät?

Zoltan hob den Arm und verlangsamte allmählich, damit seine Leute ihn nicht über den Haufen ritten. Schließlich blieb er stehen und Mara-Lumea und Praiodin schlossen zu ihm auf.

Der Inquisitor saß ab, zog das Wurfbeil aus der Satteltasche und flüsterte dabei: »Dort neben der Klippe muss das Lager der Dämonenbeschwörer sein. Rechts davon, damit das Meer nicht zu sehen ist. Wir müssen aufpassen, dass wir sie nicht zu früh warnen.«

Die drei rückten leise vor. Nach zehn Schritt verließen sie den Weg, der hier eine Rechtsbiegung machte, und zwängten sich durch die Büsche, geradewegs auf die Felsen zu. Als sie näherkamen, zog Praiodin langsam sein Schwert.

Jetzt sah Zoltan einen Lichtschein zwischen den Bäumen, der den Felsen erhellte. Genau wie er es aus einer Meile Entfernung gesehen hatte, erstreckte sich eine Holztreppe vom Gipfel des zwanzig Schritt hohen Felsens bis etwa zur halben Höhe. Weiter unten waren nur noch einzelne morsche Stufen übrig geblieben, der Rest war schon Satinavs Hörnern zum Opfer gefallen. Aus diesem Blickwinkel, dreißig Schritt vom vermuteten Beschwörungsort entfernt, war die Aussichtsplattform auf dem Gipfel nicht mehr zu erkennen. Doch die zwei windschiefen Bäume auf der anderen Seite, ebenfalls schwach durch ein Feuer erhellt, konnte Zoltan ausmachen.

Durch die letzten niedrigen Büsche und danach zwischen einigen kleinen Felsen hindurch führte der Weg. Der Inquisitor gab Mara-Lumea ein Zeichen, nach rechts abzubiegen, und Praiodin, weiter links vorzurücken. Die beiden nickten knapp und machten sich auf. Zoltan wartete zwanzig Herzschläge und trat dann zwischen den letzten Felsen hervor.

In der Mitte einer freien Fläche zwischen dem Aussichtspunkt links und der Baumgruppe zur Rechten brannte ein kleines Lagerfeuer. Es erhellte gerade den Platz, der etwa zwanzig Schritt Durchmesser hatte. Nahe dem Feuer, von Zoltan aus gesehen rechts dahinter, war eine Plane zwischen zwei jungen Bäumen gespannt, darunter lagen eine Decke und ein großer Sack, an dem sich soeben ein hagerer Mann zu schaffen machte. Er hatte Zoltan den Rücken zugewandt und ihn deshalb noch nicht bemerkt. Dies musste der Übeltäter sein. Der rothaarige Mann hatte neben sich einen Zauberstab in das blühende Heidekraut abgelegt, er war in eine graue und rote Robe gekleidet, und außerdem befand er sich schließlich an dem Ort, der Zoltan gewiesen worden war.

»Erzittere, denn die Inquisition hat dich ereilt!«, rief Zoltan theatralisch. Der hagere Rothaarige fuhr zusammen und sprang auf. Zoltan erkannte ihn sofort: Es war der Zauberer, der neulich noch zu Rupert Rondriagers Truppe gehört hatte und den Söldner nach dem Gefecht auf der Mole geheilt hatte. Hilgerd von Punin! Es war ja sonnenklar. Die Zauberer aus Punin beschäftigten sich besonders mit dem Aufbau der Welt und wie man ihn verändern, ja wie man sogar die Sphären durchschreiten konnte. Da war es nur ein kleiner Schritt zur Schwarzen Magie und dem Beschwören der Dämonen.

Hilgerd hob abwehrend die Hände. »Wartet, Ihr macht einen Fehler!«, rief er hastig. »Ich bin gerade erst angekommen, ich habe diesen Ort gefunden, weil er sich für Zauberei eignet. Ich weiß nicht, wer das Feuer gemacht hat…«

»Du willst die Inquisition belügen? Gib deine Frevel zu, wir wissen ohnehin alles über deinen Plan!«, erklärte Zoltan grimmig, während er langsam auf Hilgerd zuging – am Lagerfeuer vorbei, noch acht Schritte. Er hob die Rechte zum Schwert.

»Welchen Plan?«, fragte Hilgerd fahrig, während er langsam zurückwich. »Ich suche nach dem Mörder meines Ordensbruders, Wahid aus Rashdul.« Er sah sich hastig um. Zoltan bemerkte aus dem Augenwinkel Mara-Lumea, die rechts von den beiden zwischen Felsen und Bäumen erschien.

Hilgerd fuhr fort: »Hier, seht doch.« Er zeigte auf den Seesack. »Das ist nicht mein Lager. Darin sind Frauenkleider.«

Zoltan deutete auf den Sack. »Ausschütten.«

Langsam und mit ständigen vorsichtigen Seitenblicken auf den verärgerten Zoltan folgte Hilgerd der Anordnung. Decken, Kochgeschirr und mehrere Kleidungsstücke kamen zum Vorschein, darunter auch ein Mieder und ein Rock.

Zoltan ließ die Hand vom Schwertgriff sinken und die Spannung fiel von ihm ab. »Na gut. Aber wo ist die Besitzerin?« Er drehte sich nach links und ließ den Blick über die Lichtung schweifen. Das Lagerfeuer, Praiodin mit gezogenem Schwert, und dahinter die morsche Treppe auf den Felsen.

Auf der Plattform verharrte sein Blick. Eine Gestalt richtete sich auf, und eine helle Frauenstimme von oben rief: »Dann habt ihr mich eben entdeckt! Aber es ist ohnehin zu spät! Das Zeichen ist gegeben und bald wird alles niedergebrannt sein!«

Die Gestalt war nur schwach vom Lagerfeuer beleuchtet, Zoltan konnte bloß erkennen, dass sie in eine dunkle Tunika gewandet war und ein rot blinkendes Amulett um den Hals trug. Sie hob die rechte Hand, in der sie einen Gegenstand hielt. Diesen warf sie vom Felsen hinunter auf die Lichtung. Das Ding überschlug sich im Fallen, wurde heller und heller. Zoltan konnte schließlich einen kleinen rot schimmernden Dolch erkennen. »Zurück!«, brüllte er Praiodin, der dichter am Felsen stand, zu, und zog sein Schwert. Das war bestimmt eine üble Zauberei! Warum sollte sie sonst den Dolch in die Gegend werfen, offensichtlich ohne jemanden treffen zu wollen?

Der Dolch traf auf den Boden. Ein Kratzen wie von Metall über Stein erfüllte die Lichtung, dann ein Knall wie von einem reißenden Seil. In der Luft über dem Dolch erschien aus dem Nichts eine schwarze Wolke, die auf eine Säule von zwei Schritt Höhe und einem Schritt Durchmesser anwuchs. Dann zog sie sich zusammen, bekam die Umrisse einer Kreatur mit zwei Beinen und zwei Armen, und plötzlich stand ein tigerartiges Wesen auf der Lichtung. Wo die gelb-violett gestreiften Tatzen der Kreatur das Heidekraut berührten, verkohlte es. Über drei Schritt hoch war das aufrecht stehende Monster. Es riss jetzt sein Maul weit auf und entließ zwischen den zwei Säbelzähnen hindurch ein Grollen wie aus tausend Wolfskehlen. Nacheinander blickte es die vier Menschen an, den Kopf ruckartig von einem zum anderen bewegend. Als es Zoltan ansah, erkannte dieser die ganze Bösartigkeit der Niederhöllen in dessen Augen. Hass schlug dem Inquisitor entgegen, in heißen Wellen, die bis ins Mark trafen. Dieses Ungeheuer war die Verkörperung der Wut von Tausend verdammten Wesen, die die diesseitige Welt bis zum Letzten hassten. Wie von einem heftigen Windstoß getroffen, schwankte Zoltan und trat einen Schritt zurück, um das Gleichgewicht wiederzufinden.

Dann sprang das Untier vor, über das Lagerfeuer hinweg auf Praiodin zu, der am nächsten stand. Mit seltsam abgehackten Bewegungen, viel schneller als ein gewöhnliches Tier es vermochte, holte es aus, brüllte laut und schlug mit Pranken und Schwanz, der in einem spitzen, bleichen Knochen endete, nach dem Bannstrahler. Praiodin, überrascht von der Schnelligkeit des Angriffs, sprang zurück und hob sein Schwert.

Hilgerd rief: »Ein Zant! Ich treibe ihn aus, haltet ihn

zurück!« Er lief einige Schritte rückwärts. Mara-Lumea kam aus dem Hintergrund auf das Ungeheuer zugerannt, Praiodin zur Hilfe, der sich mühsam der Angriffe des Dämons erwehrte.

Zoltan sah nach oben zur Plattform. Die Frau hatte inzwischen eine Fackel in der linken Hand, umfasste das obere Ende mit der Rechten, und zwischen ihren Fingern schlugen rote Flammen empor. Sie ließ die rechte Hand sinken und verschränkte die Arme.

Zoltan zog hastig sein Wurfbeil, um die Hexerin an ihren nächsten Zaubern zu hindern. Das Beil zog einen weiten Bogen und sauste auf den Gipfel der Klippe zu. Die Zauberin bemerkte das auf sie zu fliegende Beil. Sie erschrak, wandte dann den Blick nach Norden und nickte kurz.

Im nächsten Augenblick stand sie nackt auf der Plattform, ohne einen Fetzen Kleidung, und auch die Fackel war aus ihrer Hand verschwunden. Dann traf Zoltans Beil die bleich im Feuerschein leuchtende Gestalt, sie schrie auf, stürzte und verschwand aus dem Blickfeld.

Die Hexerin war vorerst keine Gefahr mehr. Zoltan wandte seine Aufmerksamkeit wieder der Lichtung zu. In den zwei Augenblicken, die der Flug des Beils benötigt hatte, war Mara-Lumea bei Praiodin angekommen und schlug nun ebenfalls mit dem Schwert nach dem Zant, doch dieser hatte Praiodin einen gewaltigen Hieb verpasst und ihn links gegen die Felsen geschleudert. Mara zielte nach der Kehle des Dämonen und ließ dabei sämtliche Deckungen frei, sodass Zoltan der Schreck durch Mark und Bein fuhr. Er zog das Schwert und begann zu laufen, doch da hatte der Zant sich schon von Mara gelöst und war zur Seite gesprungen, wieder mit übermenschlicher Geschwindigkeit. Mit gewaltigen Sätzen sprang er auf Zoltan zu, der sich ihm breitbeinig in den Weg stellte und das Schwert hob. Doch der Dämon raste in zwei Schritt Entfernung am

Inquisitor vorbei, Shilasir sauste vergeblich durch die Luft. Zoltan drehte sich um und verfolgte das Ungeheuer, das auf den Zauberer zusprang, der mit Kreide hastig ein Zeichen auf einen unbemoosten Felsen malte. Als der Dämon auf ihn zukam, erbleichte Hilgerd und streckte dem Wesen die linke Faust entgegen. Er begann: »Fulminic...«, doch da hatte der Dämon ihn schon erreicht, riss das Maul auf, schnappte zu und biss seinem Opfer den linken Unterarm ab. Hilgerd schrie auf, stürzte zu Boden und drückte den Armstumpf an sich. Der Zant schluckte genüsslich, während sein Schwanz die Erde aufpeitschte. Dann starrte er Hilgerd an, der mit entsetztem Gesicht rückwärts kroch, von Angst und Schmerzen geplagt.

Endlich war Zoltan heran und schlug dem Dämon Shilasir in den Rücken. »Praios hilf!«

Der Zant brüllte auf und sprang zur Seite, mit dem Schwanz nach Zoltan schlagend. Dieser konnte nicht mehr ausweichen und wurde an der linken Wade getroffen. Er knickte kurz ein, fing sich aber wieder und hob erneut das Schwert. Während der Zant ihn hasserfüllt ansah und die Pranken hob, rief der Inquisitor: »Der Herr Praios ist mein Licht!«

Dann schwang er erneut das Schwert, um den Dämon zu vernichten, doch er fehlte. Der Zant riss ihm mit einer Klaue den linken Arm auf und versuchte gleichzeitig, seine spannlangen Reißzähne in Zoltans Schulter zu versenken. Doch der Inquisitor wehrte mit der Parierstange das geifernde Maul ab.

»Vor wem sollte ich mich fürchten?«, rief Zoltan mit zitternder Stimme und schlug nach der Pranke des Zant. Diesmal traf er und hinterließ eine schwarze Wunde im Arm des Ungeheuers. Der Zant brüllte erneut. Jetzt stand Mara-Lumea neben Zoltan und griff an, doch der Dämon sprang plötzlich vor und packte den Schwertarm des Inquisitors mit beiden Pranken.

Der Zant riss Zoltan hoch und schleuderte ihn zur Seite gegen Mara-Lumea, die von den Beinen gefegt wurde. Zoltans rechter Arm brannte wie Feuer, das Schwert hatte er längst verloren, seine Knie schrammten über den Boden, die Welt drehte sich um ihn. Der Zant hob sein Opfer erneut in die Höhe und schlug es gegen einen Felsen. Zoltan versuchte verzweifelt, sich mit einem Arm und den Beinen abzustützen, und es gelang ihm tatsächlich, den Aufprall abzufedern.

»Der Herr Praios ist mein Heil!«, rief er verzweifelt, als der Zant erneut ausholte, um ihn ein zweites Mal gegen den Felsen zu schleudern. Dieses Mal schüttelte ihn der Dämon so sehr durch, dass er den Aufprall nicht mehr bremsen konnte. Der Novize schlug mit dem Rücken gegen den Stein, er hörte seine Knochen knacken, stechende Schmerzen bohrten sich durch den Oberkörper und das linke Bein. Der Zant ließ sein Opfer fallen, und Zoltan lag auf dem Bauch und war zu keiner Bewegung mehr fähig.

Jetzt war es vorbei. Auf Balträa war ihm vom Orakel geweissagt worden: »Durch das größte Opfer wirst du die Seligkeit erlangen.« War das größte Opfer sein Leben? Dann konnte er beruhigt sterben. Denn es hieß ja ›du wirst‹ und nicht ›du kannst‹. Die Gewissheit war da, dass der Herr Praios ihn belohnen würde.

Der Inquisitor konnte nur noch den Kopf drehen, in einer Welt aus Schmerzen erkannte er den Zant, der zwei Schritte vor ihm stand und die Zähne fletschte. Dann drehte er sich langsam zu Mara-Lumea um, die sich wieder aufgerappelt hatte und ihr Schwert zur Verteidigung hob. Gegenüber lag Praiodin leblos am Fuß eines anderen Felsens. Auch Mara sah bleich aus, sie presste die Lippen zusammen und wartete auf den Angriff des Dämons.

Irgendwo erklang ein Donnern in der Ferne. Hinter dem Zant und Mara, weit im Norden, wurde es hell, die Wolkenfetzen wurden von unten flackernd angeleuchtet. Das Grollen wurde lauter.

»Für Rondra!«

Über die Felsen auf der anderen Seite der Lichtung setzte ein Reiter in blinkender Metallrüstung, weißer Kleidung, ein Schwert in die Luft gereckt. Schon war er neben Mara-Lumea und griff den Zant an. Dieser sprang ausweichend zurück, zur Klippe hin.

Der Reiter blickte nacheinander Zoltan und Mara-Lumea an und hob sein Schwert grüßend vor die Stirn.

»Praios zum Gruße, Euer Gnaden! Ihr seid nicht allein!«, rief er. Zwischen den Felsen erschienen weitere Ritter, Rondrianer, mit blinkenden Schwertern in der Hand, hoch zu Ross und entschlossen, dem Dämon den Garaus zu machen. Sie verteilten sich auf der Lichtung und kamen langsam auf den Zant zu, der nach einem Augenblick des Überlegens auf den ersten Reiter zusprang. Dieser ließ sein Pferd nach rechts drehen, hob den Schild und schlug nach dem Dämon, als dieser seine Pranken in die Flanke des Tieres riss und mit den Zähnen scheppernd gegen den Schild des Rondrakriegers prallte. Der Reiter schlug zu, während das Pferd unter ihm zusammenbrach, und zwei weitere Krieger hieben nach dem Dämon, als dieser über den ersten Reiter herfallen wollte. Mara-Lumea sprang neben die Kämpfenden, stach auf den Zant ein, als dieser sein Maul aufriss – und versenkte ihr Schwert tief im Rachen des Untieres. Mit einem lauten Knall explodierte der Dämon in tausend Stücke. Brennende Fellfetzen und Zähne versengten die Kleidung der Umstehenden, die sich hinter ihre Schilde duckten und die Arme vors Gesicht hielten. Die Stücke qualmten und verkohlten und ließen nur schwarze Brandspuren zurück.

Die Krieger saßen von ihren Pferden ab. Zwei der Rondrianer zogen ihren Kameraden unter dem Pferd hervor, das sich im Todeskampf wand. Ein anderer zog ein weißes Päckchen aus seiner Satteltasche und ging zu Praiodin, um ihn zu untersuchen. Die letzten beiden holten ebenfalls Verbandstuch aus ihren Taschen und liefen zu Zoltan hinüber. Einer kniete neben dem Inquisitor nieder.

»Euer Gnaden. Gibt es noch mehr Gegner?«

»Hexerin. Auf dem Berg«, keuchte Zoltan. »Das... sind alle.«

Der Krieger richtete sich auf und rief zu den anderen hinüber: »Barnhelm! Erowulf! Auf die Klippe, eine Zauberin unschädlich machen!«

Die zwei Rondrianer salutierten, hasteten zum Felsen und erklommen ihn eilig. Der Befehlsgeber wandte sich wieder zu Zoltan.

»Fühlt Ihr stechende Schmerzen im Leib?«

»Rippen. Links«, stieß Zoltan mühsam aus. »Und Bein.«

Der Mann untersuchte inzwischen Zoltans verbrannten rechten Arm, während sein Begleiter einige Binden auspackte. »Wir müssen Euch die Rüstung ausziehen und dann einen Verband anlegen. Das wird schmerzen, ist aber nicht anders möglich.«

Zoltan versuchte zu nicken. »Ich weiß. Warum...«

»Warum wir hier sind? Schwertbruder Quanion, der Tempelvorsteher, kam vor einer Stunde zu uns und erzählte, er habe im Traum gesehen, wie ein junger Greif gegen einen rot-schwarzen Tiger kämpfte. Er hatte den Eindruck, dass dies alles südlich von Perricum geschah, und wir sollten nachsehen. Als wir dann ein Licht auf der Klippe hier sahen, fanden wir Euch. So, jetzt müssen wir Euch umdrehen.«

Jemand griff nach Zoltans Schultern, dann löschte der Schmerz alles andere aus und es wurde schwarz.

Der Inquisitor erwachte. Er lag auf einer harten Unterlage, die sich bewegte. Es war dunkel, flackerndes

Licht, Bäume, metallisches Klirren. Eine Stimme sagte: »...nichts außer diesem Wurfbeil. Wir haben keine Spuren gefunden. Wenn sie geflohen wäre, hätten wir eine Blutspur gefunden. Wahrscheinlich hat sie sich fortgezaubert.«

Zoltan wollte den Arm heben, um sich sein Beil geben zu lassen, doch er kam nicht dazu.

7.
Überlebende

2. Efferd, im 27. Jahr nach Kaiser Hals Krönung

Zoltan erwachte. Er lag weich, um ihn herum war Stille. Er öffnete die Augen.

Sein Bett stand in einem hellen Raum. Ein kleines Fenster in einer dicken Wand war halb geöffnet und ließ Meeresrauschen, Vogelkreischen und frische Luft hinein. Neben ihm standen vier weitere Betten. In einem lag Praiodin, der an die Decke starrte. Ein Bett weiter schlief Hilgerd von Punin.

»Praiodin?«

Der Angesprochene drehte den Kopf und lächelte erfreut. »Euer Gnaden.«

»Nur noch Zoltan. Das Werk ist vollbracht. Wo sind wir? Wie geht es Euch? Und Mara?«

»Sie haben uns ins Lazarett der Löwenburg gebracht. Mara fühlt sich wohl, sie ist unten im Hafen. Ich habe mir gestern gehörig den Kopf angeschlagen, und der Arm ist gebrochen. Ich kann morgen wieder gehen. Ihr allerdings, sagte der Medicus, Ihr müsst noch das Bett hüten.«

»Was ist mit der Flotte? Ist die noch da?«

»Ich weiß nicht genau, Euer Gnaden. Der Medicus erzählte, dass es eine Explosion im Hafen gab und ein riesiges Feuer. Von der Burg aus kann man es angeblich sehen, sie haben es immer noch nicht gelöscht. Aber die meisten Schiffe der Flotte sind noch da.«

»Was ist denn schiefgegangen?«

Aus dem Hintergrund ertönte eine müde Stimme: »Die Fackel ist angekommen. Nur die Zauberin nicht.«

Zoltan versuchte sich aufzurichten, gab es aber schnell wieder auf, als sich Schmerzen durch seinen Brustkorb bohrten.

»Hilgerd? Wo angekommen?«

»Das ist sehr einfach. Die Zauberin wollte sich relokalisieren, im Hafen ein Feuer legen und sich dann erneut relokalisieren, um dem Brand zu entkommen. Um sich in den Hafen zu teleportieren, musste sie eine visuelle Fokussierung von der Klippe aus erreichen. Als Ihr das Beil warft, wurde die *matrix in nascentiam* perturbiert, da sich ihre Fokussierung unterbrach. Also manifestierte sich eine *matrix imperfecta*, weshalb ...«

»Könnt Ihr das mit einfacheren Worten sagen, bitte?«

»Oh. Ja. Also, sie wollte eigentlich im Hafen erscheinen. Durch das Werfen des Beils wurde sie in der Matrixkonstruktion unterbrochen, daher erreichte sie nicht den gewünschten Effekt, sondern es wurde nur ihre Kleidung und leider auch die Fackel transportiert. Als die Sachen am Zielort eintrafen, so meine Theorie, fielen sie zu Boden, denn niemand steckte mehr in ihnen. Die Fackel muss auf etwas Brennbarem gelandet sein, sodass die ursprüngliche Absicht, einen Brand zu legen, doch noch in die Tat umgesetzt wurde.«

Zoltan seufzte. »Alles umsonst.«

»Aber nein, Euer Gnaden«, widersprach Praiodin. »Immerhin ist ein großer Teil der Flotte gerettet, weil Ihr den Befehl gabt, alle auslaufen zu lassen. Und wir haben den Gestaltwandler vernichtet.«

»Einen Quitslinga?«, fragte Hilgerd neugierig dazwischen. »In Perricum? Faszinierend. Wodurch hat er sich verraten? Es gibt die Theorie, dass Quitslingae Musik nicht ertragen.«

»Das ist etwas verwirrend«, wich Zoltan aus. »Tut mir Leid wegen Eures Armes.«

Hilgerd machte eine Pause. Dann flüsterte er, »Ja...
mein Arm...«

Zoltan lag die Bemerkung auf der Zunge, dass Zauberei niemals die Rettung bringt, doch der Magier war schon genug gestraft.

Am späten Nachmittag ließ sich Zoltan trotz heftiger Widerrede des Medicus mit einer Kutsche zum Hafen bringen. Die Rondrianer waren sehr hilfsbereit, denn es hatte sich schon herumgesprochen, dass der Inquisitor und seine Leute sich mutig einem Dämon entgegengestellt hatten. Während Zoltan, auf zwei Helfer gestützt, in den Hof gebracht wurde, berichtete der Anführer des Trupps, der ihnen zur Hilfe gekommen war, von den Ereignissen der letzten Nacht. Anscheinend war die Zauberin spurlos verschwunden, nachdem Zoltan sie mit dem Beil getroffen hatte. Wahrscheinlich hatte sie sich magisch geheilt und dann fortgezaubert.

Der Novize dankte dem Rondrianer herzlich und ließ auch dem Schwertbruder und den anderen fünf seinen innigsten Dank aussprechen. Der Entsatz war gerade rechtzeitig eingetroffen.

Die Kutsche der Löwenburg polterte über den Pfad, der die Klippe hinunterführte. Obwohl die Kutsche mit Kissen und Decken gepolstert war, spürte Zoltan jeden Stein und jedes Schlagloch am ganzen Körper. Der Wagen fuhr ohne lange Formalitäten durch das Stadttor – er trug schließlich die Zeichen der Rondrakirche, wie dem Praios-Novizen bei der Fahrt durch die Stadt einfiel. Überall in Perricum war zu erkennen, dass am Vortag gefeiert worden war: Abfall, um den sich Straßenköter balgten, abgerissene Fahnen und abgebrannte Fackeln, hier und dort eine zertretene Hutfeder oder ein zerbrochener Weinkrug.

Schließlich bog die Kutsche in den Serpentinenweg ein, der zum Kriegshafen hinunterführte. Zoltan sah aus dem rechten Fenster, und ihm blieb der Mund offen stehen. Eine riesige Flamme, bestimmt hundert Schritt hoch, erhob sich über dem Hafen. Mit leisem Grollen fraß sie ihre Nahrung, leuchtete in bunten Farben und stand fast völlig still, ohne Flackern, über den Baracken im Kriegshafen. Nur eine winzige Rauchsäule erhob sich am Ende der Flamme, die ungerührt wohl schon seit vielen Stunden brannte. Eine leichte Brise trieb heiße Luft und Brandgeruch in Zoltans Gesicht.

Als die Kutsche am südlichen Tor eingetroffen war, stockte die Fahrt kurz, da die Wachen die Zufahrt versperren wollten. Zoltan beugte sich mühsam aus dem Fenster und rief: »Macht Platz für die... Heilige Inquisition!« Dann sank er stöhnend wieder auf seinen Sitz zurück. Draußen begann hastige Geschäftigkeit, und schon ging die Fahrt weiter. Doch schon zwanzig Schritt vor der Hafenmeisterei hielt der Wagen erneut.

Ein Zauberer in weißem Mantel erschien neben der Tür. Soldatisch-zackig meldete er:

»Bedaure, Euer Gnaden. Das Gebiet ist auf Anweisung der KGIA abgesperrt.«

»Dann holt mir Nemrod her. Ich bin Zoltan Imfelde.«

Der Mann stutzte. »Warum glaubt Ihr, dass Dexter Nemrod hier sei?«

»Weil ich mich gestern mit ihm unterhalten habe. Holt ihn schon her. Er wird sich sofort mit mir unterhalten wollen.«

»Ich werde es ausrichten, Euer Gnaden«, antwortete der Zauberer skeptisch und ging.

Zoltan sah sich derweil das Feuer an. Die Flamme wuchs aus einem Lagerhaus, das nahe der Anleger stand und selbst schon völlig ausgebrannt war. Die Kais waren verwaist, drei ausgebrannte Schiffsrümpfe zeugten davon, dass das Feuer einige Opfer gekostet hatte. Doch in größerer Entfernung, hinten im Außenbecken, erkannte Zoltan einen Wald aus Masten. Die meisten Schiffe hatten die Feuersbrunst also überstanden. Wenn die ganze Flotte noch, so wie erst gestern Abend, genau hier gelegen hätte, dann wäre sie durch den Brand sicherlich im Nu vernichtet worden.

Jemand klopfte gegen den Schlag der Kutsche. »Euer Gnaden!«

Mara-Lumea strahlte Zoltan durch das Fenster an. »Wisst Ihr schon Bescheid?«

»Komm rein, Mara, Rapport.« Zoltan öffnete den Schlag. Die Kutsche wankte, als ein riesiger, schwarzer Hund hineinsprang und die Pfoten auf Zoltans Schoß stellen wollte. Doch Mara-Lumea packte Orik und hielt ihn zurück.

»Orik, ganz ruhig, du erdrückst den Herrn Inquisitor noch! Sitz, und gut! Sitz!«

Orik ließ sich mühsam bremsen, setzte sich auf den Boden der Kutsche und leckte Zoltans linke Hand. Dies war eine der wenigen Stellen an Zoltans Körper, die nicht von einem Verband bedeckt waren. Sein Brustkorb war einbandagiert, ebenso die Arme und das linke Bein. Er trug auch nur einen einfachen weißen Überwurf aus den Beständen der Löwenburg, dazu seinen eigenen Greifengürtel, der Rest seiner Tracht war den Kämpfen zum Opfer gefallen.

Mara stieg in die Kutsche und ließ sich auf der anderen Bank nieder. Auch ihr weißer Wappenrock war mit Blutflecken und Brandstellen übersät.

»Es gab eine Explosion in der Alchimistenwerkstatt. Dort war ein ganzes Lagerhaus voll mit Hylailer Feuer. Das ist in die Luft geflogen, während wir mit dem Dämon kämpften, und jetzt brennt es schon seit heute Nacht. Sie warten, bis es ausgebrannt ist, wegen der Hitze kommt niemand nahe genug heran, um zu löschen. Die KGIA ist seit der letzten Nacht schon hier, heute Mittag sind auch noch die ›Pfeile des Lichts‹ aufgetaucht, und irgendwo hier stehen die Admiräle und fragen den Zauberern von den ›Grauen Stäben‹ ein Loch in den Bauch. Bei mir waren die Hexer allerdings noch nicht, sonst hätte ich ihnen vielleicht gesagt, dass sich Hilgerd in der Löwenburg befindet.«

»Das kannst du ja beizeiten tun. Aber noch nicht gleich, ich muss erst mit Nemrod sprechen. Wir sollten nicht alles weitererzählen, was geschehen ist.«

»Natürlich, Euer Gnaden.«

Von draußen klopfte der Agent, der Kenrod Fuxfell genannt wurde, an die Kutsche. »Euer Gnaden? Baron Nemrod wird Euch in der Hafenmeisterei empfangen.«

»Aha. Schön.« Zoltan öffnete. »Mara, hilf mir. Orik, bleib hier, sitz. Ich bin gleich wieder zurück.«

Mit Kenrods und Maras Hilfe ging Zoltan langsam zur Hafenmeisterei, an Seesoldaten, ›Pfeilen des Lichts‹ und auffällig unauffälligen Zivilisten vorbei. Nemrod erwartete ihn in dem Raum, wo sie die Signallampe gefunden hatten. Er saß an einem kleinen Tisch und sah die Laterne an, die vor ihm stand. Als Zoltan eintrat, von den beiden gestützt, sah er auf.

»Ah, Ihro Gnaden.« Er zeigte auf einen Sessel.

Nachdem der verletzte Inquisitor vorsichtig Platz genommen hatte, winkte er Mara-Lumea hinaus und auch der Agent zog sich zurück. Dann legte der Baron los und die schlechte Laune war ihm anzumerken.

»Dann heraus mit der Sprache. Wir treffen hier am Kriegshafen ein, die ganze Flotte verlässt in panischer Eile den Hafen, die Wache berichtet, dass Ihr in der Hafenmeisterei und im Torturm wart, hier finden wir dann einen toten Hafenmeister und einen toten Bannstrahler, draußen im Torturm lauter seltsame Fischwesen. Was soll das alles?«

Zoltan berichtete kurz und mit Genugtuung. Mehrfach sah er dabei die Lampe auf dem Tisch an. Er bemerkte mit leichter Verwunderung, dass der Docht darin schwarz war. Doch er war sich ganz sicher, dass er gestern Nacht noch frisch und weiß gewesen war.

Nachdem Zoltan mit dem Eingreifen der Rondrianer und dem Verschwinden der Hexerin geendet hatte, sah Nemrod ihn lange schweigend an. Dem Inquisitor wurde langsam unbehaglich zumute, da sagte der Baron endlich:

»Wir sind auf andere Weise zum Hafenmeister gekommen. Wir waren kurz nach Euch hier. Nach Durchsuchung des Hauses und Sichtung der Papiere sind wir zu den gleichen Schlüssen gelangt. Also ließen wir Euch gewähren, während wir hier im Hafen versuchten, Ordnung zu schaffen. Allerdings hatten wir nicht viel Zeit, bis die Alchimistenwerkstatt explodierte. Dann hatten wir mit der Bekämpfung des Feuers zu tun. Die meisten Schiffe sind entkommen.«

»Der Herr Praios hat mir den rechten Weg gewiesen«, antwortete Zoltan pflichtgemäß.

Der Baron beachtete ihn nicht und fuhr fort. In raschem und sachlichem Ton verkündete er weitere Fakten.

»Das Volk braucht eine Erklärung. Wir reden nur vom Gestaltwandler, der zur Strecke gebracht wurde. Etwaige entkommene Hexerinnen werden wir nicht erwähnen, die finden wir ohnehin bald. Außerdem könnt Ihr Euch freuen, dass Gegenstände wie ›Tavernen-Stürmung‹ oder ›Tempelbelagerung‹ nicht weiter besprochen werden. Das ist alles.«

»Hm.« Zoltan starrte grimmig auf die Signallampe. »Wusstet Ihr übrigens schon, dass wir den Mörder des Rashduler Zauberers gefunden haben? In den Sachen der Hexerin fanden sich seine Habseligkeiten, die Hilgerd wiedererkannt hat. Das hat er mir vorhin erzählt. Wahrscheinlich hat sie den Zauberer getötet, um mit seinem Blut ihre schwarze Magie zu wirken.«

Der Baron, der sich schon ungeduldig vorgebeugt hatte, lehnte sich wieder im Stuhl zurück.

»Großartig«, kommentierte Nemrod ungerührt. »Das dachten wir uns schon. Übrigens, zu Eurem ersten Verdächtigen, meinem Gastgeber. Er ist letzte Nacht unglücklicherweise verstorben, das letzte Opfer des Gestaltwandlers. Die Beisetzung fand heute Vormittag in aller Stille statt. Und eins wundert mich.«

»Ja?«, fragte Zoltan höflich nach, als Nemrod nicht weiter sprach, sondern ihn nur bohrend ansah.

»Meine Leute haben gestern am frühen Abend einige Individuen aufgegriffen, die uns zu beschatten versuchten. Ein Mietling, ein heruntergekommener Zwerg und eine vagabundierende Lautenspielerin, alle im Verein mit einer Quacksalberin. Sie haben behauptet, für Euch zu arbeiten. Völlig lächerliche Vorstellung. Warum sind diese Figuren gerade auf Euch gekommen?«

Zoltan grinste. »Sie haben schon Recht. Ich habe diese Leute einige Botendienste machen lassen. Lasst sie laufen. Sie sind harmlos.«

Nemrod hob die Brauen. »Soso. Ihr seid ein seltsamer Mann, Imfelde.«

»Ich glaube, ich sollte jetzt den Tempel aufsuchen. Ich war lange nicht mehr in der Andachtshalle.«

»Das ist wohl besser.« Nemrod sah versonnen die Lampe an, während Zoltan sich langsam aus dem Stuhl zog und zum Ausgang wandte. Als er die Hand zur Tür ausstreckte, bemerkte der Baron: »Imfelde?«

Zoltan blieb stehen und drehte sich um.

Das eiserne Gesicht des Barons blieb ungerührt.

»Keine schlechte Arbeit, alles in allem.«

Ein Lächeln schlich sich in Zoltans Mundwinkel. Dann öffnete er die Tür und trat, sich am Türrahmen festhaltend, langsam in den Flur, wo der Agent und Mara ihn wieder stützten.

Im Kriegshafen gab es nichts mehr zu tun. Alriks Überreste waren bereits dem Borontempel überstellt worden, Orik und Mara-Lumea fuhren in der Kutsche mit. Zoltan ließ nun den Praiostempel ansteuern. Dort halfen ihm Mara-Lumea und die Kutscherin, eine Novizin der Rondrakirche, in die Andachtshalle. Zoltan ließ sich auf eine der Bänke sinken, während um ihn herum die Geweihten zu tuscheln begannen und Blicke in seine Richtung warfen. Der Inquisitor holte erst einmal Luft und wartete darauf, dass die Schmerzen nachließen. Lange dauerte es nicht, bis der Hochgeweihte Luminon von Perricum erschien.

»Bruder Zoltan, Praios zum Gruße«, grüßte Luminon in seinem üblichen grimmigen Tonfall.

»Praios zum Gruße, Bruder Luminon«, antwortete Zoltan. »Ich nehme an, Ihr wollt wissen, was passiert ist.«

»Allerdings.« Luminon setzte sich neben ihm auf die Steinbank. »Ich hörte, Ihr habt – äh – den Hafen in der letzten Nacht in Aufruhr versetzt, bevor es die – äh – Explosion gab.«

Wieder berichtete Zoltan von den Ereignissen, wobei er die Einzelheiten des Planes der Gegner übersprang und stattdessen erläuterte, woran Solarian gestorben und wer der wahre Gestaltwandler gewesen war. Die KGIA erwähnte er dabei nicht.

Schließlich nickte Luminon versonnen. »Ihr habt den – äh – Dämon vernichtet. Dafür gebührt Euch mein Dank. Doch Ihr habt viele andere Dinge getan, für die ich Euch – äh – wahrlich nicht dankbar sein kann. Wenn Ihr nicht am Ende doch noch – äh – Erfolg gehabt hättet, dann könnt Ihr sicher sein, dass ich alles daran gesetzt hätte, damit Ihr – äh – der Letzte seid, der Priester in der Gemeinschaft des Lichtes wird. Jetzt werde ich – äh – abwarten und Euch beobachten.«

Zoltan verzog das Gesicht. »Herzlichen Dank.«

»So geht dann mit Praios, Zoltan Imfelde. Ich hoffe, Ihr seid bald – äh – zum Reisen in der Lage.« Luminon erhob sich.

»Aber ja, sobald ich wieder reiten kann, seid Ihr mich los. Praios behüte Euch.«

»Und Euch.« Luminon ging.

Zoltan versuchte, seine Gedanken zu ordnen. Er dachte über die Ereignisse nach, überlegte, ob er immer richtig gehandelt hatte. Er dachte an tote Gefährten, an Alrik, Aktina, Provolea und Zepperich. Und an den toten Medicus, den Hafenmeister, den Zauberer aus Rashdul und den Quästor Solarian. All diese hatte der Gestaltwandler auf dem Gewissen. Doch letztlich war der Triumph der Bösen nicht vollkommen gewesen, sondern ihr Plan war zunichte gemacht worden durch all jene, die auf der richtigen Seite standen: die Inquisition und der Bannstrahl Praios' und natürlich die Rondrakrieger aus der Löwenburg, sie gehörten alle zur Seite der Gerechten. Und auch, das musste Zoltan widerwillig zugeben, der Baron und sein Geheimdienst. Und sogar, auf eine gewisse Weise, der Orden der Grauen Stäbe, der mit seinen Mitteln gegen die Schwarzmagier Borbarads vorging. Letzte Nacht hatten Hilgerd aus Punin und er gemeinsam versucht, den Dämon zu bekämpfen. Vor einigen Tagen noch hätte er sich so etwas nicht träumen lassen.

Aber andererseits ergaben sich im Krieg die eigenartigsten Allianzen. Früher einmal hatten sogar Elfen und Zwerge kurzfristig auf der gleichen Seite gekämpft und in diesen Tagen verhandelte das Mittelreich mit seinem Erzfeind, dem Lieblichen Feld, über die Bedingungen eines Friedensvertrages. Zoltan hatte das unbestimmte Gefühl, dies sei noch lange nicht das letzte Mal gewesen, dass er mit Zähneknirschen eine ungewöhnliche Allianz eingehen musste. Vor sich sah er Landstreicherinnen, südländische Zauberer und norbardische Magierinnen. Doch diese Eindrücke waren flüchtig und konnten genauso gut Trugbilder sein, die die Abendsonne, gespiegelt im goldenen Praiosauge, ihm zugeworfen hatte, ohne Belang und Sinn. Er schauderte. »Das größte Opfer.« War damit seine Überzeugung gemeint, dass man nur auf dem Weg des Herrn Praios triumphieren konnte? Musste er diese wieder aufgeben?

Zoltan saß noch lange im Tempel und grübelte, betete und legte dem Herrn seine Gedanken dar. Doch Er hielt anscheinend die Zeit noch nicht für reif, Zoltans Fragen zu beantworten.

Eine Woche später verließ der Novize, der kurze Zeit Inquisitor gewesen war, endgültig das Lazarett der Löwenburg. Inzwischen hatte er den großen Rondratempel gesehen und hatte auch den Tempel in der Burg und dessen Schwertbruder Quanion besucht. Rupert Rondriager, den Nemrod nach einem Tag Kellerhaft wieder freigelassen hatte, hatte schon am dritten Efferd Zoltan am Krankenlager besucht und seine Entlohnung erhalten. Der Söldner hatte es anscheinend sehr eilig gehabt, die Stadt zu verlassen.

Praiodin, Mara-Lumea und Zoltan standen nun im Innenhof der Löwenburg bei ihren Pferden, überprüften den Sitz ihrer Sättel und untersuchten ein letztes Mal Gepäck und Proviant. Einige der Rondraritter, die Zoltan und die anderen kennen gelernt hatten, verabschiedeten sich von den dreien und von Orik. Zoltan hielt dies für ein gutes Zeichen. Nicht nur die sechs, die Zoltan zur Hilfe gekommen waren, sondern auch ein oder zwei andere Ardariten waren Zoltan offen begegnet und nicht mit der üblichen Feindschaft, die traditionell zwischen den Vertretern der beiden wichtigsten Kirchen herrschte.

Der Novize saß auf, langsam und vorsichtig. Dann hob er den Arm. »Auf geht's, zurück nach Beilunk!«

Die drei trieben ihre Pferde an und ritten durch das massive Torhaus, Orik trabte vorweg.

Am Stadttor wurden die drei Reiter sofort durchgelassen und galoppierten das kurze Stück bis zum Alten Markt, an dem der Praiostempel stand. Vor dem Haupttor des Tempels wartete eine Frau neben einem bepackten Pferd. Als sie die drei bemerkte, erklomm sie unbeholfen ihr Reittier und winkte.

»Illumara!«, rief Zoltan. »Folgt mir, in die Stadt des Herrn!«

Einige Gassen weiter nur, und sie erreichten den Anleger der Darpatfähre. Das Boot lag bereit, und Orik sprang an Bord, gefolgt von Illumara, Praiodin und Mara-Lumea mit ihren Pferden. Der Novize saß ab und sah sich noch einmal um. Perricum und seine Rätsel lagen hinter ihm. Jetzt ging es zurück, nach Beilunk, in die Stadt des Herrn, das Bollwerk wider die Schwarzen Horden, wo er bald zum Priester geweiht werden sollte.

Der Inquisitor auf Zeit führte sein Pferd als Letzter an Bord der Fähre. Der Steg wurde eingezogen und das Boot legte ab.

Inzwischen, woanders

Der Plan ist nicht aufgegangen. Jetzt muss ich die Flotte mit anderen Mitteln aufhalten. Auf dem Meer, mit den Kreaturen und mit der Hilfe der Ersäuferin. Das wird ihr mehr Opfer zuführen als geplant. Hoffentlich macht sie das nicht zu stark. Und hoffentlich wird mich der Meister nicht bestrafen...

Das Schwarze Auge

1. Band: Ulrich Kiesow, *Der Scharlatan* · 06/6001
2. Band: Uschi Zietsch, *Túan der Wanderer* · 06/6002
3. Band: Björn Jagnow, *Die Zeit der Gräber* · 06/6003
4. Band: Ina Kramer, *Die Löwin von Neetha* · 06/6004
5. Band: Ina Kramer, *Thalionmels Opfer* · 06/6005
6. Band: Pamela Rumpel, *Feuerodem* · 06/6006
7. Band: Christel Scheja, *Katzenspuren* · 06/6007
8. Band: Uschi Zietsch, *Der Drachenkönig* · 06/6008
9. Band: Ulrich Kiesow (Hrsg.), *Der Göttergleiche* · 06/6009
10. Band: Jörg Raddatz, *Die Legende von Assarbad* · 06/6010
11. Band: Karl-Heinz Witzko, *Treibgut* · 06/6011
12. Band: Bernhard Hennen, *Der Tanz der Rose* · 06/6012
13. Band: Bernhard Hennen, *Die Ränke des Raben* · 06/6013
14. Band: Bernhard Hennen, *Das Reich der Rache* · 06/6014
15. Band: Hans Joachim Alpers, *Hinter der eisernen Maske* · 06/6015
16. Band: Ina Kramer, *Im Farindelwald* · 06/6016
17. Band: Ina Kramer, *Die Suche* · 06/6017
18. Band: Ulrich Kiesow, *Die Gabe der Amazone* · 06/6018
19. Band: Hans Joachim Alpers, *Flucht aus Ghurenia* · 06/6019
20. Band: Karl-Heinz Witzko, *Spuren im Schnee* · 06/6020
21. Band: Lena Falkenhagen, *Schlange und Schwert* · 06/6021
22. Band: Christian Jentzsch, *Der Spieler* · 06/6022
23. Band: Hans Joachim Alpers, *Das letzte Duell* · 06/6023
24. Band: Bernhard Hennen, *Das Gesicht am Fenster* · 06/6024
25. Band: Niels Gaul, *Steppenwind* · 06/6025
26. Band: Hadmar von Wieser, *Der Lichtvogel* · 06/6026
27. Band: Lena Falkenhagen, *Die Boroninsel* · 06/6027
28. Band: Barbara Büchner, *Aus dunkler Tiefe* · 06/6028
29. Band: Lena Falkenhagen, *Kinder der Nacht* · 06/6029
30. Band: Ina Kramer (Hrsg.), *Von Menschen und Monstern* · 06/6030
31. Band: Johan Kerk, *Heldenschwur* · 06/6031
32. Band: Gun-Britt Tödter, *Das letzte Lied* · 06/6032
33. Band: Barbara Büchner, *Das Galgenschloß* · 06/6033
34. Band: Karl-Heinz Witzko, *Tod eines Königs* · 06/6034
35. Band: Hadmar von Wieser, *Der Schwertkönig* · 06/6035
36. Band: Barbara Büchner, *Schatten aus dem Abgrund* · 06/6036
37. Band: Barbara Büchner, *Seelenwanderer* · 06/6037

38. Band:	Hadmar von Wieser, *Der Dämonenmeister* · 06/6038
39. Band:	Christel Scheja, *Das magische Erbe* · 06/6039
40. Band:	Linda Budinger, *Der Geisterwolf* · 06/6040
41. Band:	Momo Evers, *Und Altaia brannte* · 06/6041
42. Band:	Barbara Büchner, *Blutopfer* · 06/6042
43. Band:	Lena Falkenhagen, *Die Nebelgeister* · 06/6043
44. Band:	Karl-Heinz Witzko, *Die beiden Herrscher* · 06/6044
45. Band:	Bernhard Hennen, *Die Nacht der Schlange* · 06/6045 Hardcover
46. Band:	Barbara Büchner, *Das Wirtshaus* Zum lachenden Henker · 06/6046
47. Band:	Karl-Heinz Witzko, *Die Königslarve* · 06/6047
48. Band:	Tobias Frischhut, *Geteiltes Herz* · 06/6048
49. Band:	Hadmar von Wieser, *Erde und Eis* · 06/6049
50. Band:	Britta Herz (Hrsg.), *Gassengeschichten* · 06/6050
51. Band:	Jörg Raddatz & Heike Kamaris, *Sphärenschlüssel* · 06/6051
52. Band:	Alexander Huiskes, *Die Hand der Finsternis* · 06/6052
53. Band:	Martina Nöth, *Zwergenmaske* · 06/6053
54. Band:	Gun-Britt Tödter, *Koboldgeschenk* · 06/6054
55. Band:	Heike Kamaris & Jörg Raddatz, *Blutrosen* · 06/6055
56. Band:	Ulrich Kiesow, *Das zerbrochene Rad: Dämmerung* · 06/6056
57. Band:	Ulrich Kiesow, *Das zerbrochene Rad: Nacht* · 06/6057
58. Band:	Jesco von Voss, *Der Letzte wird Inquisitor* · 06/6058
59. Band:	Olaf Flatergast, *Druiden-Rache* · 06/6059 (in Vorb.)
60. Band:	Hans Joachim Alpers, *Die Piraten des Südmeers* (15., 19. und 23. Roman in einem Band) · 06/6060 (in Vorb.)
61. Band:	Alexander Wichert & Christian Thon, *Blakharons Fluch* · 06/6061 (in Vorb.)
62. Band:	Alexander Lohmann, *Die Mühle der Tränen* · 06/6062 (in Vorb.)
63. Band:	Karl-Heinz Witzko, *Westwärts, Geschuppte!* · 06/6063 (in Vorb.)
64. Band:	Thomas Finn, *Das Greifenopfer* · 06/6064 (in Vorb.)

Weitere Bände in Vorbereitung

L. E. Modesitt jr.

Der Recluce-Zyklus

»Der Bilderbogen einer hinreißenden Welt.«
Robert Jordan

Das große Fantasy-Erlebnis in der Tradition von Robert Jordans ›Das Rad der Zeit‹

Magische Insel
1. Roman
06/9050

Türme der Dämmerung
2. Roman
06/9051

Magische Maschinen
3. Roman
06/9052

Weitere Bände in Vorbereitung

06/9050

06/9051

HEYNE-TASCHENBÜCHER